CONTE *verlag*

HANS PETER ROENTGEN

DER PLOTTER

EIN FREIBURG-KRIMI

CONTE *krimi*

Bibliografische Information der Deutschen Nationalbibliothek
Die Deutsche Nationalbibliothek verzeichnet diese Publikation in der Deutschen Nationalbibliografie; detaillierte bibliografische Daten sind im Internet über http://dnb.d-nb.de abrufbar.

ISBN 978-3-941657-70-0

Am Ludwigsberg 80-84
66113 Saarbrücken
Tel: (0681) 41624-28
Fax: (0681) 41624-44
E-Mail: info@conte-verlag.de
Verlagsinformationen im Internet unter www.conte-verlag.de

Lektorat: Simon Scharf
Umschlag und Satz: Markus Dawo
Druck und Bindung: Prisma Verlagsdruckerei GmbH, Saarbrücken

»Es stirbt allerdings ein jeder, aber der Tod des einen ist gewichtiger als der Tai-Berg, der Tod des anderen hat weniger Gewicht als Schwanenflaum.«

Mao Tse-Tung, zitiert von Ulrike Meinhof

Prolog 1976

Der Tag begann regnerisch und das war gut. Niemand würde freiwillig nach draußen gehen, niemand sich die Mühe machen, nach draußen zu sehen, denn dort war nichts außer Regen, Regen, Regen.

»Kind, mach dich nicht unglücklich«, sagte er. Alle hatten sie Kind genannt, sie war die jüngste aller Wissmer-Kinder und sie hasste das. Vielleicht nannten sie auch alle deshalb Kind, weil sie wirklich eins war; vielleicht war sie eins, weil alle es von ihr erwarteten. Doch das spielte keine Rolle mehr, als sie abdrückte und der Onkel nicht mehr sagen konnte, was er noch sagen wollte, nämlich, dass er sich mit den Besetzern geeinigt hatte. Warum er das getan hatte, hätte er sowieso nie erzählt.

Die Pistole hatte einen ziemlichen Rückschlag, das vergessen alle, die glauben, mit einer Pistole zu schießen, sei einfach. Dass es in einem abgeschlossenen Raum außerdem einen höllischen Lärm macht, auch darauf sind die Möchtegern-Robin-Hoods, die Rächer der Enterbten und Entrechteten nicht gefasst. *Keine Macht für Niemand* lässt sich trefflich singen; das mit der Waffe in der Hand durchzusetzen, ist nicht so einfach.

Carla drückte automatisch immer weiter ab, bis das Magazin leer war. Die meisten Schüsse trafen nicht den Onkel, sondern zerfetzten sein Sofa.

»Du dumme Nuss«, fauchte ihr Begleiter, »musste das sein?«

Sie antwortete nicht, sondern starrte die Leiche an, die vor ihr lag. Den Mann, den sie gut kannte, den Mann, den sie erschossen hatte. Sie wollte kein Kind mehr sein, wollte Bedeutung haben, wollte, dass alle sie ernst nahmen. Vor allem der Typ, der sie gerade dumme Nuss genannt hatte.

»Wir müssen weg und uns trennen«, sagte der. »Du gehst, wie verabredet, nach Frankreich, versuch in Paris einen Flug nach Bagdad zu bekommen. Ich nehme die Landroute.«

Sie reichte ihm die Pistole.

»Steck sie ein und wirf sie weg, sobald du in Frankreich bist«, sagte er.

Sie wäre froh gewesen, wenn er sie in den Arm genommen hätte. Irgendjemand sollte sie in den Arm nehmen, sie trösten, ihr sagen, dass das alles nicht wahr war; dass alles nicht so schlimm sei.

»In Zukunft werden die Haie sich in Acht nehmen. Die Fische sind bissig geworden in letzter Zeit«, erklärte ihr Begleiter. »Wir haben Geschichte gemacht.« Er schaute sie an und fügte hinzu: »Fang jetzt bloß nicht an zu heulen.«

Freitag, 22. Juli 2011

Martin Mollmann

»Er kommt nach Hause und seine Frau ist weg, verstehst du?«

Der Plotter hob das Bierglas und schaute nachdenklich hinein als hätte sich die Frau im Bodensatz versteckt. Dann stellte er es wieder hin, ohne zu trinken und fuhr fort: »Und daran sind die Mullahs schuld. Die von Freiburg. Aber die Katholiken helfen ihnen. Weil …«

Wieder hob er sein Bier und diesmal trank er tatsächlich. Eigentlich hieß er Holger, aber alle nannten ihn den Plotter, weil er ständig Plots entwarf und Romane plante – aber nie einen schrieb.

»Ich hab so viele Ideen«, sagte er immer. »Aber ich kann sie nicht umsetzen.«

»Freiburg ist muslimisch«, fuhr er jetzt fort, »überhaupt ganz Westeuropa. Jedenfalls in dem Buch …«

»In dem Plot«, korrigierte ich.

»Aber das heißt nicht«, sprach er ungerührt fort, »dass es keine Katholiken mehr gibt. Im Gegenteil. Es gibt viel mehr als heute. Aber es gibt auch Muslime und nicht zu wenig.«

»Islamisch – ja, das werden wir alle werden«, warf Mars ein, der so hieß, weil er immer noch den alten Anti-Atom-Aufkleber auf seinem Taxi spazieren fuhr: *Keine abgebrannten Brennstäbe zum Mars, denn Mars bringt verbrauchte Energie sofort zurück!*

Five, der der Kellnerin nachschaute, die seine Enkelin hätte sein können, sekundierte: »Dann sind wir Christen Bürger zweiter Klasse. ›Dhimmi‹ nennen die Mohammedaner das. Müssen den

Bürgersteig freimachen, wenn ein Muslim entgegenkommt. Das wird immer schlimmer.«

Five war Parteigänger der *Inkorrekten* geworden, die schon lange vor Sarrazin die islamische Gefahr erkannt hatten. Das Stichwort Islam ließ ihn regelmäßig übersprudeln. Christ war er neuerdings auch – vermutlich, damit er sich besser über den Islam aufregen und das christliche Abendland vor den Mullahs retten konnte.

»In Freiburg gibt es immer Katholiken. So, wie es im Schwarzwald immer Tannen gibt, gibt es in Freiburg immer Katholiken«, warf Meike ein, die drei neue Bier brachte. Sie hatte Geschichte und Politologie studiert und mangels Job kellnerte sie nun. Manchmal schrieb sie auch Auftragsarbeiten – für Gemeinden, Vereine und andere, die Festschriften über die eigene Vergangenheit brauchten. »Mit Kellnern verdient man aber mehr«, verriet sie mir einmal.

Sie trug das Haar hinten hochgesteckt und war eine der wenigen, die sich standhaft weigerten, der allgemeinen Blondierung ihr schönes Schwarz zu opfern. Außerdem war sie biegsam wie eine Gerte, großgewachsen – und wenn Sie jetzt vermuten, dass ich heimlich für sie schwärmte, vermuten Sie richtig. Aber ich habe mich daran gewöhnt. Ans Schwärmen, meine ich. Immer gibt es eine Bedienung hier, die in mir Gefühle auslöste, von denen ich schon lange gehofft hatte, dass das Alter sie mir austreiben würde. Der Mensch hofft vergeblich.

»Ja, aber jetzt, in dieser Geschichte, sind es viel, viel mehr geworden«, erklärte der Plotter. »Jeder muss an einen Gott glauben, sonst wird er verbrannt. Wenn er Christ ist. Die Muslime, die nicht glauben, werden gesteinigt. Und diesmal werde ich die Geschichte schreiben. Ich kann sie ablaufen lassen, wie einen Film. Hier.« Er tippte gegen seinen Kopf.

»He, er schreibt ein Buch«, lachte Werner und zwinkerte Sylvie zu, weil die Bedienung hinter der Säule außer Sicht geraten war.

»Fein«, kommentierte Sylvie, die hinter der Theke Bier zapfte und gleichzeitig Rotwein einschenkte. Es war neun Uhr abends, Freitag und Hochbetrieb im Monte. Eigentlich hieß es Café Montparnass, aber alle nannten es nur das Monte, selbst Susi, die Wirtin. Während sich an den Tischen Jungvolk – vom Teenie bis zum Studenten – breitmachte, war die Theke fest in der Hand unserer Altherrenmannschaft.

»Du schreibst nie ein Buch«, sagte ich.

»Diesmal schon. Ich habe sogar ein Exposé.«

»Du hast zu Hause einen Ordner voller Exposés«, sagte ich und nickte Sylvie dankbar zu, die mir den Wein über die Theke zuschob.

»Er sollte ein Buch mit lauter Plots schreiben«, meinte Five. »Aber das mit den Dhimmi ist gut. Das schreib mal wirklich.«

Der Plotter hatte uns unzählige Buchkonzepte vorgetragen. Das Handbuch der Zeitreise-Touristik, einen Verschwörungsthriller, in dem Bush in den Irak einmarschiert, weil er dort den Beweis sucht, dass er in direkter Blutlinie von Jesus Christus und Maria Magdalena abstammt, und einen historischen Roman über eine Puffmutti, die die illegitime Tochter eines Freiburger Bischofs war, und ein Kind zur Welt bringt, das später Kardinal wird. Am erfolgreichsten waren seine Lokalkrimis. In jedem der vier wurde ›Grinsekatze‹, der Freiburger OB, auf andere Art gemeuchelt, und an jedem dieser Abende ging der Plotter hackedicht nach Hause, ohne ein einziges Bier selbst zu zahlen.

Aber nicht mal einen der Morde an Grinsekatze führte er aus, was alle sehr bedauerten. Es blieb bei dem Plan, dem Plot; er schrieb keine einzige Szene.

»Diesmal schreib ich das Buch«, versicherte er jetzt aber, während er vom Hocker runterrutschte. Ich dachte, er wolle aufs Klo, aber er steuerte die Kasse an und zahlte.

Das machte mich misstrauisch. Der Plotter schrieb keine längeren Texte, aber blieb dafür umso länger. Selten verließ er das Monte vor Mitternacht.

Vielleicht würde er diesmal wirklich den Roman schreiben?

Doch er schrieb ihn nicht.

Er schrieb nie wieder etwas, keine Plots und schon gar keine Bücher.

Dafür kam ein entsetzter Hermann zur Tür rein.

»In Oslo haben sie das Regierungsgebäude in die Luft gesprengt. Und zahlreiche Jugendliche per Genickschuss hingerichtet.«

»Seht ihr«, sagte Five. »Wir müssen was tun. Wir müssen uns gegen die Musels rüsten. Sie haben uns endgültig den Krieg erklärt.«

Samstag, 23. Juli 2011
Sonntag, 24. Juli 2011

Martin

In der Nacht auf Samstag schreckte ich hoch. Nebenan krachte es, dann Geräusche, als würde ein riesiger Stapel Kartons umstürzen, und dann war es wieder still.

Ich verfluchte den Plotter. Wenn er spät nach Hause kam, war er besoffen. Und dann machte er Krach. Manchmal sang er, am liebsten *La Paloma* oder, wenn er nostalgisch gestimmt war und von alten Kampfzeiten träumte, auch *Bella Ciao*. Heute sang er nicht, was mich freute und wieder einschlafen ließ.

Samstagmorgen kam der Postbote mit einem Paket. Der Plotter schlief seinen Rausch aus und hatte ihm nicht geöffnet, also nahm ich das Paket für ihn an. Abends ging ich zu ihm rüber und klingelte.

Er öffnete nicht.

Verdammter Alkohol!

Am Freitag hatte er fast nüchtern das Monte verlassen, aber er musste sich dann anderswo zugesoffen haben. Wo? Er war konservativ und in puncto Kneipen monogam. Seitensprünge gab's so gut wie nie.

Der nächste Tag war ein Sonntag. Auch an diesem Abend tauchte er nicht im Monte auf, dafür sah man Five die Enttäuschung an, dass nicht Al Kaida in Oslo gebombt hatte, sondern ein christlicher Fanatiker. Natürlich verteidigte Five weiterhin vehement die Notwendigkeit des Kreuzzugs gegen den Islam, »nur die Genickschüsse, das war übertrieben«, meinte er. Aber das Manifest des Oslo-Attentäters sei gut, nur werde es jetzt leider niemand mehr ernst nehmen.

Montag, 25. Juli 2011

Martin

Montagmorgen fand ich, dass der Plotter nun genug Zeit gehabt haben sollte, seinen Rausch auszuschlafen. Mittags klingelte ich Sturm – vergeblich. Mir reichte es, ich nahm seinen Schlüssel – er hatte ihn mir gegeben für den Fall, dass er wieder mal den eigenen vergessen hatte – und wollte das Paket ins Zimmer stellen.

Doch die Tür klemmte.

Durch den Schlitz konnte ich Berge von Büchern auf dem Boden sehen. Das war nichts Ungewöhnliches.

Ungewöhnlich war sein Bein auf dem Boden unter den Büchern, und dass das Regal nicht an der Wand stand, sondern umgekippt die Tür versperrte.

Er hatte es wahrscheinlich im Suff aus der Verankerung gerissen. Ein guter Handwerker war er nie gewesen, und die Dübelschrauben waren immer schon locker.

»Holger«, rief ich.

Das Bein antwortete nicht.

Ich versuchte den Regalständer beiseite zu drücken – vergeblich. Im Flur tauchten zwei Studenten auf und zusammen schafften wir es mit viel Mühe, die Tür zu öffnen.

Holger lag auf dem Boden, das Regal über ihm und sein Kopf voller Blut. Sein ganzer Körper lag unter Büchern, auf seiner Brust: *Das Kapital Band I*, von Karl Marx. Das Buch war blau, dicker als Harry Potter und zerfleddert.

»Meine Vergangenheit«, hatte er mir mal gesagt und es aufgeblättert. »Durch nichts habe ich soviel gelernt.«

»Glaubst du dran?«, wollte ich von ihm wissen. Die Seiten waren von oben bis unten unterstrichen, markiert, mit Bemerkungen vollgekritzelt. Er strich mit dem Finger über eine Seite, als wäre das Buch seine Geliebte.

»Glaubst du noch dran?«, fragte ich wieder, aber eigentlich war das überflüssig. Niemals habe ich bei ihm so einen zärtlichen Blick gesehen. Natürlich glaubte er dran. Wer glaubt nicht an seine Geliebte?

»Nein«, sagte er, schaute hoch und klappte das Buch zu. »Nein, das ist es, was ich gelernt habe. Auf den Glauben kommt es nicht an.«

Ich nahm das zerfledderte Buch von seiner Brust.

Der Arzt konnte nur noch den Tod diagnostizieren.

»Erschlagen von seinen Büchern«, sagte er und schüttelte den Kopf. »Was für ein Tod für jemanden, der immer eins schreiben wollte.«

Dann rückte – ganz wie im Krimi – die Kripo an, mit Spurensicherung und allem, was dazugehört.

Sanitäter trugen später die Leiche zur Obduktion fort, und ich fragte eine Beamtin, die aussah, als wolle sie für ›Deutschland sucht die Superbullin‹ kandidieren, wieso man bei einem offensichtlichen Unfall ermittelte.

Juli Faller

Das hatte mir gerade noch gefehlt: ein abgerissener Opa, der in seinem Hartz-IV-Apartment von seinen Büchern erschlagen wurde. Und wir mussten natürlich los, obwohl es da gar nichts zu ermitteln gab. Den Typ hatte sein Regal erschlagen, er hatte keine Besitztümer und war seit 68 nie erwachsen geworden. Sein Apartment hatte weniger Stil als eine Aldi-Filiale und seine Hose sämtliche sozialen Kämpfe der letzten vierzig Jahre überstanden, wenn auch nicht ohne Folgen. Die Hosenbeine waren ausgefranst, die Taschen ausgebeult und der Reißverschluss stand halb offen, vermutlich, um die Bereitschaft zu betonen, die sexuelle Revolution wieder aufleben zu lassen. Kurz gesagt: Er sah aus wie Papa. Hatte er auch Kinder gehabt? War er auch vor seinen Kindern nackig durch die Wohnung gelaufen und hatte das als Fortschritt verkauft?

Immerhin, Papa hatte das aufgegeben, als der Bauch immer größer wurde. Eindeutig eine Verbesserung fand ich damals und betete, dass er nie auf die Idee kommen möge, abzunehmen.

Natürlich gab es auch den unbeteiligten Zuschauer, der alles besser wusste und den Derrick spielen musste.

»Warum ermitteln Sie denn überhaupt?«, fragte der, ebenfalls vom Aussehen ein 68er. »Gibt es sonst nichts zu tun? Keine Vergewaltigungen, keine Rechtsradikalen? Den haben doch seine Bücher erschlagen, das hat der Arzt gesagt.«

»Eben das muss festgestellt werden. Ob es die Bücher, und damit ein Unfall war oder ob jemand anderer nachgeholfen hat, und es war Mord.«

Dabei glaubte ich selbst nicht an einen Mord. Wer sollte diesen Freak ermorden wollen? Noch dazu mit seinem Regal? Vermögen besaß er nicht und Feinde hatte er auch keine, das stand bald fest. Sieht man von Grinsekatze ab, über den er Krimis geplant haben sollte. Aber als guter 68er hatte er aus den Plänen nie Wirklichkeit werden lassen. Vermutlich zu anstrengend, oder er musste vorher ausdiskutieren, ob Krimis überhaupt gesellschaftlich relevant waren. Grinsekatze wusste vermutlich nicht mal, dass er so oft in den Plots vorkam. Und wenn er es gewusst hätte, hätte es ihn wohl kaum berührt. Wenn Bürgermeister alle ermorden würden, die sie nicht mögen, wäre die Welt vor Überbevölkerung sicher.

Mittwoch, 27. Juli 2011

Martin

Ich hatte am Montag das Kapital des Plotters mitgenommen und ins Regal gestellt. Mittwoch suchte ich etwas, stieß wieder auf das Kapital und zog es heraus. Dabei fiel es mir auf den Boden und klappte auf. Die Texte waren immer noch mit verblassender Schrift markiert, kommentiert und unterstrichen.

Aber in der Mitte war ein Rechteck in die Seiten eingeschnitten.

In dem Fach lagen Geldscheine: 4800 Euro. Und ein Blatt, kaum lesbar, vervielfältigt mit einer Umdruckmaschine. Wie damals vor vierzig Jahren eben Flugblätter gedruckt wurden. Wie oft hatte ich welche entworfen? Ich weiß es nicht mehr, kein einziges meiner Flugblätter habe ich aufbewahrt. Gegen Hochschulgesetze, für die Drittelparität, für eine Hochschulreform, gegen die Reaktion. Irgendwann ähnelten sich die Flugblätter und ich gab es auf, welche zu schreiben.

Ich erinnerte mich an den Geruch der Farbe, die schwarzen Pfoten. Erst musstest du den Text auf eine Matrize tippen – wehe, du hattest dich vertippt. Dann musste der Korrekturlack her, der Text wurde mit dem roten Lack überstrichen und wenn der getrocknet war, wurde der verbesserte Text darüber getippt.

Dann die Arbeit, das Flugblatt zu vervielfältigen. Die Matrize wurde in die Umdruckmaschine gespannt, eine schwarze Farbtube eingesetzt. Mit der Handkurbel wurde dann Blatt für Blatt gedruckt. Eine Heidenarbeit, wenn tausend Exemplare verteilt werden sollten. Politische Arbeit war Anfang der Siebziger Handarbeit.

Es gab auch elektrische Umdrucker, doch diese Geräte waren teuer. Nur wohlhabende linke Organisationen besaßen solche, und sie ließen nur befreundete oder verbündete Gruppen ihre Flugblätter dort drucken. Aber nur die. Man achtete auf Linientreue in diesen Jahren.

Die Vorderseite des Flugblattes titelte: *Die Schweine wollen räumen*. Offenbar mit einer Schablone in großen Blockbuchstaben direkt auf die Matrize geschrieben. Keine Lettraset Buchstaben, die man auf eine Vorlage aufklebte und dann zum Brennen brachte. Das war die Komfortversion des Flugblattdrucks. Die Vorlage auf Papier erstellen, diese Vorlage wurde dann auf eine Matrize gebrannt. Sehr viel besser als direkt auf die Matrize zu tippen, aber auch sehr viel teurer. Die normalen Wachsmatrizen kosteten nicht mal fünfzig Pfennige, die gebrannten schlugen mit fünf Mark zu buche.

Dieses Flugblatt war mit einer Wachsmatrize erstellt und die Überschriften mit Schablone direkt auf die Matrize geschrieben worden. Offenbar von einer Gruppe gedruckt, die wenig Geld hatte und keine Beziehungen zu besser ausgerüsteten Genossen.

Und ganz unten lag noch ein Blatt. Das war gut lesbar und offenbar mit einem modernen Drucker erstellt worden. Wie sich die Zeiten ändern. Auf dem Blatt stand:

Die Arbeit und die Gruppe sind das, was zählt. Wir haben uns dazu verpflichtet, weil wir Brüder und Schwestern sind, die ein Ziel haben. Nicht für uns tun wir das, nicht um Reichtum, Macht oder Einfluss zu gewinnen, nicht um Karriere zu machen, sondern für ein anderes Leben, eine bessere Welt.

Wir selbst sollten ohne private Wünsche sein, denn was wir wünschen, ist für alle bestimmt: Kampf den Unterdrückern, Freiheit für die Völker! Dafür kämpfen wir. Wenn die Arbeit getan und alles gut verlaufen ist, werden wir uns die Hände reichen und sagen, dass es eine Aktion war, die uns diesem Ziel nähergebracht hat. Andere Genossen sollten wir nicht in Verwirrung stürzen, sondern mit ihnen reden und ihnen Mut machen. Denkt daran, dass wir im Gedächtnis unserer Mitkämpfer weiterleben, denen wir so ein Vorbild werden. Dass wir weiterleben in den Kämpfen nach unserem Tod, der deshalb, wenn er uns trifft, nicht vergeblich war. Von uns soll es nur heißen: Verhaftet oder tot, aber nicht, wir hätten den Kampf aufgegeben. Jedem ist der Tod beschieden, aber nicht jeder Tod hat die gleiche Bedeutung. Wie Mao sagte: »Der Tod des einen ist gewichtiger als der Tai-Berg, der des anderen hat weniger Gewicht als Schwanenflaum.« Wir kämpfen für das Volk, und unser Tod hat mehr Gewicht als der Tai-Berg, aber der Tod derer, die für die Unterdrücker kämpfen, ist bedeutungslos wie Schwanenflaum. Denkt immer an Kim Il Sung: »Ist es besser, sich einfach hinzulegen und zu sterben, oder aufzustehen und Widerstand zu leisten?« Damit die falschen Ansichten der Menschen vom Leben nicht von den richtigen abgelöst werden, dafür stirbt, wer im Kampf für die Unterdrücker stirbt. Doch so sterben wir Revolutionäre nicht, wir sterben nicht auf den Knien, wir sterben aufrecht, sterben kämpfend, und unser Tod rüttelt die Welt auf.

Die Zukunft lächelt dir zu, junge Schwester, und dir, junger Bruder, weil euer Leben nicht vergebens war, ihr eure Träume nicht an der Reihenhausgarderobe abgegeben und vergessen habt. Daran denkt, bevor ihr zu eurem letzten Einsatz aufbrecht, das soll euch Stütze sein und Halt geben. Die Älteren sollen den Jüngeren Mut machen, die Stärkeren die Schwächeren stützen und alle sollen sagen: »Es gibt kein richtiges Leben im falschen, wohl aber den Kampf, der uns zum Sieg führt und in dem wir unseren Frieden und ewiges Andenken finden.«

Das klang bekannt, wenn auch mindestens so alt wie das Flugblatt. Ein altes RAF-Pamphlet? Auch die RAF hatte gebombt. Immerhin hatte sie keine Genickschüsse in Jugendlagern abgegeben. Aber über jeden Anschlag hatte sich Franz Josef Strauß so gefreut wie Five über Anschläge der Al Kaida. Verdammt, die hätten ihm kein schöneres Geburtstagsgeschenk machen können als einen großen

Anschlag in Oslo mit vielen Toten. Nur Pech, dass es dann ein Christ war. Das passte ihm so gar nicht. Vermutlich war es Tarnung, in Wirklichkeit steckten doch die Musels dahinter. Auch bei der RAF hatten viele Linke geglaubt, dass es sich in Wirklichkeit um eine vom Verfassungsschutz und der CIA ferngesteuerte Gruppe gehandelt hatte.

Da fiel mir der Plot des Plotters ein. Über die Muslime und die Christen und dass sie sich zusammentun. Ich sollte den Ordner mit den Plots retten.

Ich ging auf den Balkon, turnte um die Absperrung herum auf den des Plotters und spähte ins Zimmer. Die Bücher lagen immer noch auf dem Boden, jetzt auf einen unordentlichen Haufen aufgetürmt. Die Sanitäter hatten schließlich den Leichnam befreien müssen, auch wenn die Polizei das erst gestattet hatte, nachdem sie ihn und seine Bücher aus sämtlichen verfügbaren Winkeln aufgenommen hatte.

»Woher hattest du das Geld?«, fragte ich in die Stille hinein.

Niemand antwortete mir. Aber das Fenster war gekippt, das hatte die Kripo wohl übersehen. Oder dachte, dass niemand über den Balkon einsteigen würde. Oder glaubte selbst gar nicht an die Möglichkeit, dass es Mord sein könnte. Jedenfalls gelangte ich in das Apartment.

Den roten Ordner fand ich nicht.

In dem großen Bücherhaufen lag auch sein Laptop. Ich zog ihn heraus, er brauchte ihn nicht mehr, aber ich würde ihn brauchen können. Mit Korrekturen für Verlage macht man keine großen Sprünge. Der Plotter hatte immer das neueste Modell. Für einen guten Laptop und guten Wein, dafür gab er Geld aus. Die Hose dagegen war abgeschabt, sein Pullover zog Fäden. Morgens aß er in der Pflasterstub', mittags im Essenstreff, und unterhielt sich mit den Obdachlosen und anderen Gestrandeten, die sich dort täglich versammelten. Wenn ich mit ihm durch die Stadt ging, wurde er an jeder Ecke von abgerissenen Typen angesprochen. Dem einen fehlten die Vorderzähne, der zweite hatte ein verschorftes Gesicht, andere zeigten mit geplatzten Äderchen und rotem Gesicht an, welchem Stoff sie mehr zusprachen als ihnen gut tat. Mit jedem Verkäufer des *Freien Bürgers* wechselte er wenigstens ein paar kurze Worte. Mit der Zeit grüßten sie auch mich, wenn ich alleine durch die Stadt ging.

Ich klappte den Laptop auf. Der Bildschirm war zersplittert. Ich schaltete ihn ein, nichts rührte sich. Das war's also gewesen.

Andererseits konnte ich mir von 4800 Euro leicht einen neuen leisten. Wenn ich mich zum Erben ernannte. Wo hatte er das Geld her? Drogen? Einbruch? Krumme Geschäfte? Mir schien er immer sauber zu sein. Doch wer will das schon wissen? Wenn die höchsten Banker krumme Dinger drehen, kann man von Hartz-IV-Leuten keine weiße Weste erwarten.

Aber die Exposés. Die wollte ich retten, bevor der Rest hier im Müll oder dem *Fairkauf* landete. Verwandte? Jemand wie der Plotter hat keine Verwandten. Also, ermahnte ich mich, Martin, du bist jetzt der Einzige, der das Andenken an den Plotter hochhält.

Und so begann ich nach dem dicken Ordner zu suchen, in dem der Plotter seine Plots abheftete. Rot war der.

Doch ich fand ihn trotzdem nicht. Ich drehte alles um und um, fand vier Ordner, einen mit Kontoauszügen, einen mit Bedienungsanleitungen für den Laptop und einen mit diversesten Briefen, erstaunlicherweise von einer Fondsgesellschaft. Ein weiterer enthielt Steuererklärungen. *Steuererklärungen!* Welcher Gast der Pflasterstub' erklärt seine nicht vorhandenen Einkünfte dem Finanzamt?

Plotter, warum hast du mir nicht vertraut?

Doch die Einkünfte waren nicht hoch. Zumindest die, die er dem Finanzamt erklärte. Ein wenig mehr als Hartz IV, das war's aber auch schon.

Und keiner der Ordner war rot. Keiner enthielt Exposés. Die Morde an Grinsekatze kamen nicht vor.

Na gut, was soll's. Dann eben keine Geschichten, die ich ihm bei der Beerdigung mit ins Grab geben konnte. Dein Pech, Plotter, du hättest sie nicht verstecken dürfen.

Jimmy 1963

Wie alle großen Depressiven wusste Hansi schon früh, dass er nie etwas zustande bringen würde. Schon dass alle ihn Hansi riefen! Und Jeans durfte er, anders als die anderen Jungen, auch nicht tragen. Was will man da machen? Sollte er sagen, dass ihm viel besser gefallen würde, Jimmy statt Hansi gerufen zu werden? Sie hätten ihn ausgelacht. Und würden weiter Hansi rufen. So hielt er den Mund, und er selbst war der Einzige, der sich Jimmy nannte. In seinen Träumen, in denen er Jeans trug und große Abenteuer bestand. In der Wirklichkeit gab's nur Schule und Fußballspiele, bei denen er den Ball nicht traf.

Und auch sonst war er eine Fehlkonstruktion.

Anfänglich redete er sich noch ein, dass es keine Sünde sei. Das Aufklärungsbuch, das ihm seine Mutter in die Hand drückte, schilderte zwar sehr eindrücklich die Qualen der ewigen Verdammnis, stellte die tiefe Verwerflichkeit der Selbstbefleckung dar; und obendrein drohte ja nicht nur die Hölle – bis dahin würde es noch ein ganzes Leben dauern – sondern auch der Verlust des Rückenmarks. Und Jungen, die es oft taten, wurden käsig und antriebslos.

Er war antriebslos. Und tat es oft.

So klar und beeindruckend die Folgen der Sünden beschrieben wurden, so vage drückte das Buch sich aus, ging es darum, was man genau tun musste, um sie zu begehen. Fast hatte man den Eindruck, als wusste der gute Pater es selbst nicht so genau. Fehlte ihm vielleicht die praktische Erfahrung? Trat der Samen vielleicht aus den Hoden aus? Dann war es keine Sünde, wenn er sich mit der Hand etwas weiter höher berührte. Davon stand nichts in dem Buch.

Die Realität ist ein harter Lehrmeister. Bald lernte er, dass die Dinge nicht so waren, wie er sie gerne haben wollte. Er war vielmehr schuldig. Er tat, was sein Rückenmark unwiederbringlich zerstörte. Und weil er es so oft trieb, deshalb musste es krankhaft sein. Dann war er auch unschuldig. Für Krankheiten kommt niemand in die Hölle.

Sein Vater war Arzt, aber solche Dinge kann man nicht mit seinem Vater besprechen. Lieber hätte er seine Zunge verschluckt.

Doch Vati hatte Bücher. *Differentialdiagnose* war eins, ein dicker Schinken mit über tausend Seiten und noch viel mehr Krankheiten. Die waren viel konkreter beschrieben als die Sünden des frommen Paters.

Chronische Prostatitis, Prostataentzündung, das passte. Zwar war es eine Krankheit alter Männer sagte das Buch, aber sicher gab es da Ausnahmen. Jedenfalls war das, was er tat, chronisch. Und mit Sulfonamiden heilbar, sagte das Buch. Das allein zählte.

Denn die gab es in der Hausapotheke, die gut bestückt war und die Zeit noch weit, in der Bedenken gegen Antibiotika in Mode kamen; ›Vorsicht, darf nicht in Kinderhand gelangen!‹, all das gab es noch nicht. Viel hilft viel und Angina gab's in der Familie immer wieder. Er griff also in den Tablettenschrank. Der hatte zwar ein Buchstabenschloss, aber der Code – der Name der Pharmafirma, die es als Werbegeschenk vertrieb – war außen aufgedruckt.

Dreimal am Tag genommen, würden die Tabletten seine Seele retten. Und sein Rückenmark.

Martin

In der Nacht erschien er mir im Traum. Und damit fing diese ganze verdammte Geschichte an.

»Ich bin ermordet worden«, sagte er mir. Er war schon immer melodramatisch.

»Ja, ich weiß. Dein Regal hat dich erschlagen.«

»Nein. Du musst den Mörder finden!«

Klaro, ich musste den Mörder finden. Folgen Sie Ihren Träumen! Sagen uns das nicht alle Lebensratgeber? Ich glaube nicht an Ratgeber.

»Weil ich sonst nicht wegkann.«

»Na prima, du kannst nicht weg. Du bist weg, hast du das nicht mitbekommen? Du liegst in der Pathologie, die schneiden dich auf, und wenn sie rauskriegen, dass es nicht dein Regal war, sucht die Kripo deinen Mörder.«

»Ich kann von hier nicht weg. Nicht, solange der Mörder nicht gefasst worden ist.«

»Okay, dann meld dich bei der Polizei. Erschein denen im Traum, die sind für so was zuständig, aber lass mich schlafen.«

Er schaute mich nur traurig an.

»Warum gehst du nicht?«, fragte ich ihn. »Oder verrätst mir wenigstens, wer's gewesen ist? Das würde die Suche sehr erleichtern und die Polizei freuen.«

Doch statt zu antworten, verschwamm sein Gesicht wie der Traum. Und ich, ich war wieder in der Schule und sie hatten mir das Abitur aberkannt. Jetzt musste ich es nochmal machen – nein, nicht nur wiederholen, sondern die gesamten drei Schuljahre der Oberstufe erneut absitzen. Das erläuterte mir mein Rektor, ein hartgesottener Lehrer, Griechisch und Latein, und ich hörte ihn über die Antike sprechen. Dass der Adel in Griechenland die Demokratie schützte, dass die Tyrannen die Volksherrschaft ausübten und jeder, der sich auf den Plebs verlässt, ist verloren. Nur Elite, nur Härte ist hilfreich. ›Sparta forever!‹ und ›Lasst uns Spartaner sein gegen den Kommunismus!‹

Er tat mir leid. So fern war seine Wirklichkeit, zweieinhalbtausend Jahre. Warum musste er so weit weg leben? Wovor floh er, was fürchtete er, dass nur Jahrtausende ihm genügend Abstand und Sicherheit gaben?

Die große Zeit. Die große Zeit der Philosophen und Soldaten, die große Zeit, in der Ideale verfochten, gelebt und bekriegt wurden; eine Zeit, in der Spartaner durch Europa marschierten und soldatische Tugenden etwas galten. Auch der Rektor hatte seine große Zeit gehabt, auch er Ideale verfochten. Auch er war durch Europa marschiert.

Später, in der Bundesrepublik und im Wirtschaftswunder, sah auch er ein, dass Demokratie besser war, und dass sich die Ideale nicht ganz so ideal hatten verwirklichen können. Demokratie schlug die Ideale. Trotzdem trauerte er diesen Idealen nach. Vor dem Widerspruch floh er. Zweitausend Jahre sind eine große Entfernung, für den, der sich selbst nicht ins Gesicht schauen will. Zweitausend Jahre, da sind sie alle tot, die Demokraten wie die Tyrannen, die Adligen, das gemeine Volk wie auch die Philosophen. Zweitausend Jahre, das ist eine lange Zeit, eine Zeit zum Träumen, eine Zeit zum Vergessen.

Dann wurde ich wach. Sieben Uhr morgens und verdammt leise. Kein Plotter, der im Nachbarapartment rumorte. Kein Winnie, der im Apartment über mir auf und ab ging und Gedanken für seine nächste Geschichtsstunde sammelte. Vor drei Jahren war er zum letzten Mal im Monte gewesen. Dann kam der Infarkt, das Wasser in den Beinen. Er ging nur noch an Krücken und schlussendlich lag er im Sankt Laurentiusheim und niemand kam an sein Bett außer mir. Die letzten drei Tage beschuldigte er mich, dass ich ihn an den Verfassungsschutz verraten hätte, dass die Schwestern seine Hörgeräte klauen würden, die er an den unmöglichsten Stellen versteckte, und dann war er tot. Heute wohnt eine junge Studentin über mir, die nie auf und ab geht, um ihre Gedanken zu sammeln. Vermutlich, weil sie nichts mehr fürchtet als Gedanken. Die könnten ja ihre Frisur durcheinanderbringen.

Und jetzt auch der Plotter. Einsam wurde es rund um mich.

Donnerstag, 28. Juli 2011

Juli

Der Typ steuerte meinen Schreibtisch an, und ich wusste gleich, dass es wieder so ein Spinner sein würde. Irgendwie musste ich die magisch anziehen. Vielleicht wegen Papa. Der hier sah ihm verdammt ähnlich. Der gleiche Bart, das gleiche kurz geschnittene, silberne Haar, und sechzig war er sicher auch. Vermutlich glaubte er auch noch an Multikulti und den Weihnachtsmann.

Dann erkannte ich ihn. Der Typ vom Montag, der sich drüber aufregte, dass die Kripo ermittelte, wenn ein verhinderter Schriftsteller von seinen Büchern erschlagen wurde.

Er legte eine Tüte auf meinen Schreibtisch, begrüßte mich nicht einmal, sondern sagte nur: »Das ist der Beweis.«

Ich holte tief Luft, atmete aus, und als ich mich wieder beruhigt hatte, sagte ich: »Wer sind Sie überhaupt? Ach ja, und einen guten Tag.«

»Äh, Guten Tag, Entschuldigung, aber sie haben ihn ermordet.«

»Ich habe niemanden ermordet.«

»Den Plotter meine ich. Den Sie und Ihre Kollegen am Montag abgeholt haben. Auf dem Laptop waren alle seine Geschichten. Und jetzt ist er kaputt. Was für ein Zufall aber auch! Und seine Exposés sind auch fort.«

»Ganz ruhig«, sagte ich, aber eigentlich wollte ich mich gar nicht beruhigen. So Leute können einem den ganzen Tag versauen. Das waren die Momente, in denen ich mich fragte, ob ich nicht doch besser Notarin hätte werden sollen. Papa hätte das gefreut. Eine

Polizistin als Tochter, das ist die größte Schande für einen 68er. Schlimmer als wenn sie auf den Strich ginge.

Der Typ atmete auch ganz tief ein. Wir sahen uns an. Eine ganze Weile. Dann grinste er. »Mein Freund ist Montag gestorben. Im Nachbarzimmer. Erschlagen von seinem Regal, meint die Polizei und der Arzt.«

»Und Sie hielten es für einen Unfall, ich erinnere mich. Unnötig, dass die Kripo ermittelt, erklärten Sie mir.«

»Am Montag dachte ich so. Aber dann, dann habe ich diesen Laptop entdeckt. Und der ist kaputt.«

»Das Regal ist auf ihn gefallen«, vermutete ich.

»Richtig. Und er rührt sich nicht mehr. Sie müssen ihn untersuchen, man kann doch defekten Festplatten immer noch Daten entlocken, oder?«

»Und warum sollte man? Wir sind nicht für totgeschlagene Laptops zuständig.«

»Aber die Exposés fehlen auch!«

»Die *was*?«

»Die Exposés. Kurzfassungen von Romanen. Er hat geschrieben, müssen Sie wissen, deshalb nannten ihn auch alle den Plotter. Weil er immer Plots, Geschichten erfunden hat. Aber immer nur die Kurzform, den Klappentext sozusagen. Nie hat er daraus einen Roman gemacht.«

Vermutlich auch einer dieser gescheiterten 68er. Nie was zu Ende geführt.

»Aber Freitag hatte er gesagt, jetzt hätte er die heiße Story. Und in derselben Nacht erschlägt ihn sein Regal und seinen Laptop gleich mit. Und der Ordner mit allen Exposés ist fort. Den hat also jemand geklaut. Und wer klaut schon einen Ordner mit Exposés?«

»Ein anderer Schriftsteller?«

»Quatsch! Das war jemand, dem das letzte Projekt gefährlich werden konnte. Der deshalb dafür gesorgt hat, dass jede Beschreibung davon verschwindet.«

»Wie war der Name? Ihres Freundes mein ich, dieses Plotters?«

»Holger Hennen.«

Und richtig, der Computer kannte ihn. Die ersten Ergebnisse gab es schon. Standardfall, Schädelfraktur, die Wunde passte zum Regal, Fremdeinwirkung konnte ausgeschlossen werden, nichts Verdächtiges. Die Rechtsmedizin hatte die Leiche zwar noch nicht freigegeben, weil noch einige Untersuchungen ausstanden, aber ...

»Der Fall ist geklärt«, sagte ich. » Keine Anzeichen von Fremdeinwirkung. Die Schädelfraktur wurde einwandfrei vom Regal verursacht.«

»Aber die Exposés ...«

»Sind weg, ich weiß. Aber das heißt noch lange nicht, dass er ermordet wurde. Vielleicht hat er seinen Ordner selbst entsorgt. Schriftsteller haben schon öfter ihre Werke vernichtet.«

»Und der Laptop?«

»Wurde auch vom Regal erschlagen.«

»Heißt das, sie wollen gar nichts tun?«

»Richtig. Warum sollten wir?«

»Weil er niemals seine Exposés vernichtet hätte. Weil das alles zum Himmel stinkt.«

»Für Gerüche sind wir auch nicht zuständig.«

»Dann werde ich eben Anzeige erstatten.«

»Das würde ich Ihnen nicht empfehlen. Sie haben Beweismaterial aus dem Zimmer entfernt. Ach ja: Wie sind Sie überhaupt ins Zimmer gelangt? Ist das nicht versiegelt?«

Der Typ schaute mich entgeistert an. Damit hatte er nicht gerechnet. Ich stand auf. »Sehen Sie, ich verstehe Sie ja. Den Freund verlieren, durch so einen unwahrscheinlichen Zufall, ist hart. Aber deshalb ist das noch lange kein Mord. Also bringen Sie den Laptop wieder zurück, dorthin, wo sie ihn herhaben und überlassen das Mörderfangen uns.«

Warum diese Leute immer bei mir landen müssen. Die lesen Krimis, sehen den *Tatort*, und schon gieren sie nach einem Mord.

Wenn dann jemand stirbt, stehen sie tags darauf hier auf der Matte. Die Schwiegermutter hatte keinen Schlaganfall gehabt, sondern war vergiftet worden. Der Enkel hatte sich nicht im Suff zu Tode gerast, sondern war von Rechtsextremisten beseitigt worden.

Und einen überalterten 68er hatte nicht das eigene Bücherregal erschlagen, sondern das Monopolkapital.

Der Mann nahm tatsächlich seine Tüte samt Inhalt an sich.

»Bemühen Sie sich nicht«, sagte er, »ich finde allein hinaus.« Auch den Satz hatte er vermutlich aus einem Krimi.

Martin

Die Stimmung war gedrückt. Allen steckte das Ende des Plotters in den Knochen. Ein Begräbnis hatte es nicht gegeben – noch nicht. Die Gerichtsmedizin hatte zwar im Prinzip alles geklärt, so hieß es, aber die abschließenden Untersuchungen würden noch eine Woche dauern. Solange lag er im Kühlraum.

Jeder hing den eigenen Gedanken nach. Bis Werner das Schweigen brach.

»Er ruhe in Frieden.«

»Wenigstens etwas, dass er zu Ende bringen kann«, knurrte Sylvie. Sie mochte ihn nicht, ich hatte es immer geahnt. ›Meine Güte, hat studiert, eine Allgemeinbildung, die ihresgleichen sucht und was hat er daraus gemacht? Nüscht!‹, das war es, was Sylvie wohl dachte, die nur Realschulabschluss hatte, und selbst das war ein Glück gewesen. Ihr Vater schuftete bei Krupp; und was nützt Bildung schon, außer, dass man die Nase hoch trägt?

»Immerhin eine Gedenkveranstaltung«, sagte ich. Gestern hatten wir es im Monte aufgehängt:

Wir trauern um den Plotter.
Anstelle eines Begräbnisses, um siebzehn Uhr im Monte.

Wer ihn kannte, ist herzlich eingeladen.

Überraschend viele waren gekommen.

»Mister Software war auch da«, fuhr Werner fort. Der hatte vor Kurzem eine Filiale in Freiburg eröffnet. Und sollte jetzt sogar eine Wohnung in Freiburg haben.

»Erstaunlich«, sagte Five.

»Kennt ihr euch?«, fragte Sylvie.

»Von früher«, antwortete ich. Sylvie schaute mich fragend an. Aber ich schwieg. Was hätte ich auch sagen sollen? Dass ich mit Mister Software, dem Plotter und zahlreichen anderen einmal auf die Barrikaden gegangen war? Steine auf Polizisten geworfen hatte, Häuser gegen den Abriss verteidigt und Flugblätter gegen das Kapital verteilt hatte? Na ja, so ganz stimmte das auch wieder nicht. Ich war nur ein Jahr in Frankfurt und bin Mister Software ein paar Mal über den Weg gelaufen. Dann ging ich nach Darmstadt, wollte Computer mit dem Antikapitalismus verbinden, schrieb Artikel in der Darmstädter Studentenzeitung, und in der Basisgruppe diskutierten wir über eine andere Technik.

Sylvie wartete ein paar Sekunden, dann zuckte sie mit den Schultern und wandte sich wieder dem Zapfhahn zu.

»Ich glaube nicht an den Unfall«, sagte ich.

»Klar, du glaubst an Mord. Nur das wäre dem Plotter gerecht geworden. Jemand, der so oft gemordet hat, hat es nicht verdient, von seinem Regal erschlagen zu werden.«

»Der Laptop wurde auch erschlagen. Und der Ordner mit den Exposés ist fort.«

»Glaubst du, Bertelsmann hat ihn ermordet? Um seine Romanideen zu klauen?« Sylvie lachte. »Wenn demnächst *Der kahlköpfige Pygmäe* als Heyne-Thriller erscheint, wissen wir Bescheid.«

»Die Geschichte ist jetzt auch verloren.«

»Ist sie nicht«, sagte Meike und grinste Sylvie an. Die griff unter die Theke, dort wo dasjenige liegt, was die Gäste vergessen. Sie zog zwei eng bedruckte Blätter hervor: *Der kahlköpfige Pygmäe. Ein Serienmörder aus Deutschland, von Holger Hennen für Sylvie.*

Ich starrte Syvie an. Sie grinste. »Das einzige Exposé, das noch existiert.«

»Außer …«, sagte Meike, aber biss sich dann auf die Lippen und schwieg.

Und tatsächlich: Zumindest dieses Exposé war nicht verloren gegangen.

Der Held ist ein Pygmäe, aus alter deutsch-südwestafrikanischer Schamanenfamilie, die seit Wilhelm Zwo in Berlin lebt. Sein Ur-Urgroßvater war ein großer Schamane und hatte eine Vision: Die Familie muss nach Berlin auswandern, weil dann einer seiner Ur-Urenkel etwas vollbringen wird, das ganz Deutschland staunen lässt. Der Pygmäe glaubt, er sei derjenige welcher und er werde Deutschland staunen lassen, weil er der erste Pygmäe wird, der den Titel »Mister Germany« erringt. Deshalb trainiert er täglich zehn Stunden im Fitnessstudio. Leider hat er aufgrund der Anstrengung alle Haare verloren und glaubt, dass er haarlos geringere Chancen haben würde. Zudem saßen in den Haaren auch noch die Zauberkräfte seines Ur-Uropas. Deshalb tut es eine Perücke nicht, er muss die Haare von lebenden Menschen nehmen, und damit er auch deren Zauberkräfte gewinnt, muss er sie umbringen, während er ihnen die Haare ausreißt.

Er kann nur bestimmte Haare verwenden: schwarz, mit leicht bläulichem Schimmer und sie müssen eine bestimmte Dicke haben. Deshalb reist er jetzt durch Deutschland, bewaffnet mit einer Nähnadel, dessen Öhr genau diese Dicke hat, und einem Taschenspektrometer. Ständig hält er das Spektrometer an die Haare der Leute und wenn es piepst, prüft er mit der Nähnadel die Dicke der Haare. Stimmt auch diese, lockt er sie in den Wald, erwürgt sie mit einer Hand und reißt ihnen mit der anderen büschelweise Haare aus. (Ihr habt noch nicht vergessen, dass er täglich Krafttraining macht, hoffe ich?)

Die Haare bürstet er zu Hause mit dem Zauberkamm seines Ur-Ur-

opas und setzt sie zu einer Perücke zusammen. Wenn sich einer nicht in den Wald locken lässt, wird er sehr ungemütlich. Er setzt sich unter eine Berliner Zaubereiche, bürstet die Perücke mit dem Zauberkamm und die Opfer rennen zum Bahnhof, kaufen sich eine Fahrkarte (einfach) nach Berlin und spurten zu der Zaubereiche, ohne zu wissen warum.

Der Polizei ist der Typ längst aufgefallen; aber kein Serienmörder, der was auf sich hält, würde es ihr so einfach machen. Also kann der Pygmäe nicht der Täter sein.

Die Polizei setzt einen Kommissar und eine Kommissarin auf den Fall an. Der Kommissar hat ein Täterprofil, das besagt, dass der Killer vermutlich in der ödipalen Phase seiner schlafenden Mutter drei Haare ausgerissen hat, Angst vor der furchtbaren Rache seines Vater entwickelte und nun unter Wiederholungszwang steht. Aber wegen der Angst vor der Rache traut er sich nicht mehr an Frauen ran, sondern nimmt mit Männern vorlieb.

Von der Kommissarin hält der Kommissar nichts, diese Laus hat ihm die Frauenbeauftragte in den Pelz gesetzt. Dabei weiß doch jeder: Die spinnen, die Frauen!

Die Kommissarin hat ein Täterprofil, das besagt, dass der Täter schon in frühester Jugend schweren Misshandlungen vom Vater ausgesetzt war und erleben musste, wie dieser seine wehrlose Mutter stundenlang an den Haaren durch die Wohnung schleifte.

Von dem Kommissar hält sie nichts. Warum hat die Frauenbeauftragte nicht verhindert, dass ein Mann beauftragt wurde? Denn es weiß doch jeder: Die spinnen, die Männer!

Schließlich hat der Pygmäe dreimal dreiunddreißig und einen umgebracht, eine tolle Perücke und wieder seine Zauberkräfte. Gelassen erwartet er den großen Tag. Er wird siegen und sein Ur-Uropa stolz auf ihn sein. Jawoll! Und Wilhelm Zwo wird ihm im Traum erscheinen und persönlich beglückwünschen. Jawoll!

Leider wird er nur Dritter. Für ihn bricht eine Welt zusammen. Er geht zu seiner Zaubereiche, zerbricht den Zauberkamm, verflucht den

Ur-Uropa und ist danach so erschöpft, dass er einschläft. Im Traum erscheint ihm Ur-Uropa selig und sagt: »Ich bin sehr stolz auf dich!«

»Hau ab, du miese Ratte!«, antwortet er höflich. (Er ist zu müde für richtige Flüche!)

»Wenn du noch einen killst, bist du der erfolgreichste deutsche Serienkiller aller Zeiten«, fährt Ur-Uropa fort. »Also keine Müdigkeit vorschützen! An die Arbeit!«

Der glatzköpfige Pygmäe erwacht, setzt seine Perücke wieder auf, nimmt den zerbrochenen Zauberkamm, marschiert in das Lokal, wo sich die Jury zum Abendessen getroffen hat, und erwürgt alle fünf. (Habt ihr auch nicht vergessen, dass er Krafttraining ...?)

Aber sein Zauberkamm ist zerbrochen und jetzt erwischen ihn seine Verfolger, der Kommissar und die Kommissarin. Sie sind sehr, sehr böse mit ihm, weil er ihrem Täterprofil nicht entspricht und bearbeiten ihn solange sozialpsychologisch, bis er weinend zusammenbricht und gesteht, dass er seiner Mutter als er vier war, heimlich drei Haare ausgerissen hat, und dass sein Vater ihn und die Mutter jeden Abend zehnmal an den Haaren die Hochhaustreppe hinauf und hinunter geschleift hat.

Jetzt sind alle drei glücklich und heiraten. (Dreierehen wurden von der rot-grünen Bundesregierung 2015 zugelassen) Und wenn sie nicht gestorben sind, so turteln sie noch heute.

»Ich glaube nicht an den Unfall. Er hätte niemals zugelassen, dass seine Exposés verloren gingen«, wiederholte ich. »Schon gar nicht das von dem Pygmäen.«

Alle nickten zustimmend.

»Geh zur Kripo«, empfahl Sylvie.

Nein, das würde ich nicht noch einmal tun. Diese Karriere-Tussi wiedersehen? Bitte nicht. Die hatte nur eines im Sinn: den Vorschriften genügen und Deutschlands Superbullin werden.

»Geh doch zu Mister Software. Bei dem war er doch in der letzten Nacht, nicht wahr?« Werner blickte bestätigungsheischend in die

Runde. Five nickte. Tatsächlich hatte Mister Software sich herabgelassen, allen die Hand zu schütteln. Und zu betonen, wie leid es ihm täte. Dass er den Plotter in der letzten Nacht noch getroffen, ihm sogar einen Auftrag vermittelt hätte.

»Leider kam es dann ja nicht mehr dazu«, sagte er seufzend, und dann musste er schon wieder weg, der nächste Termin, ihr versteht?

»Bring dem doch den Laptop«, schlug Sylvie vor. »Ich habe gehört, dass man defekte Festplatten immer noch retten kann.«

»Meinst du, Mister Software kann das? Der hat für so was doch gar keine Zeit!«

»Aber er wird Angestellte haben, die das können!«

Werner blickte mich an. »Versuch's doch einfach. Wäre schade um all die Geschichten, die er nie geschrieben hat.«

»Wo er sowieso auf der Trauerfeier war«, warf Sylvie ein.

Mister Software. Der stand auf einem ganz anderen Dampfer, und dort obendrein auf der Brücke. Der kam nicht ins Monte, um seinen Blues zu ertränken. Ganz sicher konnte man nicht einfach bei dem ins Büro marschieren, ihm den Laptop auf den Tisch legen und sagen: »Nun mach mal!«

Nostalgie gut und schön, dafür ging man auf die Gedenkveranstaltung eines Freundes, der gescheitert war. Na ja, nicht richtig gescheitert. Aber was richtig zustande gebracht hatte er auch nicht – nicht wie Mister Software, den Spiegel, Fokus und alle Zeitungen kannten. Einmal war er sogar im Fernsehen. Alle hier im Monte hatten ihn gesehen. Zumindest die älteren. Und der Plotter, der hatte von ihm geschwärmt. Immer wieder hatte das hohe Tier ihm kleine Aufträge zugeschanzt. Die alten Zeiten eben.

Ausgerechnet Mars öffnete jetzt den Mund, ausgerechnet er, der sonst nie sprach. Jedenfalls nicht, wenn er nüchtern war. Was meistens der Fall war, schließlich wartete sein Taxi. Doch ich habe ihn auch ganz anders erlebt. Manchmal, nach mehreren Cognacs – er trank, wenn er trank, meist Cognac – dann straffte er sich, seine Augen leuchteten und er erzählte, dass er früher Großes geleistet habe. In Frankfurt. Zu Zeiten der Studentenbewegung. Als die Studenten gegen Spekulanten kämpften und die Häuser des Frühkapitalismus gegen die Angriffe des Spätkapitalismus verteidigten. Einmal sagte er sogar, dass er bald wieder Großes leisten würde. Konkret wurde er nie.

»Was hast du schon geleistet«, spottete Five dann. Und zog über Alt-68er her, die früher die RAF verteidigt hatten und heute ihre Erfolgslosigkeit mit Taxifahren zu kaschieren versuchten. Oder damit, dass sie Plots planten, aus denen dann nie ein Buch wurde.

Doch jetzt sprach Mars nicht von früheren Zeiten. Jetzt sagte er:

»So ein Unfug! Der war in der Pathologie, die haben ihn aufgeschnitten und das Regal hat ihn wirklich und tatsächlich erschlagen. Sonst wäre nämlich schon längst die Kripo hier.«

Dann stand er auf, zahlte und ging.

»Ich glaube auch nicht dran«, meinte Werner. »Obwohl, komisch ist es schon. Und du bist sicher, der Ordner mit den Exposés hat existiert? Und jetzt ist er weg?«

Ich hob die Schwurhand. »Bei meiner Indianerehre.«

»Na, dann geh mal hin zum großen Meister. Immerhin hätten wir dann die Exposés. Wäre doch schade, wenn die alle verloren wären.«

»Nimm die Gedenkveranstaltung als Eintrittskarte. Beruf dich darauf, rufe in der Firma an, dann werden sie es ihm ausrichten. Kannst ja auch eine E-Mail an die Firma schicken«, sagte Sylvie, ganz die erfahrene Frau, die wusste, wie man an hohe Tiere herankam.

Freitag, 29. Juli 2011

Martin

Und sie hatte recht. Mister Software hatte Zeit.

»Meine Güte, wenn ich an all seine Geschichten denke«, sagte er. »Und jetzt sind sie weg, sagst du?«

Ich nickte. Er nahm die Brille ab und schüttelte nur den Kopf.

»Ich hab ihn am Abend noch getroffen«, sagte er. »Meinen ersten Auftrag habe ich mit dem Plotter zusammen erledigt. Messdatenerfassung mit dem Apple II. Mein Vater hat getobt.« Dann setzte er die Brille wieder auf.

Mister Softwares Vater war auch im Computergeschäft gewesen. Allerdings in der Sparte der Großrechner. Damals glaubte keiner an die PCs. Feierabendbastler nannten die Großrechnerleute in teuren Anzügen sie. Gott, wie putzig. Noch mehr Freaks, vermutlich auch solche, die die Bundesrepublik unterwandern wollten.

Professor Doktor Thuet wollte Deutschland ans Computerzeitalter andocken. Jedes Jahr kassierte er dafür Fördergelder, um den deutschen Großrechner zu bauen. TC 4, TC 440 – alle mit eigenem, selbstgestricktem Betriebssystem, sollten IBM und den Amis Paroli bieten. Öffentliche Institutionen erhielten Rabatte, wenn sie sich statt IBM, CDC oder DEC einen Thuet-Computer anschafften. Bis in die Achtziger bastelten Thuets Ingenieure an dem Lieblingskind der Politiker aller Schattierungen. Dem deutschen Großcomputer! Immer neue Millionen wurden da hineingepumpt. Bis klar wurde, dass es nie einen deutschen Großrechner geben würde. Dass es überhaupt keine neuen Großrechner geben würde; dass die

Musik längst woanders spielte. Dass die PCs jetzt den Ton angaben und selbst IBM beinah Pleite anmeldete. Dass auch die anderen großen Namen von einst, DEC, Siemens und Honeywell Bull heute nur noch Nostalgie wecken würden.

Was hatten sich Vater und Sohn gestritten! Der Vater wollte, dass der Sohn sein Lebenswerk fortsetzte. Der Sohn hielt die Großrechner für elitäre Maschinen, die der Demokratisierung der Rechner im Weg standen. Ende der Sechziger hatten sie sich bereits heftigst wegen Vietnamkrieg, Drogen und Establishment in den Haaren gelegen. Der Vater hielt den Sohn für eine fünfte Kolonne der Chinesen, die Deutschland rot färben wollten, der Sohn den Vater für einen verknöcherten Reaktionär, der ganz sicher aus der Nazizeit noch einige Leichen im Keller liegen hatte, die bisher nur der Entdeckung entgangen waren.

Der Vater weigerte sich, sich mit dem Sohn irgendwo öffentlich zu zeigen, solange er seine langen Haare nicht abschneiden würde. Die Mutter, eine sächsische Familienmama, heulte sich bei meiner Mutter aus.

Dem Professorenpapa war klar, dass Sohnemanns Hinwendung zu PC und Feierabendbastlern nur ein weiterer Tort war, den dieser dem Vater antat. Kein Respekt! Wir bauen auf und ihr lasst es verfallen!

Obendrein hatte auch Herold, der BKA-Chef, der die Computer in das Polizeiwesen einführte, Thuet-Computer. Ein weiterer Beweis für den Sohn, dass der Vater auf der falschen Seite stand; für den alten Thuet aber ein Beweis, dass die Linke und insbesondere sein Sohn die freiheitlich-demokratische Grundordnung im Allgemeinen und die Computerbranche im Besonderen mit PCs unterwandern wollten.

Doch irgendwann erkennen selbst Parlamentarier die Realität. Die Förderung aus Bonn blieb aus, Thuet Computer ging pleite und der Vater starb kurz darauf. Der Sohn gründete sein eigenes Unternehmen, das ihm den Namen Mister Software einbrachte.

All das erzählte Mister Software mir jetzt. Als hätte ich das nicht schon längst gewusst.

An der Wand hing links Steve Jobs, rechts Che Guevara.

Und nein, wir reparieren keine Festplatten. Wir tauschen sie aus. Wir haben ständige Datensicherungen. Tut mir leid, aber da kann ich nicht helfen.

Dann fing er wieder mit dem Plotter an. Und was der zuletzt erzählt habe. Der Plot von Muselmanen und Katholiken erheiterte ihn. Schade, aber die Geschichten sind nun wohl verloren. Vielleicht solltest du sie aufschreiben? Aus dem Gedächtnis. Dass sie doch erhalten blieben. Man könnte ein Buch mit seinen Plots machen. *Plotters Plots*, das wäre doch was?

Eine Sekretärin betrat den Raum mit einer dicken Mappe. Ich stoppte die Nostalgie über die gute alte Zeit, und die Dame schenkte mir ein dankbares Lächeln. Anfang zwanzig und sehr hübsch. Mister Software stand auf so was, hieß es. Obwohl er ein Jahr älter war als ich. Oder fast ein Jahr.

»Ich hab ihn am Abend noch getroffen«, sagte er, als er mir zum Abschied die Hand schüttelte und mich zur Tür brachte.

»Wir haben über seinen Plot gesprochen.« Meine Hand wollte er fast nicht loslassen.

Erst als ich auf der Straße stand, wurde mir klar, dass ich eben einen großen Fehler begangen hatte. Ich ging wieder in das Gebäude.

»Nein, völlig ausgeschlossen«, sagte die Dame, die ich vorhin gerettet hatte.

»Er ist in einer Besprechung mit dem Unipräsidenten und einem Ministerialrat aus Berlin.« Sie schenkte mir ein bedauerndes Lächeln. »Ist es so wichtig?«

»Na ja«, fiel mir ein, »kennen Sie vielleicht eine Firma, die Festplatten repariert?«

»Aber sicher«, sagte sie und schrieb mir eine Adresse auf.

Das mit den Tabletten half nichts. Auch nach drei Monaten hatten sie ihn nicht von der Sünde geheilt. Verzweifelt war er, ging zwar weiter in die Kirche, sagte zu Hause, dass er zur Beichte ginge, aber natürlich betrat er nie den Beichtstuhl. Dort Unsägliches gestehen? Das konnte er nicht. Schon der Gedanke ließ ihn zittern.

Leider hatte das Folgen. Den Leib des Herrn zu empfangen, ohne in der Beichte von den Todsünden freigesprochen zu sein, war selbst eine Todsünde, war Gotteslästerung. Das war genauso schlimm wie das andere, was er tat. Die Kommunion blieb ihm also versagt. Doch würden die anderen es merken? Verdacht schöpfen? Scheu blickte er sich um. Der Gottesdienst, früher durchaus gerne besucht, wurde zur Bedrohung. Fiel es den anderen auf? Dass er nicht mit nach vorne ging? Dabei war es so einfach: Hände falten, auf der Bank vor dem Altar niederknien, die Zunge herausstrecken, auf die dann der Priester den Leib Gottes legen würde. *In nomine patris et filii et spiritus sancti,* Amen.

Einige andere gingen auch nicht nach vorne. Waren sie gleich ihm verdammt? Taten sie Gleiches, vergingen sie sich am eigenen Leibe?

Vielleicht war es so, auch wenn er es kaum glauben konnte.

Doch noch gab er nicht auf. Noch hatte der Teufel nicht gesiegt. Vermutlich glaubte Satan, dass er ihn bereits sicher in der Klaue hielt, doch er würde ihm von der Schippe springen. Täglich betete er um Erlösung.

Bis er erkannte, dass die Erlösung Ausgang hatte.

Die fehlende Beichte bedrückte zusätzlich. Den Kaplänen, die ihn doch alle kannten, konnte er unmöglich beichten, was er tat. Einmal allerdings kam ein fremder Priester, der die Beichte abnahm. Jimmy fasste Mut, setzte sich in die Bank, in der die Gläubigen warteten. Schwitzte Blut und Wasser, wollte davonlaufen, sobald ein Sünder freigesprochen den Beichtstuhl verließ, ein neuer ihn betrat und die Reihe aufrückte. Doch dann kniete er im Beichtstuhl, abgeschirmt gegen die anderen Sünder von dem schwarzen Tuch hinter ihm, vor ihm die durchbrochene dünne Holzwand mit dem Pergament dahinter, durch das er das Gesicht des Priesters nur erahnen konnte.

»In nomine patris et filii et sanctus spiritus, mein Sohn.«

»Ich bekenne, ich habe gesündigt in Gedanken, Worten und Werken«, und er zählte alles auf, Neid, Widerworte, Harmloses. Das Wort »Selbstbefleckung« kam nicht über seine Lippen. Als hätte der Teufel sie mit einem Fluch versiegelt.

»Sei weiter ein so braver Junge«, verabschiedete ihn der Priester, der sich freute, ein so frommes Schäflein freisprechen zu dürfen. Zur Buße gab er ihm fünf Ave-Maria auf.

Sei weiter ein so braver Junge. Es war der reine Hohn! Und eine falsche Beichte hatte er jetzt auch noch abgelegt.

Das mit Gott und ihm würde nichts mehr werden.

Samstag, 30. Juli 2011

Martin

Auf dem Weg ins Monte überquerte ich die Bismarckstraße. Besser gesagt: Ich wollte sie überqueren. Im letzten Moment sprang ich zurück und entging dem Tod durch ein Taxi, das mit quietschenden Reifen aus dem Taxistand beim Busbahnhof auf die Bismarckstraße raste. Als ob tausend Teufel oder gar die Steuerfahndung hinter ihm her waren. Ein Mercedes auf der Bismarckstraße bremste scharf und hupte empört.

Ich kannte das Taxi. Auf dem Heck prangte das Schild:

Keine abgebrannten Brennstäbe zum Mars, denn Mars bringt verbrauchte Energie sofort zurück.

Mars! Der war normalerweise ein ruhiger Mensch, sagte wenig und hielt sich im Hintergrund. Er war stolz darauf, zwanzig Jahre in Freiburg unfallfrei gefahren zu sein. Wenn er weiter solche Starts hinlegte, würde sich das bald ändern.

Vom Taxistand taumelte eine weinende Frau mit Rucksack in meine Richtung. Sie starrte dem Taxi hinterher und stolperte dabei gegen mich. Ich fing sie auf.

»Entschuldigung«, schniefte sie. »Aber das Taxi …«

»… hatte es erstaunlich eilig. Eigentlich nicht typisch für Mars.«

»Mars?«

»Der Fahrer.«

»Kennen Sie ihn? Entschuldigung, ich, ich …«

Die Frau war etwa so alt wie ich, sah aber – anders als ich – noch gut aus. Ein netter Gesichtsausdruck, auch wenn der im Moment sehr verstört wirkte.

»Das war doch Hans Brozat, oder?«, fragte sie.

»Ja, aber den nennen alle Mars. Wegen dem Aufkleber, wissen Sie.«

Sie nickte. »Er ist mein Cousin. Und jetzt will er von mir nichts wissen.«

Ich nickte, als ob ich das verstehen würde, aber ich verstand nichts.

»Sie sind zerstritten?«

»Zerstritten ist gut! Er will von der ganzen Familie nichts mehr wissen. Seit dreißig Jahren nicht, seit er zurück ist von seiner großen Reise. Dabei hat er uns erst Postkarten geschrieben, dann Briefe, die immer ausführlicher wurden. Wir waren alle froh; die Reise schien ihm gut zu tun. Dann kam er zurück. Und stellte den Kontakt plötzlich ein. Hat unsere Briefe nicht beantwortet, dafür getippte Postkarten geschickt, dass er mit uns nichts mehr zu tun haben wolle. Weil wir bourgeoise Schweine wären. Aber das ist doch mittlerweile vorbei, nicht wahr, das denkt doch heute keiner mehr! Und deshalb bricht man heute nicht jeden Kontakt ab, oder?«

»Und Sie wollten den Bruch kitten?«

»Sein Vater liegt im Sterben. Das wollte ich ihm sagen. Vielleicht würde er dann … Ach was, jetzt rede ich Sie voll und Sie interessiert das doch nicht.«

Ich wollte widersprechen, tat es aber nicht. Weil sie ja recht hatte. Was Mars mit seiner Familie trieb oder nicht trieb, ging mich nichts an. Mit dem Plotter war ich befreundet gewesen, Mars war eine Figur aus der Kneipe, die ich zwar oft sah, mit der mich aber wenig verband.

»Grüßen Sie ihn von mir«, sagte sie noch. »Und nichts für ungut, Entschuldigung, ich wollte nicht …«

Und schon lief sie zurück zum Bahnsteig.

Ich kam ins Monte als völlig tote Hose war, nämlich um drei Uhr nachmittags. Mittags kommen die Angestellten der umliegenden Büros. Abends bevölkern Studenten und Teenies das Café. Nur nachmittags geht nichts, obwohl sie auch Kuchen anbieten. Aber als Kaffee-und-Kuchen-Treff konnte es sich nie durchsetzen. Ich setzte mich, packte mein Traumbuch heraus und begann zu schreiben. Jeden Tag notiere ich meine Träume und wundere mich. Früher konnte ich mich nie an Träume erinnern, heute manchmal an mehrere. Den von den explodierenden Stühlen im Café liebe ich besonders.

Aber diesmal wollte ich was anderes. Ich notierte alles, was ich über den Plotter und seinen Tod wusste. Den letzten Plot, den er am Abend vor seinem Tod erzählt hatte. Über Freiburg und die Zukunft, in der man an Gott glauben muss.

Vielleicht hatten ihn ja die Islamisten auf dem Gewissen. Bin Laden wohl kaum. Der saß jetzt mit Allah und vierzig Jungfrauen zusammen auf Wolke sieben und beglückwünschte sich, dass er stets die Richtigen totgebombt hatte. Dem dürfte anderes als Freiburg wichtig sein, aber es gab auch in Freiburg einige Hardcore-Leute, die noch auf ihre Jungfrauen warteten. Da war der Libyer, der Drohbriefe verschickt und einem Fernsehstar Mord angedroht hatte. Weil der einen Witz über Mohammed gemacht hatte. Wenn der Zeitungsbericht stimmte, war er mit einer Deutschen verheiratet, einer Konvertitin, die wie alle Konvertitinnen noch fanatischer als ihr Mann war. Für die Morddrohung hatten die beiden eine kleine Geldstrafe bekommen. Jeder, der bei Gelb über die Kreuzung fährt, wird strenger bestraft.

Und dann dieser Lehrer, der eine Unterrichtseinheit über Islam und Kunst unter den Osmanen ins Internet gestellt hatte. Nichtsahnend hatte er dazu als Illustration eine Zeichnung von Mohammed beigefügt. Eine türkische, gezeichnet von einem muslimischen Maler. Allein dafür hatte der Lehrer zahlreiche Morddrohungen bekommen. Ich würde den Libyer und den Studienrat ausfindig machen müssen.

Schrieb mir weitere Dinge auf, die ich würde recherchieren müssen. Wo der Plotter in der Nacht war, nachdem er das Monte verlassen hatte. Denn heimgekommen war er erst Stunden später.

Mister Software hatte ihn an dem Abend gesehen, das hatte er mir zum Abschied noch erzählt. Und ich Dussel hatte vergessen, ihn danach zu fragen, worüber sie gesprochen hatten, und als es mir wieder eingefallen war, war der hohe Herr bereits in einer anderen Besprechung.

Und noch was fiel mir ein: Wieso gab's keine Bedienung? Fragte niemand, was ich wollte? Ich saß schon mindestens fünfzehn Minuten hier.

Hinter der Theke stand niemand.

In einer Ecke schniefte es. Ich stand auf und ging um die Säule herum.

Dahinter saßen sie: Sylvie, die den Arm um Meike gelegt hatte.

Und Meike, die sich die Tränen abwischte.

Sie sah süß aus, ich beneidete Sylvie um die Nähe zu ihr und ermahnte mich. Obwohl ich wusste, wie albern das war, verfolgte ich sie mit den Augen. Wenigstens bin ich nicht der Einzige aus unserer Altherrenriege, der das öfter tut – das tröstet mich ein bisschen. Warum haben die Gefühle beim Menschen keinen Schalter? So wie an der Waschmaschine, bei der man den hohen Schleudergang auch nur einschaltet, wenn man ihn wirklich braucht. Dabei weiß jeder Bastler, dass Geräte einen Ein- und Ausschalter brauchen. Nur Gott der Herr weiß es nicht. Dabei ist er allwissend. Behauptet er zumindest.

»Hallo«, sagte ich.

Sylvie sagte nichts, sondern schüttelte den Kopf.

Aber Meike warf ihren Arm ab, steckte das Taschentuch weg und fragte: »Was möchten Sie?«

Ich bin der Einzige aus unserer Gruppe, den die Mädels siezen. Was ich gut finde, schließlich weiß ich, warum die anderen geduzt werden.

Sonntag, 31. Juli 2011

Juli

Das Handy schaltete ich aus. Wenn Peter mich brauchte, sollte er sein Fahrrad satteln und mir hinterherfahren.

Ich stieß Günther an, der gähnte: »Wassissn?«, sich aber doch erweichen ließ, aufzustehen und mitzufahren.

»Aber Kaffee gibt's schon noch«, verlangte er. Drei Tassen schweren Espresso, vorher ist er absolut ungenießbar.

Wir starteten aber doch vor acht Uhr. Die Schauinslandstrecke war infolgedessen noch friedlich und leer, und als wir oben ankamen, begrüßten uns die Pfützen des letzten Wolkenbruches und eine Fernsicht weit über den Schwarzwald und auf der anderen Seite bis zu den Vogesen.

Am Nachmittag ließen wir die Räder runterlaufen.

Und in der Wiehre lief er mir beinahe ins Rad: der 68er. Eingehüllt in einen abgeschabten Parka, der vermutlich noch Dutschke persönlich gekannt hatte.

Ich grinste und trat in die Pedale. Bloß weg, bevor er was sagen konnte.

»Wer war das?«, fragte Günther.

»Noch so ein Kunde«, sagte ich.

»Wenn man mit dir durch die Stadt fährt, trifft man die seltsamsten Figuren.«

Dabei drehte er sich noch mal um, doch der 68er war längst um die Ecke gebogen. Günther wusste ja nicht, wie seltsam der wirklich war.

Martin

In der Wiehre, auf der Güntherstalstraße hätte sie mich beinahe überfahren. Die Superbullin, verschwitzt und strampelnd, als gelte es die Tour de France zu gewinnen. Dass sie überhaupt schwitzen konnte, etwas anderes absonderte als Pflegecremes und Stylingpuder, erstaunte mich. Was tat sie mit verschwitzten Fahrradhemden und -hosen? Vermutlich neue kaufen. Alles andere wäre stillos. Und die Schuhe waren von der Art, mit der Fahrradfahrer sich an ihr Tretmobil anklicken konnten. Lief man auf diesen Dingern, sah man aus wie ein Pinguin auf heißem Wüstensand.

Nur nicht normal aussehen. Immer gestylt. Gab es mal eine Frauenbewegung? Die sich über aufgetakelte Weibchen in Stöckelschuhen aufgeregt hatte, den Frauen empfahl, sich auf sich selbst zu konzentrieren statt Schönheitsidealen der Männer nachzujagen? Muss lange her gewesen sein.

Juli

Am Abend schleppte mich Günther in die Sauna des Haslacherbades. Ich irrte herum und suchte einen funktionierenden Kleiderspind. Das Haslacherbad wurde vor Kurzem renoviert, die alte Schlüsseltechnik von einer neuen abgelöst, die den Eintritt und das Verlassen des Bades auf elektronische Weise ermöglichte. Du hast keine einfachen Schlüssel wie früher, sondern eine elektronische Eintrittskarte und einen elektronischen Saunachip. Ohne die geht keiner der Kleiderspinde. Dabei funktioniert die Hälfte dieser Wunderdinge gar nicht, die andere Hälfte erlaubt nicht den Einsatz des Wunder-Sauna-Chips. Sven behauptet immer, das läge an einer Korruptionsaffäre des grün-schwarzen Stadtrats. Sven liebt Verschwörungstheorien. Ich glaube ja an den Satz: »Vermute nie eine Verschwörung, wenn ganz gewöhnliche Dummheit als Erklärung völlig ausreicht.« Und das Schicksal hatte wohl eine Menge Dummheit übrig, als diese Super-Elektronik-Regelung eingekauft wurde. Also …

Sven behauptet auch, dass wir demnächst ein Schwarzlicht-Viertel in Freiburg bekommen. Für die Raucher. Denen wird sicher auch überall sonst das Rauchen verboten. Auf der Kripo dürfen wir auch nicht mehr. Und im Bahnhof ebenfalls nur noch auf einem schmalen, gelb umrandeten Fleck.

Egal. Günther schleifte mich anschließend in einen Thriller mit Serienmörder, dämlichen Kripoleuten und einem genialen Privatdetektiv, der alles im Alleingang aufklärt und obendrein noch feststellt, dass der Serienmörder im Auftrag der CIA unterwegs war, um politisch missliebige Personen zu beseitigen. Ich hasse solchen Stuss, den sich nur wahnsinnige Serienschreiber auf Speed ausdenken können. Aber leider hatte ich es ihm versprochen: »Ich gehe mit dir in einen Film, und du darfst ihn dir aussuchen!« Alles wegen seinem fünfunddreißigsten Geburtstag. Man soll keine Versprechen machen, wenn man zuviel getrunken hat. Danach stritten wir lange bis in die Nacht hinein, erst über den Film und ich erklärte ihm, was alles nicht stimmte in dem Käse, aber er fand ihn trotzdem gut. Danach stritten wir über die Elektronik des Haslacherbades, denn Günther findet jede Elektronik toll, auch wenn sie nicht funktioniert. Spät in der Nacht schlief ich schließlich frustriert ein.

Und dann klingelte um vier das Telefon, gerade als ich eingeschlafen war. »Brandanschlag in der Haid, vermutlich Wagenburgler«, verkündete mir Peter.

Dass ich keinen Dienst und auch keine Bereitschaft hatte, interessierte ihn überhaupt nicht. Zu groß war seine Begeisterung, den Wagenburglern was nachweisen zu können.

»Ich will alle hier am Tatort sehen!«, verkündete er, »ALLE! Ohne Ausnahme!«

Ein Computerladen war abgefackelt worden. Was das mit den Wagenburglern zu tun haben sollte, war mir schleierhaft. Aber

Peter hofft immer, dass er sie eines Tages rankriegt und dass dann ihre Duldung von Platzbesetzungen und anderem endgültig vorbei ist. Dass der Stadtrat der Polizei dann freie Hand gibt.

Vielleicht sind diese dämlichen Filme ja doch nicht so weit von der Realität entfernt.

Montag, 1. August 2011

Martin

Die Fassade war rauchgeschwärzt, der Laden sah aus, als hätte er die Kaaba und Mohammed gleichzeitig beleidigt und Al Kaida die Crème de la Crème der Bombenbastler vorbeigeschickt, um die göttliche Ordnung wieder aufzurichten. Auf dem Bürgersteig standen Polizeiwagen.

»Am Montag habe ich es, dann schauen wir es uns gemeinsam an«, hatte mir der Besitzer versprochen, »keine Sorge, ich krieg das hin!« Hatte in allen Einzelheiten erklärt, was er alles tun würde. Dass ich seine Adresse nicht von Mister Software direkt, sondern von der Sekretärin hatte, sagte ich nicht. Weswegen der Festplattenklempner sehr bemüht war, Mister Softwares Freund die Dateien von der gecrashten Festplatte zu holen.

Aber warum müssen alle Leute immer über die Einzelheiten ihres Berufs reden? Ich verstand Bahnhof, sagte ihm das auch mehrmals, aber das stoppte den Redefluss keineswegs, sondern ließ nur immer neue englische Fachausdrücke hervorsprudeln.

Dass es mittlerweile andere ›hingekriegt‹ haben würden, damit hatte er wohl kaum gerechnet. Er stand vor dem Laden und stammelte fassungslos: »Das war Sicherheitsglas, pflastersteinsicher.«

Die Festplatte restaurierte keiner mehr, soviel war sicher. Und die Sicherungs-DVDs – wenn es die denn gab, gerade Fachleute sind oft erstaunlich leichtsinnig – hätten ein Feuer nicht heil überstanden. Der Inhaber schlurfte auf mich zu, schüttelte den Kopf und sagte kein einziges Wort. Außer dem Spruch vom pflastersteinsicheren Glas. Nicht ein englisches Wort. Er konnte also auch Deutsch. Dabei wäre »stone-proven« doch auch sehr schön gewesen. Aber nein, nur »pflastersteinsicher«. Und: »Sie haben es mir garantiert!«

Dafür zischte es hinter mir: »Was wollen Sie denn hier?«

Ich drehte mich um und natürlich: die Superbullin. Blond, Kostüm eng geschnitten; kann man sich auch bei der Kripo die Treppe hoch schlafen? Sie würde es tun.

»Ich wollte Sie noch mal sehen«, sagte ich. »Deshalb habe ich meine Fachkenntnisse aus alten RAF-Tagen ausgegraben. Funktionieren noch immer!« Ich deutete auf die ausgebrannten Fensterhöhlen.

»Woher kennen Sie *den*?«, fragte sie den Ladenbesitzer, deute mit dem Daumen auf mich und sah demonstrativ an mir vorbei.

Juli

Da war er wieder, dieser Spinner. Immerhin trug er keinen Hut. Muss bei Alt-68ern ansteckend sein, immer Hüte, die ein bisschen, aber nicht zu sehr nach Cowboy aussehen; und ein buntes oder ledernes Hutband gehört auch dazu.

Dafür riss er blöde Witze über RAF und Brandanschlag. Als ob der Molli, der beinahe das ganze Haus abgefackelt hätte, lustig gewesen wäre. Zu Hause hörte er vermutlich *Keine Macht für Niemand*, sang Biermanns *Commandante Che Guevara*, das den bewaffneten Kampf verherrlichte. ›Jesus Christus mit der Knarre …‹! Biermann ist einfach ein Spinner, aber weil er jetzt auf konservativ macht, tut jeder, als wäre nie was gewesen.

Natürlich beantwortete der Ladeninhaber meine Frage nicht, sondern versicherte erneut, dass das Glas pflastersteinsicher sei. »Wie konnte das passieren?«, wollte er wissen und sah mich mit traurigen Spanielaugen an.

»Wer war das?«, wollte der 68er wissen.

»Wenn wir die Täter bereits hätten, bräuchten wir keine Spurensicherung und hätten eine Menge Arbeit weniger.«

Und dann sagte er tatsächlich: »Das war wegen dem Plotter. Dessen Computer war da drin.«

Ich seufzte. Es geht nichts über Zuschauer, die einem gleich die Täter verraten können.

»Ja, wirklich! Ich habe den zerstörten Laptop hier abgegeben. Er wollte die Daten restaurieren und heute wollte ich das Ergebnis abholen. Das ist doch kein Zufall.«

»Ja, ich habe 173 Dateien restaurieren können«, erklärte der Ladeninhaber. »Alles umsonst.«

Ich schoss einen wütenden Blick auf beide ab, aber es half nichts. War vielleicht was dran an der Geschichte? Hatte vielleicht wirklich jemand gar nicht den Laden, sondern bestimmte Dateien zerstören wollen? Klang sehr unwahrscheinlich, aber Brandanschläge sind in Freiburg auch unwahrscheinlich. Wir sind nicht Berlin-Kreuzberg und auch nicht Hamburg-Sankt Pauli.

Ich stieg in den Laden, in dem die Spurensicherung in der Asche wühlte und schwarzgeräucherte Computer mit verbogenen und aufgeplatzten Monitoren fotografierte. Peter stand in der Mitte und kaute ratlos auf einem Streichholz. Neben ihm der Baron, wie immer aus dem Ei gepellt. Wie er es geschafft hatte durch die Asche zu waten und trotzdem blankgeputzte Schuhe zu behalten, blieb sein Geheimnis.

»Wir müssen alle Computer sichern«, eröffnete ich Peter. »Und sehen, ob wir die Festplatten restaurieren können.«

Ihm blieb der Mund offen stehen. Sein Streichholz fiel auf den Boden. »Wir müssen *was*?«

»Die Festplatten restaurieren. Möglicherweise galt der Anschlag einem der Computer.«

»Juli, ich würde es sehr schätzen, wenn du deine Fantasie etwas zügeln könntest. Bei aller Liebe, wer fackelt einen ganzen Laden ab, um eine Festplatte zu löschen? Das ist ein linksradikaler Anschlag, ganz klar. Und die Idioten, die das getan haben, haben keine Computer.«

Klar, linksradikaler Anschlag. Das war die politisch korrekte, passende Lösung. Vor ein paar Jahren wäre rechtsradikal korrekt gewesen, aber die Zeiten ändern sich.

»Das ist kein Porsche«, erinnerte ich ihn.

»Trotzdem, das sind die Wagenburgler. Kein Zweifel, Rache für die Festnahmen bei der letzten geplanten, spontanen Demo.«

In regelmäßigen Abständen erfreute die Wagenburgszene die Polizei mit unangemeldeten Demonstrationen. Natürlich waren die ›rein spontanen‹ Aktionen so spontan, dass sie meist lange im Voraus geplant worden waren.

»Wir müssen in alle Richtungen ermitteln«, erinnerte ich ihn.

Der Baron nickte gemessen und zeigte sein Einverständnis mit diesem polizeilichen Grundprinzip, sagte aber nichts.

»Erinnere mich nicht an polizeiliche Grundregeln! Wir müssen nicht jeden Unsinn verfolgen, wir prüfen ja auch nicht auf Spuren extraterrestrischer Verbrecher.«

Mittlerweile hatte er ein neues Streichholz gefunden, das im Takt zu seinen Worten hoch und runter wippte. Ab und zu griff er danach, wenn es herauszufallen drohte, und drehte es aufgeregt zwischen den Fingern.

Ich erzählte ihm von den verschwundenen Texten und dem Toten.

»Schon wieder ein Verschwörungstheoretiker! Gott, Juli, wie kannst du auf so was reinfallen?« Er schaute raus auf die Strasse, wo der Ladeninhaber und der 68er standen und traurig auf die Ladenreste starrten.

»Das ist er?« Das Streichholz zeigte auf den 68er. »Klar ist er das«, beantwortete er seine Frage sofort selbst. »Vermutlich hat sein toter Nicht-Schriftstellerfreund eine große Verschwörung zwischen Glatzen und CIA entdeckt und wollte einen Roman daraus machen. Und deshalb hat es peng gemacht!«, und Peter wedelte mit den Händen.

»Vielleicht waren es doch nicht die Wagenburgler«, warf der Baron vorsichtig ein, ohne sich festzulegen.

»Na gut, vielleicht war es ein Racheakt. Von der Konkurrenz; oder der Typ hat jemandem die Frau ausgespannt und das ist das Ergebnis.«

»Wir müssen aber ...«

»Wir müssen gar nichts. Wir sichern die Computer, das müssen wir sowieso als Beweismaterial. Aber aus denen holt niemand mehr was raus. Das waren mehrere Mollies, soviel wissen wir mittlerweile; und das hier war so heiß, soviel Rauch, da entlockt auch der beste Spezialist keiner Platte mehr was.«

»Vielleicht ...«, wollte der Baron einwerfen. Vermutlich ein Kompromissvorschlag, aber Peter hasst Kompromisse und den Baron auch.

»Quatsch und Schluss jetzt!«, befahl er. »Wir haben Leute bei den Nachbarn und bei den Wagenburglern, aber die werden nix zugeben. Wir wissen, wer's war und müssen es ihnen nur noch nachweisen. Dann ist Schluss mit lustig und wir haben endlich was gegen die Szene im Kasten.«

Peter hatte recht. Die Wagenburgler tanzten allen auf der Nase rum, einzelne Stadträte stellten sich schützend vor das Gelichter, andere hatten einfach Schiss, sich mit denen anzulegen und damit größere Unruhen wie in anderen Städten zu riskieren.

Obwohl das natürlich kurzsichtig war. Je mehr man ihnen nachgab, desto unverschämter wurden sie. Und möglicherweise waren sie tatsächlich die Täter. Der Kanaldeckel sprach dafür, das konnte kein Einzeltäter gewesen sein.

»Die Sicherungskopien«, sagte der Baron plötzlich.

Verdammt ja, da hätte ich früher dran denken sollen. Das war ein EDV-Profi, der kannte sich mit Festplattencrashs aus, der hatte doppelte und dreifache Sicherungen und nahm sie mit nach Hause.

Peter sprang aus dem rauchgeschwärzten Fenster. Er hätte natürlich auch gemütlich durch das Türloch gehen können, aber er liebte solche Auftritte. Jung, dynamisch, zupackend. Ich zog das Türloch vor.

Martin

Der Bulle kam durchs Fenster gehopst wie ein Kaninchen aus dem Bau. Vermutlich sah er zu viele Krimis. Er stürzte sich auf den Ladenbesitzer als wolle er ihn verhaften. Der hob entsetzt die Hände. »Bruchsicher«, erklärte er. Und dann: »Ich habe das nicht gemacht. Mein Geschäft läuft gut. Ich mache keine krummen Touren.«

Die Tussi kam durch die Tür und grinste. »Kein kleiner Versicherungsbetrug?«, fragte sie und schaute ihren Kollegen an, als wolle sie sagen: »Siehste!«

Der Besitzer wurde blass.

»Haben sie Sicherungskopien Ihrer Rechner?«, wollte sie wissen. »Im Keller? Zu Hause?«

Betrübt schüttelte der den Kopf. »Wozu? Waren ja alles Reparaturen, soll immer schnell gehen. Ich sichere es auf DVDs und die kriegen dann die Kunden mit, wenn sie kommen.«

Dann schüttelte er entsetzt den Kopf. »Aber meine Buchhaltung habe ich natürlich gesichert. Das ist alles in Ordnung!«

»Und das, was Sie von dem Laptop geholt haben?«

»Auch in dem Regal neben den Computern. Pflastersteinsicheres Glas, wer denkt denn da an so was!«

Er schüttelte betrübt den Kopf.

»Haben Sie Feinde?«, wollte der hopsende Bulle wissen. »Konkurrenten?«

Der Mann schüttelte den Kopf. »Gibt ein paar andere, die auch defekte Geräte reparieren.«

Die Karrieretussi verschwand wieder in der Höhle, kam aber kurz darauf wieder zurück.

Der Ladenbesitzer richtete sich auf. »Aber die anderen sind nur Schrauber, keine Profis. Datenrettung – also richtige – da bin ich der Einzige.«

»Seltsam, dass ein Konkurrent genau dann zuschlägt, wenn es darum geht, die Texte des Plotters zu retten, der ermordet wurde. Erst fehlen die Texte, dann …«

Der Bulle verdrehte die Augen. »Heiliger Derrick, beschütze mich vor Mordphantasten, vor Krimizuschauern und allem anderen Übel, Amen.«

Dann wandte er sich an seine Kollegin. »Wer zum Teufel ist der Plotter?«

Sie erklärte es ihm.

Und dann sagte sie noch was: »Die DVDs sind nicht im Regal.«

Er spukte sein Streichholz aus. »Vermutlich geschmolzen oder der Brandwind hat sie durch die Gegend geweht. Der Fall ist geklärt.« Er wandte sich an mich: »Wir brauchen Sie nicht mehr. Danke, Sie können gehen. Sie halten die Ermittlungen auf.«

Demonstrativ zückte er sein Handy und plärrte: »Ramelow, erstell eine Liste von allen Leuten, die in Freiburg Computer reparieren oder Daten restaurieren. Handelskammer, Telefonbuch, Anzeigenblätter. Ich will alle haben, auch die illegalen.«

Mit der freien Hand wedelte er mich fort.

Juli

Peter strahlte förmlich zur Tür hinein und ich wusste gleich, dass sich sein Wunsch erfüllt hatte.

»Wir haben sie«, verkündete er. »Eine Streife hat sie in der Nacht kontrolliert, nur zwei Ecken vom Laden entfernt. Rudi Gellert und Silja Hanton. Beide Wagenburgler.«

»Wieso haben die sie nicht untersucht?«

»Sie haben sie untersucht, aber die hatten nichts Verdächtiges dabei. Muss kurz nach der Tat gewesen sein.«

»Dann müssten sie doch nach Rauch gestunken haben, oder?«

Peter zuckte mit den Schultern. »So Leute sind doch nie richtig sauber. Und sie haben die Mollies einfach in den Laden geschleudert, vermutlich weit genug weg, dass sie vom Rauch nichts abkriegten.«

Er rieb sich die Hände und ich glaubte nicht daran. Wenn hier in Freiburg die Militanten jetzt zündeln wollten, warum ein Laden für Datenrestaurierung? Und warum kein Bekennerschreiben? Ein Fanal, das keiner mitkriegt, ist kein Fanal.

»Auf den Foren ist aber alles artig«, erklärte der Baron.

»Scheiß auf die Foren, Baron, die werden noch genug zu posten haben. Heute Nachmittag ist Pressekonferenz, morgen sind die Zeitungen voll davon und dann kriegen wir sicher weitere Zeugen. Der Fall ist geklärt.«

»Aber …«, versuchte der Baron es nochmals.

»Bleib bei deinem Wiehre-Klientel, Baron, da kennst du dich aus.«

Der Baron war die große Hoffnung der Polizei gewesen, um auch in Szenen hineinzukommen, in die man als deutscher Beamter nicht hineinkam. Er hatte einen wunderschönen türkischen Namen, den ich nicht behalten konnte, und nur einen Wunsch: Er wollte deutscher als ein Deutscher sein. Weswegen er bei Ermittlungen in der türkischen Unterschicht in Weingarten absolut ungeeignet war. Aber im deutschen Bildungsbürgertum, in der Wiehre, Merzhausen oder Vauban, da kam er sehr gut an. Warf einen Blick auf die Bücherborde, verwickelte sie in Gespräche über Grass oder Judith Hermann, und zog ihnen die Würmer aus der Nase, bevor die Opfer überhaupt Verdacht schöpften.

Doch von Wagenburglern verstand er wirklich nichts. Da hatte Peter recht.

»Und wo sind die Bekennerschreiben?«, fragte ich.

Peter zog ein Streichholz aus der Tasche. Was hieß, dass meine

Bemerkung ihn doch nervös machte. Eine wegwerfende Handbewegung und er nuschelte: »Egal.«

»Die Badische Zeitung wird Kuschelkurs fahren, das tut sie immer.«

»Aber die anderen nicht, die Anzeigenblätter. Die werden da ihre Chance sehen, ich hab mit dem Florian schon geredet.«

Florian war Redakteur des Breisgau Anzeigers, einem vollkommen werbefinanzierten Blatt. Vor sechzig Jahren hatte das Bistum damit versucht, eine katholische Alternative zur liberalen Badischen Zeitung zu etablieren, allerdings vergeblich. Jetzt war es ein Anzeigenblatt mit redaktionellem Teil, und Florian de facto die ganze Redaktion. Sie druckten leicht veränderte Pressemeldungen und auf der ersten Seite manchmal Regionales, mit einem Aufruf an die Leser über lokale Themen abzustimmen. ›Sind Radfahrer zu frech?‹ oder ›Greift die Polizei nicht durch?‹, so was in der Art.

Ja, Florian würde sich hinter das Thema klemmen. Das war seine Chance, der großen Konkurrenz ans Bein zu pinkeln. Da stand uns was bevor.

Jimmy 1964

Wenn der anschwellende Penis und vor allem dessen Folgen Sünde bedeutete, dann musste er das Anschwellen verhindern. Das mit den Tabletten hatte nicht geklappt – offenbar gab es keine Medikamente für dieses Problem. Zumindest nicht in der Hausapotheke.

Hilf dir selbst, dann hilft dir Gott. Was, wenn er das Unaussprechliche abbände? Dass es nicht mehr wachsen und ihn in Versuchung führen könnte. Er begann mit Kordel und Gummi zu experimentieren. So nahm er eine dünne Paketschnur, band sie um das Organ aller Sünden im schlaffen Zustand und erhoffte sich, dass er damit das Problem in den Griff bekommen würde. Eine Paketschnur würde seine Seele vor der Hölle bewahren.

Sie tat es nicht. So leicht ließ sich der Teufel nicht einpacken. Er band die Schnur fortan fester und eine gewisse Wirkung ließ sich nicht verhehlen. Zumindest die Zahl der Sünden sank.

Und dann begann die sündenlose Zeit. Er blieb rein, unbefleckt. Auch sein Verlangen schwand langsam. Er dachte weniger daran. Das schien zu helfen. Ebenso das tägliche Beten.

Bei den Messdienern hatte er alle diese lateinischen Formeln auswendig gelernt. *Mea Culpa, mea culpa, mea maxima culpa.* Ganze Seiten voll Latein konnte er jetzt an den richtigen Stellen in der Messe aufsagen. Was sie bedeuteten, wusste er nicht. Zwar stand im Gebetsbuch auch ein deutscher Text dazu, aber den musste er in der Messe nicht aufsagen. Folglich interessierte er ihn auch nicht.

Pater noster, qui es in caelis. Die Gebete gaben Sicherheit. Wenn diese fremde Sprache nicht half, kein Zauberspruch war, den Teufel aus dem Bett fernzuhalten, wozu war sie dann gut?

Sie half.

Zwölf Wochen lang war er sündenfrei. Gebeichtet hatte er zwar immer noch nicht, aber alles zu seiner Zeit. Das mit der Beichte war das nächste Problem, das würde er erledigen, sobald die sündige Phase beendet und er sich seiner Reinheit sicher wäre. Alles andere konnte warten.

Natürlich wandelten ihn dennoch – Paketschnur hin oder her – sündige Gedanken an. Nicht alles lässt sich abbinden. Dann schwoll, was nicht schwellen durfte. Und er musste kämpfen. Warum nur? Warum halfen die Gebete nicht? Warum war der Teufel in ihm so mächtig?

Zwölf Wochen hielt er durch. Dann brachen die Dämme wieder, die er mühsam errichtet hatte.

»Noch so ein Gescheiterter«, erklärte mir Dieter. »Der Rudi ist eigentlich ein netter Typ, aber hat keinen Biss. Und den brauch man in seiner Situation.«

Dieter hatte für sie alle Verständnis. Dafür war er Sozialarbeiter. Und für mich eine unschätzbare Quelle von Informationen. Dieter kannte sich aus, er hatte einen siebten Sinn für seine Szene und dafür, was die einzelnen für Dinger drehen würden, wer harmlos war und wer verrufen.

»Hat eine Friedhofsgärtnerlehre begonnen, aber dann nach fünfzehn Monaten abgebrochen.« Wetten, dass Dieter ihm die Lehre vermittelt hatte?

»Dabei kann er hinlangen, aber hat nicht das Durchhaltevermögen über lange Zeit, das man heute braucht. Bei der Renovierung des Zentrums hat er mitgeholfen; hilfsbereit, aber ihm fehlt der Antrieb. Wenn er nicht in den nächsten Monaten die Kurve kriegt, ist er zu alt für die Jugendlichenförderung. Und dann ist sein Hartz-IV-Schicksal besiegelt. Und nein, kriminell ist der nicht. Jedenfalls nicht im großen Stil.«

Da hatte er sich doch mal geirrt. Oder war es Peter, der auf dem falschen Dampfer gelandet war? Immerhin hatte man Rudi kurz nach der Tat im Gewerbegebiet Haid kontrolliert.

»Gehört er zu den Wagenburglern?«

»Nun mal halblang, das sind auch Menschen!« Dieter schnappt immer gleich ein. Wie alle Sozialarbeiter ist er der Meinung, dass Polizisten vom Teufel besessen und völlig überflüssig sind. Dabei sollte gerade er es besser wissen, er hat schließlich den Fall Berger mitverfolgt. Vor der Pflasterstub' hatten einige zu viel gesoffen und dann gab es Streit. Berger wurde zusammengeschlagen, und als er totgetreten am Boden lag, hat sich keiner erinnern wollen, wer es gewesen war. Die Spurensicherung konnte die Täter dann doch überführen und die waren uns nicht unbekannt. Weil sie aber völlig zugesoffen waren, fanden sie einen milden Richter statt Sicherungsverwahrung und auch das trug dazu bei, dass keiner sich erinnern wollte. Mit bestimmten Leuten legt sich niemand gerne an.

»Ja, ja, ich will ja nur wissen, ob er politisch ist.«

Jetzt lachte er. »Der ist so politisch wie trocken Brot. Manchmal hängt er bei denen rum, aber wohl eher, um mit ihnen zu saufen. Hat eine Zeit lang bei denen gewohnt, aber seit er mit dieser Silja zusammen ist, wohnt er dort nicht mehr. Lebte erst auf der Straße, jetzt hat er in der Pfarrei das Zimmer.« Die Pfarrei war eine der Anlaufstellen, die Wohnungslosen dann doch wieder zu einem Zimmer verhalfen. Auch wenn der Pfarrer den Mitbewohnern in seinem Pfarrhaus oft hilflos gegenüberstand. Waren ja auch zwei Welten, die weiter auseinanderliegen als Australien und Europa. Theologie, Gottesbeweis und heilige Dreifaltigkeit auf der einen Seite, Leben auf der Straße, Flaschensammeln und Alkohol auf der anderen. Da hilft kein *Ego te absolvo*, das sowieso nicht erbeten wird; und auch die Frage, wann eine Sünde eine Todsünde ist, relativiert sich bald.

»Und diese Silja?«

Dieter wiegte den Kopf, was hieß, dass er sie weit weniger schätzte. Und da musste schon einiges zusammenkommen, dass Dieter jemanden nicht schätzt.

»Lebte bei ihrem schlägernden Vater, gab sogar mal Ermittlungen wegen Missbrauch, die verliefen aber im Sande. Ob was dran war, weiß ich nicht. Mit achtzehn ist sie jedenfalls raus, lebte erst auch auf der Straße, jetzt in einer ziemlichen Hardcore-Clique.«

»Politisch?«

Er schüttelte den Kopf. »Höchstens, wenn du völlig ungerichtete Aggressivität als politisch bezeichnen willst. Hat schon einige harte Schlägereien hinter sich, Jugendstrafe, weil sie ein anderes Mädchen zusammengeschlagen hat. Wollte, dass die anschaffen geht.«

Das klang nicht gut.

»So, und jetzt erzählst du mir, warum du das fragst!« Was ich eigentlich nicht durfte, aber doch tat, denn darauf beruht unsere

Zusammenarbeit. Dieter erzählt mir aus seiner Szene, was er weiß, und ich erzähl ihm, was drohen kann. Manchmal helfe ich seinen Leuten sogar. Obwohl ich das hasse. Diese ganze Humanitätsduselei hilft niemandem – den Jugendlichen, die auf der schiefen Bahn langsam in den Abgrund rutschen, schon gar nicht. Durchgreifen und ein Schuss vor den Bug, einen richtigen, den sie auch merken, das bringt es.

»Einen Computerladen, der Laptops repariert, abfackeln? Ne, das waren ganz sicher nicht die Wagenburgler. Im Moment ist da sowieso die Stimmung eher auf: ›Wir machen guten Eindruck‹. Die hoffen, dass sie so die Räumung verhindern können.«

Zum ersten August endete die Duldung der Wagenburg und alle in Freiburg warteten gespannt, ob Grinsekatze sich zur Räumung bereiterklären würde, und welche Gewaltexzesse die Folge sein würden.

»Und wenn die beiden das alleine geplant haben?«

»Die planen nicht. Eher wenn Silja hackedicht voll ist, dann kann sie so was drehen und zieht vielleicht Rudi mit. Dann dreht sie hohl.«

Die beiden waren bei der Kontrolle stocknüchtern und ich sagte ihm das.

»Silja nachts um zwei stocknüchtern? Das ist äußert selten. Und ich glaube nicht, dass Rudi im nüchternen Zustand so was tun würde.«

Dieter, dein Wort in Peters Ohr. Aber er hatte zu oft recht gehabt, als dass ich es einfach abtun wollte. »Vielleicht waren andere dabei und die Streife hat die nicht erwischt?«

»Das könnte sein. Übrigens habe ich da einen Fall, da könntest du mir helfen.« Womit Dieter herausrückte, was ich für seine Infos im Gegenzug Menschenfreundliches tun sollte.

Ahmadiyya Muslim Jamaat stand auf der Glastür. Ein ganz unscheinbarer Laden in einem Eckhaus im Stühlinger, die beiden Fensterläden sicherten herabgelassene Rolläden. War das der geheime Treffpunkt finsterer Muslimterroristen, die hier des Nachts hineinschlichen und Bomben bauten? Ich ging ein wenig vor dem Laden auf und ab, aber nichts geschah. Sollte ich hineingehen?

Wenn ich ehrlich war, hatte ich Angst. Was würde passieren? Sie könnten mich in den Laden zerren, und so leer, wie hier die Straße war, würde es niemand merken. Oder mich verprügeln und nachher behaupten, ich hätte sie angegriffen. Oder beleidigt. Vielleicht würde ich als Täter in einem Prozess wegen rassistischer Beleidigungen vor Gericht stehen. Heutzutage kann so was passieren.

Dann dachte ich an den Plotter, fasste mir ein Herz und rüttelte an der Tür. Nichts.

Ich drückte auf die Klingel rechts neben der Tür.

Eine Glocke schlug an.

Aber sonst geschah nichts. Ich hätte am Freitag kommen sollen, Freitag war sicher Gottesdienst.

Nur, was wollte ich eigentlich erreichen? Sollte ich die Moscheegänger anhalten und fragen: »Haben Sie den Plotter umgebracht? Seine Festplatte zerstört, seinen Exposéordner gestohlen?«

Hier gab es nichts, was mich weiterbrachte. Vielleicht hatte das Internet doch recht, dass Ahmadiyya als äußerst konservativ einordnete; aber dennoch als eine Sekte, die von den anderen Mohammedanern nicht anerkannt wurde, weil sie von einem eigenen Propheten gegründet wurde? Die nicht zu Terror neigte?

Also marschierte ich weiter zu den Inshallas. Freitagsmoschee, mohammedanischer Kulturverein. »Wir reformieren den Koran nicht, wir befolgen ihn«, stand auf der Homepage.

Das Gebäude, mitten in Haid im Da-Vinci-Weg, sah abgerissen aus. Außen prangte noch die Werbung vom Vorgänger, der internationalen Internet-GmbH & Co KG, der IIG. Die war erst vom Stadtrat subventioniert worden, wollte angeblich über hundert Arbeitsplätze schaffen, ging dann aber international Pleite. Ihr Gebäude zeichnete eine selbst für Gewerbegebäude auffällige Hässlichkeit aus. Die Verantwortlichen hatten gleich gegen mehrere Bauauflagen verstoßen, damit es billig wurde. Der Stadtrat hatte sich aufgeregt, aber was will man tun? Wer Arbeitsplätze schafft, sitzt am längeren Hebel. Und die Bausünden wurden genehmigt. Dass die Arbeitsplätze so real waren wie der Stein der Weisen der Alchemisten, war niemandem aufgefallen, und als die Zuschüsse auf dubiosen Wegen verschwunden waren, deckte man den Mantel ›Wir sind auch nur Menschen‹ darüber und alles wurde vertuscht. Im Vertuschen ist Freiburg groß, wir wollen keine Streitereien, wir sind grün und alle nett. Vertuschen ist vermutlich das einzig Großstädtische an Freiburg.

Jedenfalls kamen die Inshallas so billig zu Grund und Moschee. Hier sollte sich also treffen, was in Freiburg mit Allahs Hilfe die teuflische Demokratie und die noch teuflischeren Ungläubigen beseitigen wollte? Dem Ambiente nach zu urteilen, waren es Chaoten. Aber auch Chaoten können gefährlich sein. Gerade Chaoten können gefährlich sein.

Im Eingangsbereich hingen zahlreiche Schautafeln. Eine war beschriftet mit *Was die Deutschen über uns denken.*

Die Tafel war links bestückt mit Meldungen von den Internetseiten der Inkorrekten. Die nannten sich so, weil sie betonen wollten, dass sie nicht politisch korrekt seien. In der Mitte standen türkische Texte, vermutlich die Übersetzungen und ganz rechts sah es arabisch aus.

Fatih Akin entlarvt sich, lautete die oberste Überschrift. Darunter ein Artikel, der dem Oscar-Gewinner Fatih Akin gewidmet war. Wie schnell sie sich doch enttarnen, die Türken. Auch Akin ist kein Deutscher, sondern hat sich als Türke und unintegrierbar erwiesen. Den Oscar habe er nur bekommen, weil er Türke und deshalb von den linken Gutmenschen prämiert worden sei. Das sagte der Artikel. Darunter standen die Kommentare der Mitglieder der Inkorrekten. Verglichen damit war der Artikel gemäßigt und ausgewogen. Hier ließen die Mitglieder Dampf ab, und die Inkorrekten waren berühmt dafür, dass man das dort schon durfte, bevor irgendeiner den Namen Sarrazin überhaupt buchstabieren konnte. Hier sprach niemand von Türken, es gab nur Kameltreiber und Kanaken. Die haben keine Kultur, weswegen Akin auch keine haben konnte. Ein Kanake, der sich als Künstler gerierte – wie albern. Die Gutmenschen hatten ihn bepreist, weil er als Kanake einen Bonus besaß. Aber natürlich konnte er nichts, wie sie alle. Falsche Gene eben.

Glaubt ihr, dass die Deutschen euch jemals akzeptieren?, stand fett unter dem Artikel. *Wenn sie nicht mal Akin akzeptieren? Der sich doch in allem an sie anpasst. Nein, sie werden euch nie akzeptieren. Sie hassen euch, sie warten nur darauf, euch hinauszuwerfen oder zu ermorden. Euer Heil ist Allah allein, nur er kann euch helfen. Jagt also nicht dem Unglauben nach, einer Integration, die euch nie gewährt werden wird, sondern bleibt fest im Glauben. Gott ist groß!*

Ich ging um die Stellwände herum. Auf der Rückseite hingen Sarrazin-Zitate. Ebenfalls mit Kommentar. *Sie hassen euch. Nur Allah liebt euch. Folgt ihm und ihr seid sicher! Verachtet ihn und ihr werdet verderben!*

»Suchen Sie etwas?«, fragte ein Stimme. Hinter mir stand ein Mann im Kaftan, der lächelte, und hinter dem stand ein Mann in Anzug, der nicht lächelte, dafür aber aussah wie ein Preisboxer.

»Ich wollte mich nur umschauen«, erklärte ich.

»Sicher«, sagte der Lächler. »Tun Sie das. Ich bin Ihnen gerne behilflich. Was möchten Sie gerne sehen?«

Der Preisboxer schaute grimmig, sagte aber nichts, sondern faltete die Hände hinter dem Rücken.

»Sie lesen die Inkorrekten?«, fragte ich.

Der Mann lächelte noch breiter, er hielt die Frage wohl für albern. »Natürlich«, erklärte er. »Wie Sie sehen, ist deren Homepage gefüllt mit interessanten Artikeln, die uns viel über die Zukunft verraten. Über die Zukunft, die uns zugedacht ist.«

»Allah sie zerquetschen!«, erklärte der Preisboxer.

»Nun, Mehmet hat da etwas harsche Ansichten«, erklärte der Kaftan mit einem befehlenden Blick auf seinen Hintermann. »Wir nehmen nur wahr, was uns das Internet offenbart. Wir sind selbstverständlich für eine Integration, aber sie wird uns leider nicht gewährt.«

Der Preisboxer murmelte etwas, das vielleicht türkisch, vielleicht auch arabisch, aber ganz sicher nicht freundlich war.

»Mein Freund betont, dass wir immer aufpassen müssen. Leider gibt es viele übelwollende Menschen, überall auf der Welt. Wir müssen uns schützen. Sie sehen selbst, dass es viele Fanatiker gibt. Selbst den Gebrauch der türkischen Sprache wollen sie verbieten.« Er zeigte auf einen anderen Artikel, der den Untergang des Abendlandes prophezeite, weil ein Blutzuckertestgerät neuerdings auch mit türkischer Sprache aufwarten konnte.

»Italienisch, Russisch, Französisch kann es bereits. Dagegen haben diese Herren nichts. Nur gegen Türkisch.«

»Und Sie …?«, ich überlegte, wie ich meine Frage formulieren sollte, stockte, doch der Kaftan verstand die Frage dennoch.

»Sie fragen sich, ob wir Terroristen sind, nicht wahr? Nein, sind wir nicht. Der Koran verbietet das Morden. ›Wenn jemand einen Menschen tötet – es sei denn für Mord an einem andern oder für Gewalttat im Land – so soll es sein, als hätte er die ganze Menschheit getötet; und wenn jemand einem Menschen das Leben erhält, so soll es sein, als hätte er der ganzen Menschheit das Leben erhalten.‹ Das sagt der Koran und das sagen auch wir.«

Plötzlich wurde die Tür aufgerissen und eine Gruppe Jugendlicher stürmte herein.

»He, was will die Kartoffel hier?«, brüllte einer.

»Hans, hau ab!«, drohte ein anderer und hielt mir die Faust unter die Nase.

Der Kaftan sagte ein paar Worte, schnell und befehlend. Die Faust verschwand. Die feindlichen Blicke nicht.

»Ich fürchte, Sie gehen jetzt besser. Wir haben Koranunterricht.« Sein Blick wanderte über die Jungen. »Sie müssen noch viel lernen. Vor allem, sich zu beherrschen.« Die Jugendlichen lachten.

›Wozu die Beherrschung?‹, fragte ich mich, als ich aus der Tür trat.

Juli

Vor mir saß Rudi, hinter ihm stand der Baron. Das Aufnahmegerät lief.

»Du verschwindest zehn Jahre mindestens im Bau. Und danach bist du erledigt, glaub mir!« Ich legte allen Zorn in meine Stimme, den ich herbeirufen konnte.

»Besser du gestehst jetzt und wirst Kronzeuge.« Der Baron machte das sehr gut und so nobel wie er sprach, müsste es selbst dieser Rudi-Weiß-Nicht begreifen. Mit Silja hatten wir es gar nicht erst versucht. Das würde kaum funktionieren, es sei denn, man würde sie mit Wodka bestechen. Soweit wollten wir aber dann doch nicht gehen.

»Du bist da in einer Riesensache drin. Und die Spurensicherung hat Rost auf deinem Ärmel entdeckt. Vom Kanaldeckel.« Das stimmte natürlich nicht; der Kanaldeckel hatte im Feuer gelegen und so gut ist die Spurensicherung auch nicht, dass sie dann noch bei Kanaldeckel und Rost hundertprozentige Übereinstimmung beweisen kann. Dennoch, der Rost stammte von der Metallmischung, die die Kanaldeckel der Serie auszeichnete, die in den Straßen rund um das Geschäft verlegt waren. Das sah auf jeden Fall übel aus für den guten Rudi. Auch wenn es allein im Prozess nicht reichen würde.

»Du hast dich da in was reinziehen lassen, damit bist du Mitglied einer terroristischen Gruppe. Wenn du weiter nichts sagst, findest du dich bald in der Bildzeitung wieder«, giftete ich.

»Mensch, gib dir einen Ruck und sag, wer dich da ausnützt. Warum schützt du die Idioten?«, lockte der Baron.

Rudi starrte nur vor sich auf den Tisch.

»Wir können dir sogar eine neue Identität verpassen. Damit keiner von denen dich findet.« Der Baron war ganz der gute Bulle. Die Rolle war ihm auf den Leib geschneidert.

»Der ist kein Mitläufer«, feuerte ich in Richtung Baron. »Du hast das alles ausgeheckt«, wandte ich mich wieder Rudi zu. »Du hast das Benzin und die Mollies gemischt. Und deshalb wirst du viele, viele Jahre in den Bau wandern. Und Silja mit. Allerdings in einen Frauenknast. Einmal im Monat Briefkontakt.«

»Du hilfst ihr auch, wenn du was sagst«, lockte der Baron.

»Lasst Silja da raus«, wurde Rudi plötzlich lebendig.

»Silja rauslassen?«, höhnte ich. »Die hat sich das selbst eingebrockt.«

»Nein!«, brüllte er und sprang auf. Der Baron legte ihm beruhigend die Hand auf die Schulter.

»Sie hat das also nicht geplant?«, fragte er.

Rudi ließ sich wie einen nassen Sack wieder auf den Stuhl fallen. Der hatte wirklich keinen Antrieb, Dieter hatte recht.

Und jetzt weinte er auch noch.

»Wer hat euch denn reingeritten?«, fragte der Baron und reichte ihm ein Papiertaschentuch. »Nur wenn wir das wissen und die fassen können, ist Silja draußen.«

Rudi schnäuzte sich laut und betrachte eingehend das Ergebnis.

»Bei dem ist Hopfen und Malz verloren«, erklärte ich dem Baron. »Der will nur seinen Kopf retten, Silja ist ihm egal.«

Eigentlich ein furchtbares Schmierentheater, das wir hier aufführten. So was darf man gar nicht mehr: böser Bulle, guter Bulle; das Schaustück kennt doch jeder, wird einem auf der Polizeiakademie eingebläut.

Aber manchmal ist es eben doch wirkungsvoll. Weil die Leute im Verhör so nervös sind, dass sie es nicht merken. Oder weil sie eben so sind wie Rudi und eh nichts blicken. Der Baron reichte Rudi ein weiteres Taschentuch. Er spielte den guten Bullen nicht. Er war der gute Bulle. Wollte es sein.

Und ich? Spielte ich böse Bullin? Gott, bei manchen Sachen will ich die böse Bullin sein. Gute Menschen gibt's schon mehr als genug.

»Du hast einen Brandanschlag verübt, verdammt noch mal. Um den Kapitalismus zu stürzen. Oder was wolltest du damit erreichen?«

»Ich hab keinen Brandanschlag ...«, flüsterte Rudi.

»Was war es dann?«, fragte der Baron.

Rudi zuckte mit den Schultern.

»Der Rost auf dem Ärmel deines Anoraks, der kam also davon, dass du im Haid Kanaldeckel sauberwischst? Weil du so viel auf Ordnung hältst?«

»Ich hab ihn doch nur geworfen.«

»Und dann?«, fragte der Baron ganz milde, als glaubte er ihm.

Ich war ihm dankbar. So ruhig wäre ich nicht geblieben. Ich hätte am liebsten losgebrüllt, aber auch böse Bullinnen müssen sich beherrschen.

»Der Typ hat uns zweihundert Eier gegeben. Damit wir den Kanaldeckel in das Fenster werfen. Mehr bräuchten wir nicht zu tun; es sei nur eine Rache, weil der Inhaber ihn fristlos entlassen hat.«

Immerhin hörte er jetzt auf zu flennen.

»Der hat mit einem Zweihundert-Euro-Schein gezahlt.«

Martin

Mir war das alles zuviel. Jetzt benahm ich mich schon alberner als der Plotter und spielte Detektiv. Für Muslimattentäter war die Polizei zuständig. Den Plotter hatte niemand anders umgebracht als das eigene Regal; das hatte die Gerichtsmedizin festgestellt. Ich gab ihn auf. Na gut, vielleicht hatte ihn auch jemand umgebracht, einer von den Mohammed-Fans mit einer Bombe im Turban. Was soll's! Die Polizei kümmerte das nicht.

Ich ging in dem kleinen türkischen Imbiss im Einkaufszentrum essen, der nicht nur Kebab, sondern auch türkische Linsensuppe und immer ein Eintopfgericht im Angebot hat. Zwei Brüder, von zehn Uhr morgens bis zehn Uhr abends im Laden, eigentlich noch länger, denn vorher kaufen sie die Lebensmittel ein. Die Frauen kochen.

Warum lebten sie nicht von Hartz IV, zogen unendlich viele Kopftuchmädchen hinter sich her und benahmen sich so, wie sich Türken benehmen müssen, damit Sarrazin und die Inkorrekten glücklich werden?

Menschen sind seltsam. Wie gerne sie Inquisitor spielen. Weil sie die Extreme lieben, Schwarz und Weiß, und bitte, bitte keine Farbe. Farbe ist Pfui. Wir wollen klare Verhältnisse.

Nach dem Essen ging ich zurück in die Wohnung. Im Flur begegneten mir drei Studenten mit Umzugskartons. Sie schauten mich entsetzt an als wäre ich ein Neandertaler, gerade aus dem Mundenhof ausgebrochen.

Und war ich das denn nicht? Ein Opa in einem Haus voller Studenten; damals vor zwanzig Jahren schien es so naheliegend. Nebenan den Plotter, über mir Winnie, die alten Kameraden und wir konnten weiter WG träumen, ohne die Probleme einer WG zu haben. Kein Streit, wer den Müll runterbrachte oder wer den Abwasch machte.

»Du wohnst in deiner Vergangenheit«, sagte mir Doro immer, und weil sie den Spruch so gut fand, hatte sie ihn immer und immer wiederholt.

Vielleicht hatte sie sogar recht. Vielleicht wollte ich meine Träume weiter leben, obwohl sie längst tot waren; weiter tun, als ob Siebziger und WG angesagt wären, von Basisgruppen träumen, von

Betriebsgruppen, in die ich damals dann doch nicht eingetreten bin. München, Siemens, die Solidarität-Betriebsgruppe, vor der ich in das Beamtenverhältnis flüchtete, damit ich weiter an der Uni bleiben konnte. Die anderen wagten den Schritt hinaus in die Realität und ich schrieb Artikel darüber. Die anderen stellten fest, dass es draußen so ganz anders aussah als in ihren Träumen. Meine Träume konnten nie zerplatzen, weil ich sie nie auslebte.

Aber jetzt waren sie tot wie der Plotter und Winnie. Und ich saß in einem Haus voller Studenten wie in einem Relikt, das aus Zeit und Raum gefallen war.

Vielleicht wäre es doch Zeit, mit Doro zusammenzuziehen? Zweierbeziehung, das Schreckgespenst aller progressiven Lebensträume.

Abends ging ich ins Monte.

Meike versah wieder den Dienst, weinte nicht und schien völlig normal. Vermutlich Liebeskummer damals. Das zumindest hatte ich hinter mir. Hoffentlich hatte sie sich nicht von Shogun einfangen lassen, dem Stellvertreter von Sylvie. So einer, der mit breitem Ringer-Brustkorb, aber auch einem gewinnenden Lächeln jede bezirzen konnte. Fast blanker Charakterschädel, und ein Charme, den einige wenige Deutschtürken haben, aber sonst niemand.

»Und ich sag dir, es waren die Musels«, fing Five wieder an.

»Woher sollten die überhaupt wissen, dass der Plotter …«

Five deutete mit dem Kinn zu Shogun und blickte finster.

Ich musste lachen.

Wenn der ein Terrorist war, war ich Bin Laden.

»Du glaubst mir nicht«, beschwerte sich Five. »Die tarnen sich. Die dürfen lügen. Die haben ein eigenes Gesetz, das ihnen das Lügen erlaubt. Taquiya!«

Den Schock, dass in Oslo die Falschen gemordet hatten, hatte er offenbar gut überstanden. Er sprach leise und schaute dabei ängstlich zu Shogun, der am anderen Ende der Bar Bier zapfte und nicht wusste, dass er gerade enttarnt wurde.

»Du darfst die Ungläubigen belügen«, flüsterte Five. »Das erlaubt der Koran. Das nennt sich Taquiya. Du sagst nicht, was du willst, sondern machst auf friedlich und harmlos.«

»Dann sind unsere Politiker alle Mohammedaner«, warf Werner ein. »Zumindest vor den Wahlen.«

»Ihr werdet es noch erleben!«, orakelte Five. »Der Plotter hatte mit seiner Zukunftsgeschichte voll ins Schwarze getroffen. Und diesmal wollte er sie wirklich erzählen. So was wie *1984*, nur moderner wäre das geworden.«

Meike kam mit dem Tablett vorbei und lachte. »Ihr seid vielleicht Idioten«, sagte sie. »Alte Idioten, die den Teufel nicht sehen, selbst wenn er sie am Wickel hat.«

»Ich sehe ihn«, erklärte Five wütend, und jetzt flüsterte er nicht mehr. Aber dass er das laut gesagt hatte, erschreckte ihn so, dass er einen kurzen Blick zu Shogun warf. Der sah auf, zapfte aber weiter Bier und stellte Cappuccino-Tassen unter die Kaffeemaschine. Schnell erhob sich Five und ging aufs Klo. Vielleicht konnte er dort seine Furcht fortspülen?

Dienstag, 2. August 2011

Jimmy 1965

Zu den Pfadfindern ging er weiterhin. Alte Liebe verschwindet nicht so leicht. Leider gab's da auch Gottesdienste, die er unter allen möglichen Ausreden mied. Pech! Das waren immer Termine, zu denen er nicht konnte. Langsam entwickelte er sich zum Spezialisten in faulen Ausreden.

Leider war der Pfadfinder-Priester modern. Das Konzil änderte manches. Der Priester nahm die Beichte nicht mehr im Beichtstuhl, sondern im Ledersessel ab. Und ein verzweifelter Jimmy saß ihm gegenüber. Diesmal konnte er nicht ausweichen. Ein Treffen, Beichte war selbstverständlich, aber vorher nicht angekündigt. Schon saß er in der Falle. Und eine zweite gefälschte Beichte vergrößerte sein Sündenregister. Die Beichte nicht ernst nehmen, das war, als würde man auf Hostien herumtrampeln. Die Hölle jubelte, Satan grinste und dass seine Seele irgendwann Einlass ins Paradies erhalten würde, konnte er endgültig vergessen. Verhöhnung der Sakramente – damit war er exkommuniziert. So schlimm wie erneut heiraten und mit der zweiten Frau im Konkubinat leben. Das vergab auch das Konzil nicht. Alles kann verziehen werden, Mord und Totschlag; und über einen Sünder, der Buße tut, jubelt der ganze Himmel. Aber nicht über einen, der die Sakramente nicht achtet.

Dann wurde er zu einer Fortbildung geschickt, mit drei anderen. Man hatte ihn als zukünftigen Fähnleinsführer ausgeguckt. *Ihn*! Wie konnten sie so blind sein? Einen Todsünder; einen, der die Sakramente nicht achtete. Die Kirche war blind und taub geworden.

Immerhin hatte er einen Vorteil: Er konnte organisieren und die anderen verließen sich auf ihn. Auch darauf, dass die Zugverbindung leider, leider bereits um sieben Uhr dreißig zurückfuhr, der gemeinsame Gottesdienst zum Abschluss folglich nicht wahrgenommen werden konnte.

»Wie gut, dass wir dich haben«, sagte Manfred. »Wenigstens einer, der Kursbücher lesen kann.« Die Verbindung war mit dreimaligem Umsteigen eher kompliziert. Auf die Idee, sich am Schalter beraten zu lassen, kam Gott sei Dank keiner.

Should auld acquaintance be forgot, and never brought to min'?

Ja. Sie sollten vergessen werden, die alten Freundschaften.

Wildgänse ziehen durch die Nacht, mit schrillem Schrei nach Norden.

Er zog bald gar nicht mehr, sondern blieb den Treffen fern. Seine Eltern nervten, er redete davon, dass die Gruppe auseinanderfallen würde. Immer weniger würden kommen. Sie schoben es auf die Pubertät und da verlieren Jungen eben das Interesse an der Pfadfinderei. Die Wahrheit ahnten sie nicht.

Martin

Morgens schaltete ich meinen Laptop an. Uralt, ich hätte jetzt gerne den des Plotters hier. Die Seiten der Inkorrekten hatte ich seit zwei Jahren nicht mehr besucht. Die hatten schon lange vor Sarrazin die Türken auf dem Kieker gehabt. Pardon, natürlich die Muslime, die sie als Musels bezeichneten. Die ›Nigger‹ der Anti-Islamisten. Ein Ausdruck, der gleich feststellt, wer hier minderwertig ist, falsche Gene hat und deshalb nichts sagen darf.

Anfänglich waren sie noch sehr für Aufklärung. Veröffentlichten die dänischen Zeichnungen, die soviel Aufruhr verursachten. Beriefen sich auf die Freiheit des Denkens. Die Musels und Kanaken natürlich nicht besitzen, gar nicht besitzen können.

Aber wie sich in den Siebzigern die linke Szene von Jahr zu Jahr dramatisch veränderte, tat dies die der Inkorrekten auch. Dass Aufklärung angesagt war, um die Errungenschaften der Moderne gegen die Angriffe des Islams zu verteidigen, das war gestern. Dass Mädchen Freunde haben durften, Jobs und Sex. Dass Schwule nicht im Gefängnis landeten.

Auch die Marxisten-Leninisten hatten 68 ›antiautoritär‹ geliebt. Und schon 70 liebten sie Stalin, heirateten und lebten in Zweizimmerwohnungen, weil das Proletariat das auch tat. Gingen mit Schlips und Kragen auf Stimmenfang und tobten gegen Baader-Meinhof. *Der »linke Radikalismus«, die Kinderkrankheit des Kommunismus*, schrieb Lenin. Nix mit antiautoritär. Nix mit bewaffnetem Kampf. Zumindest Letzteres erwies sich als richtig. Aber Stalin? Ich habe nie begriffen, woher diese Leidenschaft rührte.

Auch die Inkorrekten hatten eine Wandlung durchgemacht. Aufklärung und offene Gesellschaft waren gestern. Heute war Christentum angesagt. Und zwar das von der härtesten Sorte. Wie bei den Marxisten-Leninisten stand das Volk wie ein Mann hinter ihnen. Nur wusste das Volk das noch nicht, weswegen es nach Meinung der Inkorrekten die falschen Parteien wählte. Nämlich die Linksradikalen, sprich CSU, CDU, SPD und Grüne. Die natürlich nicht zum Volk gehörten, sondern zu den Unterdrückern, die jede Meinungsfreiheit abgeschafft hatten. Außerdem gab es noch die Musels, die nicht bei Al Kaida Mitglied waren. Die sind besonders gefährlich, weswegen Al Kaida sie hasst und die Inkorrekten auch.

Die Inkorrekten waren arme Opfer des rot-grünen Meinungsterrors, die ihre Meinung nicht mehr sagen durften – das zumindest sagten sie auf ihren Seiten. Die Opferrolle bietet richtig gute Vorteile. Erstens steht man auf der moralisch richtigen Seite, was ein herrliches Gefühl der Überlegenheit gegenüber dem Rest garantiert. Und zweitens ist man von finsteren Mächten des Bösen umgeben, die zwar schreckliche Fratzen zeigen, von denen man sich aber nicht einschüchtern lässt. Dope ist nichts gegen dieses Gefühl. Herr, ich danke dir, dass ich nicht so bin wie die Kulturmarxisten. Die das Abendland in den Abgrund führen. Es dem Islam überantworten, und der wird sie alle umbringen. Da muss man was gegen tun.

Dass Missbrauchsfälle in der Kirche bekannt wurden, war ein Skandal. Das machte die Presse nur, um Christen zu diskreditieren. Weswegen es schlecht war und Propaganda. Denn der Islam bedroht Europa und das wird vertuscht, wenn die Presse stattdessen über Missbrauch in kirchlichen Internaten berichtet. Außerdem gibt es auch in grünen Schulen Missbrauch. Doch darüber berichtet keiner. Weil wir keine Meinungsfreiheit haben, sondern Sowjetunion.

Irgendwie musste ich auf einem anderen Planeten leben. Einem, auf dem Zeitungen ausgiebig über den Missbrauch an der Odenwaldschule berichteten, zwei Türken zwölf Stunden am Tag im Laden standen, statt auf Hartz IV zu bauen und auch nicht zahllose Kopftuchmädchen in die Welt setzten, wie es Sarrazin gerne hätte. Auf dem Planeten der Inkorrekten gab es so was nicht. Vermutlich war es verboten. Ach ja, auf dem Nachbarplaneten wurden Mohammedaner aufs Schändlichste verfolgt, keiner von ihnen schmiss Bomben, alle waren nett und friedlich, wir müssen nur an Allah und den Koran glauben. Die Sunna. Allah ist friedlich. Na ja, nicht gegen Sünder. Aber wir sind keine Sünder, *wir* nicht.

Um welche Sonne drehten sich die drei Planeten?

Eva Hermann und das Eva-Prinzip, ja auch das war toll. Keine Frauen in Jobs, dafür viele Kinder, Küche und Kirche. Und eine einheitliche Grundeinstellung, eben Christentum. Europa war christlich, und wer das nicht ist, hat hier nichts verloren. Verglichen damit war Kardinal Mixa ein Linksradikaler.

Die Mohammed-Seiten waren auch dafür. Jedenfalls für Eva Hermann, Kinder-Küche-Kirche – äh, natürlich Moschee. Vielleicht würden sich die beiden doch zusammentun? Vielleicht hatte der Plotter mit seiner Zukunftsvision, in der jeder gläubig sein musste, ins Schwarze getroffen? Und deshalb jemanden rot sehen lassen?

Aber der Plotter war tot. Erschlagen von seinen Büchern, und warum musste er auch so viele davon haben? Bibel und Koran reichten doch, dort stand alles, was Gott den Menschen zu sagen hatte. Die anderen Bücher enthielten entweder dasselbe, dann waren sie überflüssig, oder widersprachen den heiligen Texten, wie Darwin, und dann waren sie des Teufels und gehörten verbrannt.

Der Plotter war tot. Friede seiner Asche. Sein Kapital unlesbar geworden, seine Exposés verschollen, und ich sollte mich an die Rechtsmedizin halten und nicht weiter von Mord reden. Das nahm ich mir fest vor.

War nicht der erste Vorsatz, an den ich mich nicht hielt.

Dann hatte ich Glück. Die Suche nach dem Libyer war ein Erfolg, er wohnte in Weingarten, Hedwig-Hilse-Straße 6, in einem der großen Hochhäuser.

Ich machte mich auf den Weg.

Und sie waren daheim, die beiden Süßen, die sich mit Drohmails die Zeit vertrieben. Er mit dem faustdicken Bart, der laut fundamentalistischen Islamseiten Allah wohlgefällig ist. Sie tatsächlich mit Burka, nur ein Augenschlitz war offen. Ich starrte sie verblüfft an.

»Iss was?«, fragte sie.

»Ähm, ich ...«

»Fremden gegenüber bin ich anständig gekleidet«, erklärte sie hochnäsig.

»Holger Hennen hat mich an sie verwiesen«, erklärte ich und beobachtete die beiden. Eigentlich nur den Libyer, an der Konvertitin war nicht viel zu sehen. Burkas haben eindeutige Vorteile, wenn man etwas geheim halten will.

»Holger *wer*?«, fragte sie.

»Hennen. Ein Schriftsteller.«

»Schreiber!«, sagte der Bart Gottes so abfällig, dass klar wurde, dass Schriftsteller nicht gottgewollt waren.

»Sie kennen ihn?«

Der Bart lachte. »Was wollen Sie?«, fauchte die Konvertitin.

Sah nicht so aus, als wüssten sie was. Oder hätten ein schlechtes Gewissen.

»Er hat über Sie geschrieben.«

»Das ist alles Verleumdung«, sagte sie umgehend.

»Sie kennen es also?«

»Nein, nein«, erklärte sie schnell, »aber Ungläubige verleumden immer, wenn sie über den Islam und Allah, gelobt sei sein Name, schreiben. Allein die BZ ...« – »Und die Inkorrekten ...«, sekundierte der Bart – »Alle haben uns verleumdet.«

»Wir nur mailen, was kommen wird. Als Warnung. Damit er umkehrt, der fehlgeleitete Komiker.«

»Dann verzeiht ihm Allah.«

Die Zimmertür flog auf. »Die Kartoffel! Wieder!«, brüllte der Preisboxer, stürzte in den Flur, würgte mich am Hals, drängte mich gegen die Wand und feuerte mir die andere Faust in den Magen. Ich hätte mich gerne auf dem Fußboden zusammengerollt, aber die Hand um die Kehle hielt mich aufrecht.

»Was willste?«, brüllte der Preisboxer und mir flogen Speicheltropfen ins Gesicht.

»Spion, ein Spion«, erklärte er den anderen.

»Dann mach ihn fertig«, kreischte die Konvertitin unter der Burka hervor. Ihre Augen leuchteten dabei auf. Ich verlor ein weiteres Vorurteil: Man muss als gläubige Islamistin nicht schweigen und sich den Männern unterordnen.

Ein zweites Mal sauste mir die Faust in den Magen. Ich würgte. War doch keine gute Idee, der Besuch hier.

»Was willste?«, brüllte es noch mal. »Gesteh! Alles!«

Ich hätte gerne alles gestanden, aber mit der Hand um den Hals gelang mir nur ein unartikuliertes Gurgeln.

Dann besann ich mich. Und riss das Knie hoch, zwischen die Beine der Bestie.

Leider hatte die damit gerechnet und ich kassierte noch einen Boxhieb.

»Störe ich?«, fragte ein Stimme vor der Tür. Das Monster ließ mich los und ich rutschte zu Boden.

In der Tür stand die Superbullin.

Mit einer Pistole im Anschlag.

Bullen können so schön sein. Ich sollte meine Vorurteile überdenken.

Der Mann hinter ihr telefonierte. Die drei Vertreter des wahren Glaubens hoben brav die Pfötchen. Und mir drehte sich der Magen um und ich musste kotzen.

Juli

»Was für ein sagenhafter Mist«, tobte Peter und verlor das Zündholz, das ihm auf den Teppich fiel. Er hob es wieder auf, steckte es in den Mund, dann nahm er es wieder raus, schaute auf das abgekaute Ende, als sei es das letzte fehlende Indiz und tobte weiter.

»Erst der Einsatz bei dem Libyer ohne jedes Ergebnis, dafür Mordskrach wegen Religion und so. Dazu die Wagenburgler: Der große Unbekannte hat uns einen Zweihundert-Euro-Schein gegeben. Wir haben nur den Kanaldeckel geworfen, das mit den Mollies waren andere. Noch mehr große Unbekannte. Muss in der Haid ein Nest voller großer Unbekannter geben, die arme, nichtsahnende Wagenburgler mit Zweihundert-Euro-Scheinen in Versuchung führen.«

»An dem Anorak waren zwar Rostspuren, aber kein Benzin«, warf ich ein.

»Na und? Dann hat er die Mollies in einer Kiste oder einer Plastiktüte transportiert, was weiß ich! Selbst Wagenburgler wissen, was Spurensicherung heute leisten kann.«

Er warf das Streichholz in hohem Bogen in den Papierkorb, traf aber nicht.

»Mädchen, bist du so blöd oder tust du nur so?«

Wenn ich etwas hasse, dann, als Mädchen angeredet zu werden.

Peter weiß das. Und tut das höchst selten. Eigentlich nie. Wenn er es doch tut, ist es ein Warnzeichen. Dann sollte man ihn weiträumig umgehen. Und ihm auf keinen Fall widersprechen. Mein einziger Eintrag in der Personalakte stammt davon, dass ich es mal nicht wahrgenommen hatte.

»Jedenfalls sind die Wagenburgler dran. Grinsekatze kann so grün sein, wie er will; wenn er sie jetzt noch verteidigt, kann er seine Wiederwahl vergessen.«

Da hatte Peter recht. Der Breisgau Anzeiger hatte den Brandanschlag auf der ersten Seite gebracht, auf der zweiten so ziemlich alles, was es an unangemeldeten Demos, Platzbesetzungen, Prügeleien und anderem in den letzten hundert Jahren gegeben hatte. Die Badische Zeitung hatte erst abgewiegelt, sich dann vorsichtig ebenfalls gegen die Wagenburgler entschieden: *Keine Vorverurteilung – aber auch keine rechtsfreien Räume.* Der baden-württembergische Ministerpräsident hatte eine flammende Rede gegen Linksterrorismus gehalten. Die Freiburger CDU erwartete Taten, und von den Grünen, dass sie sich eindeutig distanzierten. Die schwarzgrüne Stadtratsmehrheit wackelte, die Linken hielten noch zur Wagenburg, aber die nahm eh niemand ernst.

Das große Debakel, das über Schwarz-Grün vor einigen Jahren hereingebrochen war, sollte wettgemacht werden. Damals hatte eine Bürgerinitiave verhindert, dass Grinsekatze alle städtischen Wohnungen an eine Immobilienfirma, an Heuschrecken verkaufte. Siebzig Prozent Gegenstimmen! Grinsekatze hatte das nie vergessen, geschweige denn vergeben.

Weswegen er sich langsam aber sicher gegen die Wagenburgler stellte. Die hatten gewiss nicht für seine Pläne gestimmt. Man munkelte sogar, dass es einen konservativen Gegenkandidaten gegen Grinsekatze geben würde. Die NPD hatte schon einen eigenen Kandidaten gekürt, einen echten Patrioten gegen den linken Straßenterror, der schon vor der Bundestagswahl an allen Laternen hing. Das Bürschchen war fünfundzwanzig und verpickelt.

Endlich Flagge zeigen, hieß es auf der dritten Seite des Anzeigers. *Wo bleibt ein konservativer Kandidat für Freiburg?*

Die Wagenburg würden wir bald räumen können, so oder so. Die hatte garantiert keine Mehrheit mehr. Und wenn ein paar Köpfe dabei blutig geschlagen würden, umso besser. Wenn sie Widerstand leisteten, könnten wir zuschlagen. Und waren das Pack los, wenigstens vorläufig. Papa würde natürlich toben. Darauf freute ich mich schon jetzt. Der Polizeistaat steht vor der Tür und die eigene Tochter öffnet ihm! Wir müssen die Demokratie wieder verteidigen wie damals 68. Als ob die Wagenburgler überhaupt wussten, was Demokratie heißt. Zu schwierig das Wort, hatte ja mehr als eine Silbe. Die hielten 68 vermutlich für eine Wodka-Marke.

Aber das mit dem Anschlag glaubte ich trotzdem nicht.

»Mensch Juli, bist du von allen guten Geistern verlassen?«, tobte Peter weiter.

»Wir müssen ...« Peter ließ mich gar nicht ausreden.

»Ja, ja, verschone mich mit deiner Polizistenweisheit! Wir müssen jeder möglichen Spur nachgehen, in alle Richtungen ermitteln. Aber nur in Richtungen, die auch was mit dem Tathergang zu tun haben könnten.«

»Immerhin haben die beiden ...«

»Wir haben das Umfeld untersucht. Da gibt es nichts, der Mann ist seit zwanzig Jahren verheiratet, keine Liebschaften, weder er noch die Frau. Die Konkurrenz hat auch kein Motiv. Was willst du noch? Die beiden Wagenburgler haben sich nach der Tat vollaufen lassen, und dafür haben sie sich vorher mit einem Zweihundert-Euro-Schein die nötige Menge Alk in einer Tankstelle gekauft. Na und? Was beweist das? Außer, dass sie am nächsten Tag hoffentlich einen Riesenkater hatten?«

»Sie waren nüchtern, als die Streife sie kontrolliert hat.«

»Na und? Direkt danach waren sie bei der Tanke, haben Alk gekauft und sich zugesoffen.«

Sven sprang auf: »Willst du die entkommen lassen? Solche belanglosen Fragen, daran hängen die Rechtsanwälte sich doch auf! Das war schon bei der RAF so!«

»Und was werden unsere beiden Hübschen anstellen, wenn sie nicht in den Knast wandern?«, legte Peter nach. »Wenn sie wegen alberner Zweifel freigesprochen werden? Einen Polizeiwagen in Brand stecken? Polizisten abfackeln?«

»Wir haben das Video an der Tankstelle. Und die Aussage des Tankwarts. Die haben mit einem Zweihundert-Euro-Schein bezahlt«, erklärte ich.

»Na und? Wer weiß, wo sie den herhatten. Vielleicht sogar aus dem Laden. Haben ihn durchsucht, bevor sie die Mollies hervorholten. Oder Drogengeschäfte. Oder ...«

»Das sollten wir eben rauskriegen.«

»Herrgott, wir haben Personalmangel, schon vergessen? Wir müssen Kinderschänder bewachen, die die Gerichte laufen lassen. Von Wagenburglern ganz zu schweigen. Wenn wir jeder faulen Ausrede nachgehen, kommen wir nie zu einer Verurteilung.«

»Immerhin sind wir der Wahrheit ...« Aber heute würde ich nicht mehr ausreden können.

»Ach, du Naivling!«, spottete Peter. »Wir sind für Ruhe und Ordnung zuständig, und ein Schlag gegen die Szene wird genau das sichern.«

Martin

Ich wachte mit einem Kater auf und einem Traum, der so lebendig war, als wäre er Wirklichkeit. Die Inkorrekten hatten die Mehrheit gewonnen. »Die Linke ist schuld!«, tönten sie und befahlen, alle Schulbücher zu überarbeiten. Jeder Zeitungsartikel musste damit enden, dass an den geschilderten Problemen die Linke, der Islam und die Türken schuld seien.

So wie die Marxisten-Leninisten in den Siebzigern immer das

Monopolkapital als Hauptschuldigen enttarnten. Du konntest den ersten Satz ihrer Flugblätter lesen und wusstest schon, was im Rest stehen würde. Das Monopolkapital war schuld und tat alles nur, um das Proletariat und die fortschrittlichen Kräfte zu schwächen. Monopolkapital war immer gut. Zwar wusste niemand, wo das Zentralkomitee dieses Monopolkapitals wirklich beheimatet war, aber es widersprach nie. Darauf einzuprügeln war garantiert ungefährlich. Gegendarstellungen zu den Flugblättern waren nicht zu erwarten.

Das war bei den Neocons nicht anders. Die Linke ist schuld! Und weil es die gar nicht mehr gibt, konnte sie auch nicht widersprechen. Die Linke ist antisemitisch, weil gegen Israel! Die Juden sind überproportional bei den Linken vertreten, hieß es noch vor wenigen Jahren, deshalb gab es Antisemitismus. Das musste man verstehen. Marx, Freud, Trotzki und die ganzen anderen Vögel. Kein Wunder, dass Deutsche Juden nicht liebten. So hieß es früher. Auch Parolen haben ein Verfallsdatum und unterliegen der Mode.

Der Briefkasten war voller Werbeblättchen. Beinahe hätte ich den Brief übersehen.

Wir werden nicht zulassen, dass Allahs heiliger Name und der seines Propheten in den Schmutz gezogen werden. Sie sind voll Hass und Häme. Hüten Sie sich, schon mancher hat sein Verbrechen bitter bereut. Lassen Sie die Toten ruhen, Holger Hennen wurde für seine Verbrechen bestraft und sitzt nun in der Hölle. Seine Hetzbücher werden nicht veröffentlicht werden und das Heilige nicht mehr beschmutzen. Falls doch, werden wir Sie finden.

Ein Drohbrief! Den Plotter dürfte der ziemlich kalt lassen. Doch bei mir war das anders. Und waren es doch die Muslime gewesen, die ihm das Regal auf den Kopf geknallt hatten?

Ich musste wieder zur Kripo.

Auch wenn ich die Superbullin hasste und mir lebhaft vorstellen konnte, was sie dazu sagen würde.

Schon auf dem Flur hörte man, wie sie sich anbrüllten. Ich marschierte in das Großraumbüro, die Superbullin drehte sich zu mir um, wollte was sagen, aber ihr Chef, der Hopser, war schneller.

»Was zum Teufel wollen Sie hier?«

Ich zeigte ihm das Schreiben.

Alle vier beugten sich darüber.

»Das lag heute im Briefkasten«, erklärte ich. »Ich soll den Weg des Plotters nicht gehen. Oder ihn nicht schreiben, besser gesagt.«

Der Hopser griff sich an die Stirn. »Wer zum Teufel …?«

»Der Tote, den sein Bücherregal erschlagen hat«, erklärte die Superbullin.

»Und wer schreibt Toten Drohbriefe?«

»Der ging an mich.«

»Er glaubt, dass es nicht das Bücherregal war«, erklärte die Superbullin.

»Und dass der Libyer es war«, fügte der Schnurrbartbulle hinzu.

»Ist doch merkwürdig, nicht wahr?«, versuchte ich es noch mal. »Erst der Tod des Plotters, dann der Brandanschlag auf den Laptop, und jetzt ein Drohbrief.«

Der Hopser stieß einen röchelnden Laut aus.

»Nimm du das auf«, erklärte er der Superbullin. »Erst ein Zweihundert-Euro-Schein, dann Bin Laden persönlich. Ich bin nicht da. Ich werde Akten aufarbeiten. Ganz friedliche Akten, ohne dubiose Zweihundert-Euro-Scheine, ohne Mohammed und ohne den großen Unbekannten.«

Und damit verschwand er.

»Wollen Sie Anzeige erstatten?«, fragte die Superbullin und wies auf einen Stuhl vor dem Schreibtisch.

Was für eine Frage! »Glauben Sie, ich wäre sonst hier?«

»Was ist mit dem Zweihundert-Euro-Schein?«, fragte mich der 68er.

»Geht Sie gar nichts an«, blaffte ich.

»Ich habe nämlich vierundzwanzig Zweihundert-Euro-Scheine gefunden. Im Kapital. Von Karl Marx.«

Guter Gott, der 68er war völlig durchgeknallt. Erst ein Drohbrief. Dann Zweihundert-Euro-Scheine als Kapital im Kapital. Karl Marx würde sich im Grabe umdrehen. »Ich dachte, Sie sind wegen dem Drohbrief hier.«

»Ja, da wusste ich noch nicht, dass Sie wegen eines Scheins ermitteln.«

»Wir ermitteln nicht wegen eines Scheins«, tönte es vom Nachbarschreibtisch.

»Also, was ist mit Karl Marx und seinem Kapital?«, fragte ich. Anders wurde ich ihn nicht los, soviel war klar. 68er wird man nie los, die sind wie Papa. Du schmeißt sie zur Vordertür raus und schon schleichen sie sich zur Hintertür wieder rein. Und dass ich erwachsen bin und ganz andere Ideen habe als er, das wird er nie begreifen. Auch Papa redet gern übers Kapital. Und dann kannst du wetten, dass er so bald nicht mehr aufhört. Das Thema wechselt er nur, wenn ich Papa zu ihm sage. Er wollte immer, dass ich ihn Rüdiger nenne. Wer will schon freiwillig Rüdiger genannt werden? Neunzehn Jahre brauchte ich, bevor ich mich traute, ihn Papa zu nennen. Seitdem streiten wir.

»Ja, das waren 4800 Euro in Zweihundert-Euro-Scheinen«, erklärte mir der 68er und riss mich aus meinen Erinnerungen. »Zusammen mit dem, den Sie haben, sind das fünftausend. Und zwei Blätter. Die lagen auch im Kapitel. Dem vom Plotter natürlich.«

Ich schaute zu Sven rüber. Der stand auf, beugte sich über den 68er und sagte: »Sie haben 4800 Euro in Zweihundertern gefunden, sehe ich das richtig?«

»Und das sagen Sie erst jetzt?«, fügte ich hinzu. Mann o Mann, solche Leute können einem den letzten Nerv rauben.

»Ich wusste ja nicht …«

»Wo sind die Scheine her?«

»Aus dem Kapital von Karl Marx, äh, ich meine dem von dem Plotter.«

»Und die hatte er im Kapital angelegt?«

»Richtig.«

»Und Sie haben die entnommen?«

»Na ja, ich wollte das Kapital …«

»Sie wollten das Kapital retten, richtig?«

»Ja!«

»Und deshalb sind sie in eine versiegelte Wohnung eingestiegen, haben Beweismaterial entwendet und sich an dem Geld eines Toten bereichert?«

»Wissen Sie, so kann man das …«

»… nicht sagen, ich weiß«, fauchte Sven. »Man kann das nämlich anders sagen: Diebstahl und Behinderung der Justiz.«

Das war natürlich Unsinn, eine Behinderung der Justiz gibt es nur in amerikanischen Krimis. Aber weil alle diese Krimis sehen, müssen wir so reden, obwohl es bestenfalls Vereitelung der Strafverfolgung wäre. Aber wir müssen reden wie Kommissare in Krimis, sonst versteht uns keiner.

»Sie haben den Fall doch abgeschlossen«, erklärte der 68er.

»Zum Glück«, tönte Peter, der jetzt wieder in den Raum kaum, mit einem neuen Streichholz bewaffnet.

»Sonst wären Sie nämlich dran. So können wir es einfach fallen lassen. Händigen Sie das Geld den Erben aus, bringen Sie es her, wir bewahren es auf, bis die ermittelt sind.«

»Aber der Drohbrief …«

»Den vergessen wir auch. Gemeinsam mit der peinlichen Sache in der Hedwig-Hilse-Straße. Okay? Das Ganze ist sowieso ein Witz.«

Der 68er stand auf und ging, ohne sich umzudrehen. Zum ersten Mal tat er mir leid.

»Bis heute Abend ist das Geld hier, verstanden?«, rief ihm Peter nach.

Martin

Ich kam gegen achtzehn Uhr ins Monte und wieder bediente Meike. Diesmal ohne Tränen.

»Geht's Ihnen besser?«, fragte ich.

Sie nickte. »Das Schwein«, sagte sie. »Und ich bin auf ihn reingefallen.«

Na also. Das Übliche. Die Männer sind alle Verbrecher. Ihr Herz ist ein finsteres Loch.

»Dabei hatte ich mir schon einen Laptop gekauft. Einen richtigen Mac.« Jetzt strahlte sie; einen Mac zu besitzen war offenbar so was wie bei *Deutschland sucht den Superstar* aufzutreten. »Und einen neuen Drucker. Und …«

Sie schüttelte den Kopf und ging wieder zur Bar.

So was. Da hatte sie mit dem Typen schon eine Zukunft geplant, gemeinsame Arbeit, und dann das.

Mich ging das alles nichts mehr an. Ich verliebte mich zwar immer und regelmäßig in die Mädels von der Bedienung hier. Aber ich nahm das nicht ernst. Ich hatte Doro, Ersparnisse aus den Programmierarbeiten für die Verlage, und ab und zu noch einen Auftrag. Im Rentenalter war ich sowieso schon bald.

Was hätte ich alles anders gemacht?

Keine linksradikale Phase? Keine Befreiung? Schlips und Krawatte auf ewig, eine Villa in der besten Gegend, zwei Kinder und die Puffbesuche? Eine Mutti zuhause, die ich in der Verbindung kennengelernt hatte, in der sie Couleurdame war? Denn Mitglied durften Frauen nicht werden, für die richtig harten Sachen wurden sie nicht zugelassen. Zum Beispiel mit Nutten durch die Nacht zu ziehen.

Ihr seht, ich kenn mich aus. Ja, ich war in einer Verbindung, das war mein 68. Ein Jahr später sah alles schon ganz anders aus, innerhalb weniger Monate hatte sich mein ganzes Koordinatensystem geändert.

Weshalb ich heute nicht mit einer Couleurdame in einer Villa sitze, die mir das Geld aus der Stelle eingebracht hat, die mir die alten Herren meiner Verbindung zugeschanzt hatten.

Stattdessen wurde ich von islamistischen Preisboxern verprügelt, von Polizistinnen gerettet, die für ›Deutschland sucht die Superbullin‹ trainieren, und fand ein Kapital im Kapital.

Die Nutten waren übrigens keine richtigen Nutten. Die eine war die Verlobte des Königs des Freiburger Nachtlebens. Behauptete sie zumindest. Die anderen wollten Spaß haben und Champagner; für Letzteres sorgte der Fuchsmajor. Dessen Vater war Bundestagsabgeordneter, und ob er seine Jagdhütte ähnlich wie der Sohn nutzte, weiß ich nicht. Das war mein 68.

Und später hatte ich Artikel geschrieben. Über 68, über Sozialismus und später über Informatik. Ich war immer dabei – mit der Feder – aber mitgemacht hatte ich nie. War das vielleicht mein Problem? Dass ich immer nur kommentierte, aber nie teilnahm? Vielleicht sollte ich das mal ablegen …

Plotter, ich bin dabei. Diesmal werde ich nicht drüber schreiben, wenn alles vorbei ist. Diesmal werde ich teilnehmen. Und dafür sorgen, dass dein Mörder gefunden wird.

Jimmy 1965

»Warum hast du keine Freunde, Hansi?«, fragte die Mutter.

»Weil ihr mich immer Hansi nennt«, wollte er antworten, aber das tat er natürlich nicht. Sondern sagte: »Ich hab doch Freunde.«

»Und wie heißen die?«

Er nannte die Namen von ein paar Nachbarsjungen. Seine Mutter schüttelte den Kopf. »Das sind keine richtigen Freunde. Ein richtiger Junge braucht richtige Freunde. Aber dafür muss man was tun. Nicht im Zimmer rumhocken und Bücher lesen. Du bist schon ganz käsig, Hansi.«

Wenn sie ihn noch mal Hansi nennen würde, würde er ausflippen. Er drehte sich um, ging auf sein Zimmer und schloss die Tür ab. Keinen Moment zu spät, denn seine Mutter war ihm gefolgt. Sie folgte ihm immer. »Hansi, was soll das? Schließ sofort auf!« Sie hämmerte gegen die Tür.

Aber er schloss nicht auf. Auch wenn er wusste, dass das kein Abendessen und die Hundepeitsche bedeuten würde.

Wenn sie ihn wenigstens nicht mehr Hansi nennen würde. Dafür würde er gerne aufs Abendessen verzichten. Sogar die Tür würde er nicht mehr abschließen.

Sein größter Wunsch war, ein richtiger Junge zu sein, einer so wie alle anderen. Einer, der nicht auffiel, einer von den Jungs eben. Der dazugehörte. Denn er wusste, dass sie recht hatte, die Mama. Er gehörte nicht dazu. Die Nachbarsjungen redeten in der Schule mit ihm, er ging mit den anderen den langen Weg hoch zur Siedlung. Aber er gehörte nicht dazu. Nachmittags trieben sie ihre eigenen Spiele und es war klar, dass er nicht teilnehmen würde. Wenn sie ihn nur endlich Jimmy nennen würde. Einmal hatte er sich getraut, das Mama vorzuschlagen. »Was für ein Unfug«, sagte sie. »Du heißt Hans, das ist ein schöner deutscher Name.«

»Dann ruf mich nicht mehr Hansi!«

Aber sie lachte nur. »Was hast du gegen Spitznamen?«, und rief ihn weiter Hansi.

Dann kam Stalin.

Warum er den Spitznamen Stalin trug, wusste niemand. Er unterrichtete Deutsch und übernahm sie in der Obertertia, der neunten Klasse.

Stalin liebte den *Hochwald*. Nein, nicht den richtigen, sondern den von Stifter. Stifter, so Stalins Überzeugung, mit seinen gefühlvollen Naturschilderungen, seinem Pathos, war genau das, wonach vierzehnjährige pubertierende Schüler sich sehnten. In der Klasse saß er vorne am Pult und ließ aus Stifters *Hochwald* vorlesen. Er genoss das. Schritt das Lesen voran oder ergab sich eine besonders pathetische Stelle, schlug er auch mal die Hände vors Gesicht, nur die Nase guckte dann noch hervor. Dann seufzte er. Vielleicht weinte er auch, aber das konnten die Schüler nicht sehen. Sie vermuteten es aber.

Trotzdem genossen die meisten diese Stunden. Nicht wegen Adalbert Stifter. Aber weil Stalin so weit weg war, sobald vorgelesen wurde. Mit Händen vor den Augen lässt sich schwer kontrollieren, was Schüler tun.

Der echte Josef Stalin hatte Gedichte geschrieben, aber das wusste Jimmy nicht. Vermutlich waren sie genau so grauslich wie der Unterricht seines Namensvetters. Die Vorliebe für schlechte Poesie vereinte beide.

Anders als der echte, hatte Stalin II nur seine Hände und seine Seufzer. Und dreiunddreißig pubertierende Schüler ohne jedes Verständnis für seine Gefühle. Er gab sich jede Mühe, ihnen die Poesie zu vermitteln, doch die Poesie spielte nicht mit. Jimmy hätte in der Zeit *Winnetou* lesen sollen. Oder Schiffe versenken spielen – wie die anderen. Dann wäre er ein ganz normaler Schüler gewesen.

Zu seinem Unglück konnte er das nicht. Seine Noten in Deutsch wurden schlechter. Richtig gut waren sie nie gewesen, aber jetzt wurden sie katastrophal. Dem Mathematiklehrer darf man widersprechen, wenn man Mathe kann. Zwei und zwei bleibt vier, auch wenn dich der Mathelehrer hasst.

Aber zu Stifter und seinen Texten sollte man keine eigene Meinung haben, sondern die des Deutschlehrers.

Damals passte Deutschland mit Ach und Krach in seine Autos – auch über Autos und Mobilisierung sollte man keine Meinung haben. Schon gar nicht hätte man etwas darüber wissen sollen, und ganz besonders nicht mehr als der Lehrer.

Leider wusste Jimmy, dass die ersten Autos durchaus noch nicht am Fließband hergestellt worden waren. Dass er diese Kenntnis in einem Aufsatz kundtat, als Stalin das Gegenteil verkündete, verbesserte seine Note naturgemäß nicht. Immerhin konnte Stalin II ihn nicht in den Gulag schicken. Soweit reichte die Macht der Schule dann doch nicht. Noch nicht lange her, da hatten Lehrer bedeutend mehr Macht gehabt.

Eigentlich war Jimmy ein braver Schüler; riefen ihn deshalb alle Hansi? Er wollte dazugehören. Aber das ging nicht. Hansis gehören nirgendwo dazu. Außer im Kindergarten. Dazugehören. Einer unter vielen sein. Dazu hätte er bei Stifter nur Schiffe versenken müssen. Dazugehören – dieser Wunsch war genauso unerfüllbar wie der nach der Reinheit.

Manche konnten keine Mathematik verstehen. Jimmy keine Menschen. Mit der Mathematik dagegen hatte er nie Probleme.

Mit dem Dazugehören schon. Er verstand nicht, was man dazu tun musste. Wie man einer von vielen wird, einer, der sich nicht unterscheidet, einer der untergeht in der Masse, einer, den alle behandeln, als wäre er einer von ihnen.

Warum begriff er das nicht? Vielleicht war er zu brav? Er müsste etwas Aufmüpfiges tun; würde das helfen?

Nach dem *Hochwald* wandte sich Stalin anderen Weltproblemen zu. Eine Geschichte, in der ein Schreinermeister mit industriell hergestellten Möbeln konfrontiert wird – Metallnägel! Welch Horror! – und sich deshalb aus Verzweiflung umbringt. Sehr tränenreich. Schon die Geschichte lesen zu müssen, war Strafe und ein Verstoß gegen das Folterverbot.

Darüber einen tränenreichen Aufsatz verfassen zu müssen – nun gut, das hätte auch dem echten Stalin gefallen. Der Untergang des Abendlandes und des ehrlichen Handwerks durch die Industrie und das Kapital, die Möbel plötzlich für jedermann erschwinglich machten.

Jimmy schrieb keinen Aufsatz. Er schrieb eine Anzeige:

Frische feine Liebesgedichte
Novellen à la Stifter
Melodramen und Gedichte
schreibt erfahrener Poet.
Günstige Preise, bei Nichtgefallen Rückgabe möglich
Doktor Danner

Dazu die Telefonnummer.

Martin

»Die haben dich einfach weggeschickt?« Five konnte es nicht fassen. »Und du hast denen das Geld gegeben?«

Meike starrte mich an, ohne ein Wort zu sagen. Die Summe hätte sie wohl aus ihrem finanziellen Desaster gerettet.

Ich nickte nur.

»Denkst du an das Bier?«, erinnerte Werner Meike.

Sie floh ohne Nicken. Jedenfalls wirkte es wie eine Flucht.

»Das ist ja wieder typisch für unseren Staat. Dicht besetzt mit Alt-68ern, die alle anderen Meinungen unterdrücken. Und die Türken und Araber schützen, die den Bürgerkrieg planen. Den Libyer haben sie auch mit einer kleinen Geldstrafe laufen lassen. Jemanden zu ermorden, ist weiter nicht schlimm. Das ist bei denen Kultur, das muss man verstehen.«

Shogun blickte auf und zu uns hinüber.

Five fing seinen Blick auf und verstummte augenblicklich.

Dafür sagte Werner: »Gibt's hier in Freiburg überhaupt Islamisten?«

»Was soll der Quatsch?«, fragte Five, der sich wieder gefasst hatte, aber sicherheitshalber doch leise sprach. »Wir haben jede Menge Musels hier, mir reicht's.«

»Die müssen deshalb doch nicht alle Islamisten sein.«

»Lies den Koran, dann weißt du, dass sie müssen. Du musst den Koran über die ganze Welt verbreiten und dafür kämpfen, dass überall die Scharia gilt. Und um das zu erreichen, darfst du lügen. Taquiya. Wir brauchen einen Jan Palach.« Five sah sich verschwörerisch um.

»Einen was?«, fragte Meike.

»Jan Palach. Der hat sich nach der russischen Besetzung Prags selbst verbrannt. Und damit die Weltöffentlichkeit aufgeweckt.«

»Du willst, dass sich jemand verbrennt, nur wegen der Mohammedaner?«

Five schielte vorsichtig zu Shogun. Dann nickte er. »Weil es sonst niemand ernst nimmt. Unsere Vorfahren haben auch nicht kapituliert, sondern Wien gegen die Türken verteidigt. Sie haben ihr Leben für unsere Freiheit gegeben. Fatimah Merkel und Fatimah Roth hätten ihnen die Tore geöffnet.«

»Ohne Türken vor Wien hätten die Habsburger die Protestanten alle abgemurkst. Und die ganzen Aufklärer als Ketzer verbrannt. Kein Leibniz. Kein Kant.«

Five blickte Werner empört an. »Du machst dich über unsere Vorfahren lustig. Die haben mit ihrem Leben deine Kultur verteidigt! Wie Jan Palach.«

»Und du redest wie Breivik in Oslo«, sagte Werner. »Willst du auch Kulturmarxisten ermorden?«

»Das ist ja noch lange nicht klar, ob das nicht doch die Musels waren. Die dürfen doch lügen«, sagte Five, in dessen Weltsicht alle Bösewichte den Koran in der Tasche tragen.

Meike sagte nichts, sondern ging einfach weiter.

»Und wieso bedroht jetzt jemand Martin?«, fragte Susi. »Oder bringt den Plotter um? Der hat doch über eine Welt geschrieben, in der der Islam und der Katholizismus herrschen.«

»Eben deshalb. Weil das nicht bekannt werden darf. Weil Islam Krieg heißt und die Ungläubigen, nämlich wir, dann Dhimmi sind, Menschen zweiter Klasse, die keine Rechte haben.«

»Beim Plotter haben die doch gleichberechtigt Ungläubige umgebracht. Die Katholen verbrennen sie, die Mohammedaner steinigen sie.«

Werner grinste. Er glaubte Five nicht. Ich auch nicht.

Was für ein Irrtum.

Mittwoch, 3. August 2011

Juli

Gestern Abend hatte sich Peter voller Freude von allen verabschiedet. Die Brandstiftung aufgeklärt, die Polizei würde die Wagenburg räumen; und selbst mein Hinweis, dass Rudi und Silja wegen dem Kanaldeckel noch keineswegs der Brandstiftung überführt wären, tat er mit einer Handbewegung ab. Nicht mal sein Streichholz nahm er dabei aus dem Mund, geschweige denn, dass er nach einem neuen fingerte.

Doch als ich morgens ins Präsidium kam, sah alles ganz anders aus. Zwei Streichhölzer lagen auf dem Boden, ein weiteres tanzte in seinem Mund und er lief auf und ab – wie ein eingesperrter Wolf, der entlang der Gitterstäbe hin und her rennt, weil er seine Freiheit verloren hat.

»Dieser verfickte Fall bringt mich noch um den Verstand. Jetzt haben wir ihn gelöst, die räumen die Wagenburg. Und nun das. 867 Drohmails und jede Minute kommt eine neue.«

Peter ließ sich in den Stuhl vor meinem Schreibtisch fallen.

»Welche Drohmails? Von den Wagenburglern?«

»Schlimmer. Dieses 68er-Arschloch hat seinen Drohbrief an die Inkorrekten weitergegeben. Und die behaupten, wir würden die Kanaken schützen und deshalb nicht gegen die Islamisten ermitteln. Der Regierungspräsident war schon am Telefon und verlangt zügige Aufklärung. Keine Rücksicht auf grün-linke Befindlichkeiten. Damit will er wohl der neuen grünen Regierung am Zeug flicken. Find ich ja gut, aber wie sollen wir das anstellen? Das ist doch

Kack, die haben ihn nicht umgebracht, den haben seine Bücher erschlagen. Was zeigt, dass Lesen ungesund ist.«

»Wenn wir jetzt gegen die Musels ermitteln, müssen wir die Wagenburgler laufen lassen«, sagte Sven. »Und wenn wir das tun, wie wollen wir dann die Räumung rechtfertigen? Fehlt uns gerade noch, dass uns die Grünen vorwerfen, wir hätten die ganze Brandsache den Wagenburglern angehängt, bloß damit wir räumen können. ›Kripo verhaftet Unschuldige unter Vorwand‹. Ende der Fahnenstange, die sehen doch dann alle ihre dämlichen Vorurteile bestätigt.«

In dem Augenblick kam García rein, strahlend. »Achtzehn Festnahmen, etliche Verletzte, aber alles vorüber. Die Räumung war erfolgreich! Die haben einen Autofahrer zusammengeschlagen, im Vauban Krähenfüße verstreut, Molotowcocktails geworfen und sich jede Sympathie gründlich verscherzt. Auch Grinsekatze nebst seinen Grünen haben sich distanziert.«

Das wussten wir natürlich alle schon, und Peter warf ihm einen düsteren Blick zu, holte ein neues Streichholz hervor und biss darauf herum.

»Was ist?«, fragte García.

»Es waren die Musels«, erklärte Sven.

García lachte. »Die den Computerladen abgefackelt haben? Weil der nicht gottgefällig war? Wer sagt denn diesen Unsinn?«

»Der Regierungspräsident«, sagte Peter.

»Und die Inkorrekten«, fügte ich boshaft hinzu. Dass García begeisterter Anhänger der Inkorrekten war, wussten wir alle. Die Information verschlug ihm denn auch die Sprache. Ratlos schaute er von einem zum anderen und sagte schließlich: »Ihr verarscht mich, Kollegen!«

Niemand antwortete ihm. Zumal in dem Moment auch noch die Sekretärin den Raum betrat und verkündete: »Die Inkorrekten lassen Flugblätter vom Rathausbalkon flattern!«

Eins hielt sie in der Hand. Das verkündete, dass in Freiburg der

Schmusekurs gegen den Islam jetzt sogar Mord decken würde. Und die ganze Geschichte mit dem Plotter, seinem Sciene-Fiction-Islam-Plot, der Hausdurchsuchung bei dem Libyer, dem Ladenbrand und den vermissten Exposés stand drin. Sogar eines der Blätter, das der 68er gestern abgegeben hatte, hatten sie abgedruckt. Und festgestellt, dass der Text der veränderte Text des Attentäters auf die Twin Towers war. Sein Testament sozusagen. Aber warum bewahrte jemand das Testament von Atta, dem Attentäter vom elften September, auf? Das ließ sich schließlich leicht im Internet nachlesen.

»Die Arbeit und die Gruppe sind das, was zählt«, so begann es. Was für die Inkorrekten ein weiterer Beweis war, dass der Plotter von Islamisten ermordet worden war. Er war den Islamisten im Wege.

Die Inkorrekten bezeichneten sich jetzt als Nachfolger der Weißen Rose, die im dritten Reich Flugblätter von der Treppe der Münchener Uni in den Lichthof hatte regnen lassen. Und wie die Weiße Rose seien auch sie Opfer des Meinungsterrors. Es geht nichts über eine gute Opfermentalität. Wenn man nichts zu sagen hat, sollte einen wenigstens der Staat verfolgen.

Dass die Weiße Rose dafür im Konzentrationslager landete, die Inkorrekten aber den Beifall des Regierungspräsidenten bekamen, das verschwieg das Flugblatt. García kratzte sich am Kopf. Langsam dämmerte ihm wohl, was ihm seine Lieblingskinder da eingebrockt hatten.

Die meisten Polizisten sind weder grün noch links. Dazu erleben wir täglich zu viel. Da glaubst du nicht mehr an das Gute im Menschen. Nicht, dass wir es nur mit schlimmen Menschen zu tun haben. Wohl aber mit normalen Menschen in ihren schlimmsten Momenten. Und die Kanaken schützen wir auch nicht; wir sind es, die unter ihnen leiden. Wenn es nach uns ginge, gäbe es all diese Gutmenschen-Bedenken nicht, diese Rücksichtnahmen, um nicht als islamophob dazustehen. *Islamophob*! Was für ein Wort. Also ob Islamkritik eine psychische Krankheit wäre. Dabei sind die Islamfreunde die Durchgeknallten. Haben die Brandstifter im Haus, die

Biedermänner, und versichern: ›Die sind ganz harmlos, die wollen nur spielen.‹

»Was sollen wir machen?«, fragte Sven.

Peter zuckte hilflos die Schultern. »Die üblichen Verdächtigen vernehmen. Den 68er nach seinem Drohbrief fragen und den zu der Drohbrieftante in Berlin mailen. Vielleicht kann die was sagen.«

Dann klingelte sein Handy. Peter nahm ab. Wurde bleich, sagte »Ja … Ja … Ja«, und jedes »Ja« wurde leiser als das Vorhergehende. »Sechzehn Uhr«, hauchte er schließlich ins Telefon und legte auf.

»Der Polizeipräsident«, sagte er. »Pressekonferenz um sechzehn Uhr.«

»Und was sagen wir da?«, wollte ich wissen. »Geben wir die Schuld weiter den Wagenburglern oder jetzt den Islamisten?«

Peter zuckte nur mit den Schultern und hob verzweifelt beide Hände.

»Wir sollten gegen diesen 68er ermitteln. Unterschlagung, Einbruch in eine versiegelte Wohnung, da lässt sich doch genug finden.« Sven rieb sich die Hände.

»Würde ich ja gerne«, sagte Peter. »Aber das steht morgen dann auch auf den Seiten der Inkorrekten, und was der Innenminister mir dann erzählt, will ich lieber nicht wissen. Max Silcher, dieser Kolumnist, tobt in der FAZ auch schon. *Deutschland kapituliert!*«

»Der tobt seit Neuestem in der *Welt*«, erinnerte Sven. Silcher war sein Heiliger. Immer mit hoch erigierter Moral, ich wunderte mich, wie der überhaupt noch durch eine Tür kam.

Plötzlich straffte Peter sich und befahl: »Schafft den Typen her, wir nehmen jetzt seinen Drohbrief ernst, vernehmen die üblichen Verdächtigen und stellen nochmals sicher, dass dieser Regalerschlagene wirklich vom Regal erschlagen wurde. Vielleicht finden wir ja den Drohbriefverfasser. Vielleicht war's doch der Libyer und seine Konvertiten-Tussi?«

Sven stand auf.

»Und schau, dass der Typ auch den Umschlag mitbringt.«

Gegen Stalin wollte er etwas unternehmen. Hätte man ihn gefragt, er hätte vermutlich nicht sagen können, warum. Jedenfalls nannte Stalin ihn nie Hansi. Vielleicht war *Hochwald* nur etwas für Jungen, denen Hansi als Spitzname gefiel?

Stalin würde er ein Paket mit Mäusen schicken. Der würde es aufmachen und: Husch, würden die Mäuse über seine Hände springen und in seiner Wohnung untertauchen. Die Vorstellung gefiel ihm.

Die Geschichte hatte nur einen Haken. Die Mäuse. Wie kommt man an Mäuse? Kaufen, da hätte er Geld investieren müssen. Soweit reichte die Abneigung gegen Stifter und seinen *Hochwald* dann doch nicht. Außerdem hatte er das Geld nicht. Doch im Garten gab es welche, er musste sie nur fangen. Also bastelte er mit einer Konservendose eine Falle, bohrte ein Loch in die Rückwand, durch das er eine Schnur zog, an der ein Stück Käse hing. Wenn die Maus nach dem Käse schnappte, so der Plan, sollte über die Schnur ein Deckel auf die Dose fallen und die Maus wäre gefangen und würde mit Stalin Bekanntschaft machen.

Die Falle funktionierte sogar. Nur leider war der Deckel nicht so fest, dass die Maus ihn nicht doch hochschieben konnte. Da das mit den Mäusen nicht klappte, musste er doch auf die Anzeige mit den frischen, feinen Liebesgedichten und den Novellen à la Stifter zurückgreifen. Die Idee hatte er aus einem Buch von Thaddäus Troll. Also tippte er den Text mit der alten Schreibmaschine seines Vaters auf Notizzettel und hängte sie in der Stadt auf. An Straßenbahnhaltestellen, an Telefonhäuschen. Bald reichten die paar Zettel nicht mehr, die er mit Durchschlagpapier erstellt hatte.

Und dann beging er den Fehler.

Schreibmaschine war auf Dauer zu mühsam. Er schrieb also die neuen Anzeigen mit Blockbuchstaben und Großschrift. Blockbuchstaben und Großschrift konnte man auch nicht identifizieren – glaubte er.

So bepflasterte er die Stadt.

Am Montagmorgen wurde er zum Rektor gerufen, einem schmalen Mann, der wegen seiner Nase gerne Trapper Geierschnabel genannt wurde oder auch nur der Geier. Der Geier war gefürchtet. Er sei rachsüchtiger als ein Elefant, hieß es.

Der Geier saß hinter dem Schreibtisch, auf dem mehrere Anzeigen lagen, und bot ihm keinen Stuhl an.

»Ich nehme an, du kennst diese hinterlistigen Verleumdungen?«, fragte er, wies auf die Anzeigen und fuhr fort, bevor Jimmy etwas sagen konnte: »In meinem ganzen Leben als Lehrer habe ich keine gemeinere Aktion eines Schülers erlebt. Du kannst stolz sein!«

Dann stand er auf, ging zum Fenster und schaute hinaus. Draußen regnete es. Er hielt die Hände hinter dem Rücken verschränkt. Erwartete er eine Antwort? Jimmy wusste es nicht und schwieg.

»Du wirst jetzt losgehen und alle verbliebenen Zettel einsammeln«, sprach der Geier in den Regen hinaus. »Und sie mir hier abliefern. Sollten wir nach diesem Vormittag noch weitere derartige Wische entdecken, wird dir und deinem Vater der Prozess gemacht.«

Er drehte sich plötzlich um: »Weißt du überhaupt, was du angerichtet hast? Wie viele Anrufe Doktor Danner erhalten hat? Frühmorgens, um Mitternacht?«

Er wartete keine Antwort ab, sondern fuhr fort: »Hundertfünfzig. HUNDERTFÜNFZIG! Der arme Mann ist völlig geknickt! Dabei ist er einer der verdienstvollsten Lehrer, die wir haben.«

Er ging wieder zu seinem Stuhl, setzte sich, schob die Zettel zusammen und sagte: »Verschwinde! Und komm erst wieder, wenn du alle Zettel eingesammelt hast.«

Dann öffnete er eine Mappe und beachtete ihn nicht weiter.

Jimmy stand ratlos vor dem Schreibtisch, bis der Geier fauchte: »Habe ich mich nicht deutlich genug ausgedrückt? Bist du behindert oder taub? Also los!«

Jimmy machte, dass er wegkam, holte sein Fahrrad aus dem Fahr-

radabstellraum und fuhr in den strömenden Regen hinaus. Der Regen machte ihm nichts aus, fast schien er tröstlich, denn vor ihm waren alle Menschen gleich. Er fuhr und fuhr, viele Zettel waren schon verschwunden, die anderen sammelte er ein, bemühte sich, sich an alle Orte zu erinnern, an denen er Zettel aufgehängt hatte. Vorzugsweise waren das Telefonhäuschen und Bushaltestellen. Wie lange brauchte er, alles einzusammeln? Länger als es gedauert hatte, es aufzuhängen. Jedenfalls kam er noch in die Schule zurück, bevor der Unterricht um eins zu Ende war.

»Gib sie mir«, sagte die Sekretärin und lächelte ihn an. »Was für eine Dummheit, so etwas ausgerechnet mit Stal…, äh, Doktor Danner zu treiben. Hättest du dir nicht einen anderen Lehrer aussuchen können?«

Als ob eine derartige Aktion mit einem anderen Lehrer sinnvoll gewesen wäre!

»Du bist vorläufig vom Unterricht ausgeschlossen«, fuhr sie fort, »bis die Lehrerkonferenz beschlossen hat, was mit dir geschehen soll. Er«, und sie nickte auf das Direktorzimmer hin, »will dich nicht mehr sehen.« Letzteres beruhte auf Gegenseitigkeit. Jimmy wollte den Direktor auch nicht mehr sehen.

Zwei Wochen blieb er ausgeschlossen. Dann wurde seinen Eltern mitgeteilt, dass er die Androhung eines Schulverweises erhalten hätte, die höchste Schulstrafe in Nordrhein-Westfalen. Würde noch etwas vorfallen, würde er vom Besuch sämtlicher Gymnasien ausgeschlossen. Außerdem werde er in die Parallelklasse versetzt, Stalin weigere sich, ihn weiter zu unterrichten. Zusätzlich etliche Stunden Strafnachsitzen.

In der Parallelklasse wurde ihm eröffnet, dass sie in wenigen Wochen auf Klassenfahrt gehen würden. Seine Teilnahme war nicht erwünscht.

»Gratuliere, Sie haben gewonnen. Kommen Sie mit.«

Ich starrte den Bullen an. Was war jetzt los? Wurde ich verhaftet?

»Tun Sie nicht so arglos. Sie haben uns doch die Inkorrekten auf den Hals gehetzt. Hätte eher vermutet, dass Sie die Wagenburgler alarmieren.«

Ich verstand gar nichts, und das sagte ich auch.

Der Mann seufzte, holte eine Tüte heraus, zog Handschuhe an und verlangte: »Also los, wo ist der Brief? Und den Umschlag brauche ich auch.«

Jetzt wollten sie plötzlich den Brief doch bearbeiten. Verstehe einer die Bullen. »Und was haben die Inkorrekten …?«

Der Bulle verdrehte die Augen. »Weil die gemeldet haben, dass wir die Musels schützen, statt gegen sie zu ermitteln. Unsere E-Mail-Konten laufen über, die Adresse haben sie gleich mit veröffentlicht.«

»Ich habe niemanden verständigt. Schon gar nicht die Inkorrekten. Mit denen habe ich …«

»Ach was, Sie müssen sich nicht entschuldigen. Die haben doch recht, jedenfalls sonst. Nur uns hätten sie rauslassen sollen. Also!« Er wedelte mit der Tüte. »Sagen Sie mir nur wo, ich pack es dann ein, Spurensicherung, Sie verstehen?«

»Im Müll«, sagte ich.

»Und wo ist ihr Papierkorb?«

»Nichts Papierkorb. Den habe ich ausgeleert. Unten im Papiercontainer.«

Der Bulle holte sein Handy raus, brüllte rein: »Zwei Spurensicherer sofort, dringend wegen dem verdammten Brief. Der ist schon im Container.«

Er schaute mich an. »Die Leerung war hoffentlich nicht heute, oder?«

»Morgen«, sagte ich.

»Wenigstens etwas.« Er klappte das Handy zu. »Sie zeigen mir jetzt den Container und ich bleib da, bis die Kapuzenmänner kommen. Sie gehen schon mal aufs Revier.«

»Aber darf ich denn alleine …«

»Mann, Sie verderben mir den ganzen Tag. Sie sind nicht verhaftet. Sie sind als Zeuge vorgeladen. Sie haben noch mal Glück gehabt, aber wenn Sie das auch noch melden, dann verhaften wir Sie tatsächlich. Verstanden?«

Ich nickte, griff nach dem Schlüssel für die Abfallbehälter, führte ihn hinunter, und er erklärte mir, wie ich zum Revier käme.

»Was für ein Tag …«, war das Letzte was er sagte.

Juli

Er kam schwingenden Schrittes herein, als wolle er betonen, dass er gar nicht so alt wäre. Opa ist immer noch sportlich. Doch zu erzählen hatte er nicht viel. Der Brief lag gestern im Briefkasten, jetzt im Container und Sven musste den bewachen bis die Kapuzenmänner vorbeikamen und den Container nach Brief und Umschlag durchsuchen konnten. Zerrissen hatte er beide auch, soviel Sorgfalt passt eigentlich nicht zu ihm. Manchmal ist etwas mehr Schlamperei wirklich wünschenswert. Dafür nervte er mich und wollte alles wissen. Vor allem über die Inkorrekten; aber wo die das herhatten, wusste ich auch nicht. Und wer von dieser Musel-Katholen-Geschichte wusste, konnte er auch nicht sagen. Nur dass die in seinem Stammlokal diskutiert worden war. Und der Drohbrief ebenfalls. Na gut, jetzt wussten wir, wo die Sache herkam.

Mittlerweile stand es auch auf gottistgroß.de, der Internetseite der Inshallahs. Nur behaupteten die nicht, dass die Polizei die Musels schützte, sondern im Gegenteil, dass hier Verleumdungen des Islams staatlicherseits geschützt würden. Weswegen Deutschland unbedingt ein Kalifat und die Scharia brauche, damit alle glücklich leben könnten und die Religion wieder geachtet würde. Auch inshallah.de hatte unsere E-Mail-Adresse angegeben und zu Protesten aufgerufen. Was die Zahl der Morddrohungen signifikant erhöhte. Wenn wir die alle verfolgen müssten, hätten wir für die nächsten Monate ausgesorgt.

»Warum veröffentlichen die das?«, fragte der 68er, der offenbar naiver war, als eigentlich erlaubt sein sollte. »Ich meine, was haben die davon?«

»Publicity, was glauben Sie? Die sind auf der Seite von Gesetz und Ordnung. Und gegen die schleichende Islamisierung. Dagegen, dass wir vor den Musels die Waffen strecken.«

»Gesetz und Ordnung«, lachte er.

»Ja, Gesetz und Ordnung. Sie verstehen das nicht, aber viele Leute sind froh, hier in einem freien Land leben zu dürfen und uns dankbar, dass wir das sichern. Wenn die RAF gesiegt hätte, sähe das anders aus.«

»Die ersten Waffen hat der Verfassungsschutz der RAF geliefert.«

»Ach ja, und wer hat sie eingesetzt? Und mit wem hat sich die RAF verbündet? Mit der Stasi! Selbst Kurras war keiner von uns, sondern im Auftrag der Stasi unterwegs. Der Kurras, der 67 Benno Ohnesorg erschossen hat.«

»Was beweist, dass 67 die Polizei so unterschiedlich nicht war. Waffennarren, egal ob DDR oder BRD – hart durchgreifen, für den Mörder Geld sammeln, weil es doch so toll war, dass er einen unschuldigen Demonstranten erschossen hat. Wer hat denn den ganzen Fall Benno Ohnesorg verschleiern wollen? Doch nicht der SDS. Der hat ihn nämlich überhaupt erst aufgedeckt.«

Ich hätte ihm am liebsten eine gescheuert. Aber das ging nicht. Stattdessen atmete ich tief durch.

»Wer hat also von dem Drohbrief gewusst? Und von dem Muselplot?«

»Sie wechseln das Thema«, beschwerte er sich.

»Das hier ist eine Zeugenvernehmung. Wir klären nicht den

Tod von Benno Ohnesorg und auch nicht die Stasi-Tätigkeit von Kurras.« Über die beiden hatte ich wahrlich genug gehört und jedes einzelne Detail davon kannte ich mittlerweile auswendig. Weil das eins von Papas Lieblingsthemen war. Die Nazi-Polizei, die Demonstranten erschoss, einen Diktator – nämlich den Schah – schützte und dem SAVAK beim Foltern half. Weswegen Polizei sowieso böse ist; und der Schock, als die Tochter dann genau dorthin ging.

»Schade. Das wäre wenigstens interessant«, sagte der 68er, den das Thema offenbar auch faszinierte.

»Wer wusste davon?«

»Die Crew vom Monte und die Gäste.«

Ich schaute fragend.

»Vom Montparnass. Dem Café in der Bahnhofsstraße.«

»Und wer dort ist inkorrekt?«

»Ich verrate keine Freunde!«

»Verkehren dort Mohammedaner?«

Er zuckte mit den Schultern. »Woher soll ich das wissen?«

»Türken, Araber?«, wurde ich deutlicher. »Vielleicht eine der Bedienungen?«

»Ich …«

»… verrate keine Freunde. Jetzt hören Sie mal zu, das ist hier eine Vernehmung und Sie sind ein Zeuge! Sie müssen aussagen, sonst machen Sie sich der Behinderung von Ermittlungen schuldig.«

»Das Ganze wegen einer lächerlichen Brandstiftung?«

»Sie haben den Drohbrief anzeigen wollen. Sie glauben, dass der Plotter umgebracht wurde. Sie fanden die Brandstiftung gar nicht lächerlich, sondern sahen sie als Beweis für einen Mord. Schon vergessen?«

Er schwieg.

»Zum letzten Mal: Wer war dabei als sie vom Brief erzählten?«

Jetzt wurde er weich und zählte Namen auf. Ein paar Kneipenkumpane, zwei Bedienungen, die Chefin und ein Türke hinter der

Theke. Den würden wir uns vornehmen. »Shogun? Und wie heißt er wirklich?«

»Weiß ich doch nicht! Ich lass mir doch nicht von jeder Bedienung den Personalausweis zeigen. Shogun nennen ihn alle und das passt!«

Martin

Mitten in die Vernehmung platzte plötzlich ein anderer Beamter rein und flüsterte der Superbullin was ins Ohr. »Moment«, sagte die und entschwand. Die beiden Blätter nahm sie mit. Und ich durfte nachdenken, ob es so klug gewesen war, ihren Überredungskünsten nachzugeben und über das Monte zu plaudern. Traue niemandem, der immer stylisch gekleidet ist. Hätte vielleicht doch lieber den Mund halten sollen. Der Plotter war tot, den holten alle Aussagen dieser Welt nicht zurück ins Leben. Und wenn die Gerichtsmedizin beteuerte, dass sein Regal und die Bücher die Täter waren, dann war es vermutlich so. Die konnten mittlerweile eine Menge feststellen.

Aber wenn sie doch falsch lagen? Wenn es doch einen anderen Täter gab? Der vielleicht das Regal aus der Wand gerissen hatte und so dafür sorgte, dass der Plotter ohne Spuren beseitigt worden war?

Die Polizistin kam wieder herein. Mit einem Blatt Papier; und das legte sie neben sich. Mit der Rückseite nach oben, sodass ich es nicht lesen konnte.

»Aber das Regal, das kann ja von jemandem umgestürzt worden sein«, sagte ich.

»Wie bitte?«

»Ich mein, der Plotter kommt mit jemandem zusammen in der Nacht nach Hause. Sie betreten das Apartment und fangen an zu streiten. Ich bin in der Nacht aufgewacht, weil drüben jemand ziemlichen Krach schlug.«

»Das sagen Sie mir erst jetzt?«

Ich zuckte die Schultern. »Ich hielt es für unwesentlich.«

»Sie haben die ganze Zeit von Mord geredet, wieso ist es dann unwesentlich?«

Tja, warum? Hinterher ist man immer schlauer. »Egal. Aber der Jemand und der Plotter streiten.«

»Warum sollten sie streiten?«

»Was weiß ich?« Dann fiel mir etwas ein. »Über dieses Buchprojekt. Mit dem Islam und dem Katholizismus, und wer nicht an einen Gott glaubt, wird verbrannt. Und der Plotter lässt sich nicht davon abbringen. Dann greift der andere zum Regal, das ja wandhoch ist, wie sie wissen, reißt es los und es erschlägt den Plotter.«

»Die Kapuzenmänner haben keine Spuren gefunden, dass das Regal mit Gewalt aus der Wand gerissen wurde.«

Ich musste lachen. Die Polizistin schaute mich böse an. »Der Plotter war ein miserabler Handwerker, die Dübel waren nicht fest.«

»Richtig«, bestätigte sie.

»Also reichte es, an dem Regal zu rütteln, man musste nicht viel Kraft aufwenden.«

Sie nagte an der Lippe und kräuselte die Stirn.

»Vielleicht ein mohammedanischer Saufkumpan?«, schlug ich vor. »Der Plotter war oft angeheitert, wenn er spät nach Hause kam.« Er war oft hackedicht zu, aber so direkt wollte ich meinen verstorbenen Freund nicht bloßstellen.

»Und dann nimmt er den Exposéordner mit und sorgt dafür, dass der Laptop auch zerstört ist. Und als er erfährt, dass sich Leute an den Islam-Plot erinnern, schickt er den Drohbrief.«

Jetzt schüttelte sie den Kopf. »Der Drohbrief ist nicht islamisch.«

»Wieso?«

»Eben hat Berlin angerufen. Die haben eine Sachverständige, die Drohbriefe liest und daraus Schlüsse auf den Verfasser zieht. Oft tarnen sich Drohbriefverfasser, schreiben, als ob sie keine Deutschen sind, gebrauchen eine Sprache, die ihrer Meinung nach Türken oder sonst wer benutzt.«

»Und das kann man feststellen?«

Sie nickte. »Die wenigsten können einen fremden Dialekt oder gebrochenes Deutsch glaubwürdig schreiben. Das fällt auf.«

»Der Drohbrief war aber in korrektem Deutsch verfasst.«

»Ja«, sagte sie und klopfte auf den Brief, den sie neben sich gelegt hatte. »Aber es gibt auch Türken, die korrektes Deutsch sprechen. Trotzdem kann man oft aus Kleinigkeiten entnehmen, ob der Verfasser muttersprachlicher Deutscher ist oder eben nicht.«

»Und der von dem Brief ist es nicht?«

»Doch, ist er ziemlich sicher.«

»Ein Konvertit? Oder eine Konvertitin? Gibt ja jede Menge durchgeknallter Frauen, die sich den Mohammedanern unterwerfen und daraus Lustgewinne ziehen.«

»Nein. Kein Konvertit. Auch kein Islamist.«

Jetzt biss ich mir auf die Lippe und zog die Stirn kraus. Aber es kam leider nichts dabei heraus. »Warum dann der Drohbrief?«

»Weil jemand den Eindruck erwecken will, dass Muslime den Plotter auf dem Kieker haben. Aber Muslime würden nicht einfach von Allah oder Mohammed schreiben. Da kommt ein Zusatz dazu, weil es so heilig ist. Allah der Allerbarmer. Mohammed, gepriesen sei sein Name.«

Ich schüttelte den Kopf. »Ich kenne Türken, die sagen nie so was.«

»Dann sind die nicht streng fundamentalistisch.« Was mich beruhigte.

»Jedenfalls hätten wir jemand, der nicht nur einen Brandanschlag tarnen will, sondern auch einen Drohbrief vortäuscht.«

»Ein Katholik«, schlug ich vor. »Die verbrennen Ungläubige.«

»Wie bitte?«

»In dem Plot«, erklärte ich. »Da wurden abtrünnige Mohammedaner gesteinigt. Abtrünnige Katholiken verbrannt. Wegen der kulturellen Eigenheiten.«

Sie lachte. Und mir fiel auf, dass ich sie zum ersten Mal hatte lachen hören.

»Die Inkorrekten!«, schlug ich vor. »Die wollen den Mord den Mohammedanern in die Schuhe schieben, damit ihre Propaganda besser wirkt.« Das war die Lösung! Ein Mord, begangen von Mohammedanern, der die Veröffentlichung eines Buches torpedieren sollte, eines Buches, in dem der Islam schlecht wegkam. Und damit würde die Öffentlichkeit weiter gegen den Islam aufgehetzt. Und die peinliche Sache in Oslo konnte schnell vergessen werden.

»Die brauchen keine neuen Morde«, erklärte sie. »Dafür sorgen doch die Islamisten schon ganz alleine.«

Auch ein Argument. Wozu Morde vortäuschen, wenn es genug echte gab.

»Sie erfinden auch Falschmeldungen über den Islam. Um ihn zu diskreditieren.«

Sie schaute mich böse an. »Als ob das nötig wäre.«

»Sie tun es aber. Sie behaupten, dass das Züricher Schulamt den Lehrerinnen vorschreibt, dass die Kinder nicht mehr ›Grüß Gott‹ sagen dürfen. Aus Rücksicht auf den Islam. Um dessen Gefühle nicht zu verletzen.«

»Die Schweizer sagen nicht ›Grüß Gott‹«, erklärte sie.

»Eben. Erst gab es eine Spam-E-Mail, angeblich von einer Lehrerin aus Linz geschrieben, die sich beklagte, dass sie ihren Kindern verbieten müsse, ›Grüß Gott‹ zu sagen. Weil das die religiösen Gefühle der Mohammedaner beleidigen würde. Jetzt könne sie aber nicht mehr schweigen. Die Spam-Mail wurde vermutlich von einigen Inkorrekten verschickt. Dass das Ganze ein Fake war, stellte sich bald heraus. Österreich sagt weiter ›Grüß Gott‹. Dann setzten sie es auf die Internetseite der Inkorrekten und änderten ›Österreich‹ in ›Schweiz‹ um, damit der Betrug nicht sofort offensichtlich würde. Der Name der Lehrerin sei ihnen bekannt, sie müssten ihn aber geheim halten. Und verließen sich darauf, dass die meisten Deutschen nicht wissen, dass Schweizer ›Gruezi‹, aber nicht ›Grüß Gott‹ sagen.«

»Und? Deshalb bringt man niemanden um.«

»Dann wurden auch die Inkorrekten der Fälschung überführt. Und entschuldigten es damit, dass der Brief so gut für den Kampf gegen den Islam geeignet sei. Weswegen sie den Brief, auch wenn er eine Lüge ist, weiter auf den Seiten zeigen. Als Beispiel, wie man effektiv den Islam bekämpfen kann.

Wissen Sie, was ›Taquiya‹ auf Deutsch heißt? ›Der Zweck heiligt die Mittel‹.« Ich musste unbedingt meine neuesten Erkenntnisse aus dem Internet loswerden. »Du darfst lügen, Falschmeldungen verbreiten, wenn es der guten Sache dient. Wenn es den Islam ins Zwielicht rückt.«

»Sie lieben Verschwörungstheorien, nicht wahr?«, fragte sie eisig. »Und eigentlich darf ich mit Ihnen gar nicht über den Fall reden.«

Dann biss sie sich wieder auf die Lippe. Und sagte: »Vielleicht gab es einen ganz anderen Plot, der jemand ganz anderen gestört hat?«

Jimmy 1966

»Der Willy ist so gut nicht, drum wähl den dicken Ludwig.«

Was alle taten. Zumindest die Eltern von denen, die aufs humanistische Gymnasium gingen. SPDler gab es nicht. Obwohl, ein paar muss es schon gegeben haben. Aber keine, die sich dazu bekannten. Nicht im Viertel und erst recht nicht an der Schule. Jimmy hätte auch CDU gewählt, ohne Zögern hätte er das getan. Wen denn sonst? Nur die CDU war gottgefällig, das sagte auch der Pfarrer am Wahlsonntag. SPD wählen war vielleicht nicht so schlimm, wie die Sakramente zu verhöhnen, falsche Beichten abzulegen oder den eigenen Körper zu beflecken.

Aber eine Sünde war es gewiss.

Der Vietnamkrieg war weit, weit weg und außerdem wurde dort der Westen verteidigt. Die Amis waren unsere Freunde. Deshalb gab es amerikanische Austauschschüler. Die natürlich bei Diskussionen auch alle für den Krieg in Vietnam waren. Go-Ins, Teach-Ins, Demos kannte noch niemand. In ein paar Monaten würde das ganz anders aussehen.

Und dann demonstrierten in Berlin Studenten. Gegen den Krieg. Was für ein Unding, antiamerikanisch, und der Bürgermeister entschuldigte sich sogleich. Soweit sollte Freiheit nun auch nicht gehen, dass jeder hier gegen alles demonstrieren darf. Der AStA der Studenten sprach von kleinen, unwichtigen Grüppchen ohne jeden Rückhalt in der Studentenschaft.

Bundeskanzler Erhard weihte das *Sing-Out-Festival* ein. Protestlieder ja, aber bitte anständig. Und Maßhalten predigte er, der doch so auf den freien Markt schwor. Weshalb ihn in puncto Maßhalten auch niemand ernst nahm.

Im Radio gab es Kabarettsendungen. *Die Stachelschweine*, das *Kommödchen*, *Die Wühlmäuse*, *Die Insulaner*. Die sechziger Jahre waren das Jahrzehnt des Kabaretts, und Jimmy nahm alle Sendungen auf. Johannes XXIII. war schon tot, aber sein Geist lebte weiter. Der Kennedy der Katholiken. Endlich frei atmen. Man durfte sogar frühstücken, bevor man sonntags zur Kommunion ging. Und wer wollte, durfte seine Leiche nach dem Tode verbrennen lassen. Beides hatte vorher die Exkommunikation nach sich gezogen.

Zu Weihnachten hatte ihm Mama ein Tonbandgerät geschenkt. Einen großen Kasten mit magischer Leuchte, die sich zusammenzog, wenn bei der Aufnahme jemand sprach. Zeigte die Aussteuerung an. Jimmy nahm alle Sendungen auf. Dann tippte er auf Papas Uralt-Schreibmaschine eigene Szenen.

Auch in der neuen Klasse gehörte er nicht dazu. Sie lachten jedes Mal, wenn er etwas sagte. Vielleicht weil er beschlossen hatte, dass es ihm nichts ausmachte? Nichts sollte ihm was ausmachen.

I'm a rock, I'm an island …

Plotter, ich werde deinen Tod nicht aufklären. Egal was du mir im Traum erzählst. Das sind eh nur Geschichten, du warst immer groß im Geschichtenerzählen. Aber Geschichten sind Geschichten und keine Realität. Geschichtenerzähler sind Lügner, geniale Lügner vielleicht, aber keine Leute, denen man glauben sollte.

Und der abgefackelte Laden konnte mir heute auch gestohlen bleiben. Vermutlich doch Versicherungsbetrug. Oder der Besitzer hatte eine Frau gevögelt, die er besser nicht hätte vögeln sollen. Weil sie einem Russen-Mafiosi gehörte. Und die vertragen keinen Spaß, nicht beim Vögeln und auch sonst nicht.

Plotter, du hättest den Plot um Islam und Katholiken schreiben sollen. Wenn sich so viele darüber aufregen, wäre das Buch sicher ein Bestseller geworden. Und du wärst nicht als Plotter, sondern als Autor gestorben.

Ich marschierte über die Bahnhofsbrücke. Das Leben geht weiter, Plotter. *Shit happens*. Und immerhin hast du mit deinem Tod die Inkorrekten auf den Plan gerufen. Jetzt hast du das große Publikum, das du dir immer gewünscht hast. Obwohl, vielleicht wolltest du es in Wirklichkeit auch gar nicht? Hast du deshalb nur Plots geschrieben, nie einen Text, weil du das Publikum gescheut hast? Außer den paar Freunden oder Bekannten, denen du deine Plots im Monte erzählt hast?

Wer weiß schon, was er wirklich will? Oder warum er tut, was er tut. Immerhin, ein Buch hast du geschrieben, Plotter, auch wenn es keine Geschichte war. Sondern deine Doktorarbeit.

Von Stalin in die Reaktion. Doch, es war eine Geschichte. Die Geschichte all der Kommunisten, die in den zwanziger, dreißiger Jahren glühende Marxisten waren. Und in den Fünfzigern ebenso glühende Renegaten, die nicht verstehen konnten, wie Zwanzigjährige auf den Kommunismus hereinfallen konnten. Die sich selbst nicht verstehen konnten. William S. Schlamm, der im Stern den

Atomkrieg forderte. Um das zu vernichten, was er in jungen Jahren selbst geschaffen hatte.

Löwenthal, der Berufsverbote forderte, nach denen er selbst niemals hätte im Fernsehen auftreten dürfen. Und all die Doktorarbeiten, die sich an Stalin abarbeiteten. War Trotzki der bessere Stalin? Rudi Dutschke promovierte mit dem Versuch, Lenin auf die Füße zu stellen. Wie hätte die russische Revolution gut ausgehen können? All die Versuche, die Träume zu retten und doch von Alpträumen verschont zu bleiben.

Nur Maoisten träumen nicht. Sie handeln. Deshalb wird es immer Maoisten geben.

Auf dem Rückweg öffnete ich die Briefkästen. Der Plotter hatte Post bekommen. Von einem Verlag.

Zurück in der Wohnung klingelte das Telefon. Doro! Das mit dem Plotter hatte sie in der Zeitung gelesen, sie beschwerte sich, dass ich nichts erzählt, mich gar nicht gemeldet hatte. Verdammt, es war doch erst eine Woche her!

Als ich ihr das sagte, platzte ihr erst recht der Kragen.

»Wir sind befreundet, hast du das vergessen?«

»Natürlich nicht, aber …«

»Aber du hältst es für überflüssig, dich bei mir zu melden! Da stirbt dein Freund in diesem beschissenen Apartmentblock und ich erfahre es aus der Zeitung!«

»Der Plotter …«

»… war dein Freund und dir so wichtig, dass du dich jahrelang geweigert hast, dass wir zusammenziehen. Vielleicht könntest du jetzt …«

»Verdammt, er ist erst eine Woche tot.«

»Er war schon lange tot, du hast es bloß nicht gemerkt. Wann wirst du endlich erwachsen? Wir sind nicht mehr zwanzig, die WGs sind längst out, und du viel zu alt, als dich aufzuführen, als wärst du noch ein Student.«

Frauen haben keinen Sinn für Männerfreundschaften. Aber das konnte ich ihr nicht sagen. Und es wäre auch sinnlos gewesen. Sie ratterte ihre Wut runter und dann knallte sie den Hörer auf das Telefon.

Ich öffnete den Brief an den Plotter:

… möchten wir Ihnen mitteilen, dass wir Ihr Exposé und die Leseprobe Die Bagdad-Connection *gelesen haben und sehr an dem Manuskript interessiert sind. Normalerweise schließen wir keine Vorverträge mit neuen Autoren ab, solange kein endgültiger Romantext vorliegt, doch in diesem Falle möchten wir eine Ausnahme machen. Aus der Wissmer-Entführung haben Sie einen spannenden Krimi mit einem überraschenden Ende gemacht; das informative Vorwort des Zeitzeugen Bernd Thuet tut ein Übriges.*

Ich ließ den Brief sinken.

Wissmer-Entführung? Was hatte der Plotter denen geschickt? Klang jedenfalls nicht nach Mohammed und Christen.

Aber Wissmer, den musste ich erst im Internet suchen. 1975, Gerd Wissmer, Immobilienhai in Frankfurt, hatte ganze Stadtteile flachlegen und neu aufbauen lassen. Dann hatten Studenten einige seiner Altbauten besetzt. Die Presse tobte erst über die Besetzer, die sich mit der Polizei Straßenschlachten lieferte. Später tobte sie, weil Wissmer mit den Studenten einen Vertrag abschloss.

Und noch später wurde er erschossen, seine Nichte soll beteiligt gewesen sein, man vermutete eine Entführung, die schiefging. Die Nichte, Carla Wissmer, wurde kurz darauf bei einer Straßenkontrolle in Frankreich zusammen mit einem französischen Studenten erschossen. Sie hatten Pistolen gezogen. Erst wurde alles der RAF zugeschoben, dann fanden sich keine Verbindungen. Das Immobilienimperium ging pleite, die Aufkäufer kündigten den Besetzern, aber die Prozesse zogen sich, während weitere Straßenschlachten tobten. Als die Studenten endlich geräumt worden waren, standen die Altbauten bereits unter Denkmalschutz, und Wohnen in Altbauten war chic geworden. Die Häuser wurden in Eigentumswohnungen verwandelt, die heute mit zum Teuersten in Frankfurt gehören. Man kann sagen, die Studenten waren die nützlichen Idioten der Spekulanten. Doch wer noch in der Wissmer-Sache drin steckte, wurde nie geklärt. Natürlich hatte man die Besetzer im Verdacht, die RAF, doch die Nichte hatte keine Verbindungen zu denen. Und ihre Fingerabdrücke waren die einzigen, die gefunden wurden.

Was hatte der Plotter mit all dem zu tun? Eines seiner Grinsekatze-Krimis war das nicht. Obendrein Bernd Thuet, sprich Mister Software. Der schrieb ein Vorwort? Warum? Und wieso war er Zeitzeuge?

Ich brauchte dringend Gesellschaft und ein Bier, und ging ins Monte.

Vor dem Monte, dort, wo üblicherweise die Tische und Stühle brav aufgereiht auf Gäste warten, die draußen sitzen wollen, herrschte Chaos. Umgekippte Stühle mit verbogenen Lehnen, ein Tisch, dessen Platte einen großen Sprung hatte, und einige zerbrochene Dachlatten mit zerrissenen Transparenten. Auf einem konnte man noch *Mohammed* lesen, auf einem anderen ein Koranzitat, das zum Kampf gegen die Ungläubigen aufrief.

Ich schüttelte den Kopf und trat ein. Am Tresen empfingen mich eisige Mienen.

»Traust du dich überhaupt noch her?«, fauchte mich Sylvie an. »Deinetwegen muss ich jetzt alles alleine machen.« Sie putzte sich die Nase.

»Ich habe niemanden verraten«, erklärte ich. Dabei wusste ich, dass es nicht stimmte. Im Hintergrund lief *Behind Blue Eyes* von *The Who*. Warum gab es keine neue Musik? Warum spielten alle immer noch 68er-Stücke?

»Du bist ein Arschloch, weißt du das?«, erklärte Werner. »Uns die Bullen auf den Hals hetzen.«

»Und die Musels«, sekundierte Five.

»Wieso Musels?«, wollte ich wissen.

»Schau mal raus. Wer, glaubst du, hat das angerichtet?«

»Sie haben eine Mahnwache hier abgehalten. Für Freiheit und Gerechtigkeit. ›Schweinerlere!‹ haben sie skandiert«, sagte Werner, »und dann kam eine Gruppe Inkorrekter ebenfalls mit Flugblättern und Transparenten.«

»Ein Spruchband der Musels lautete: *Gegen Fremdenhass.*« Das letzte Wort spukte Five förmlich aus. »Das Ergebnis siehst du da draußen. Die Polizei musste mit mehreren Mannschaftswagen anrücken. Die werden immer unverschämter, die Kanaken. Stellen immer neue Forderungen, wollen immer neue Extrawürste!«

»Forderungen zu stellen, ist das Prinzip einer Demokratie«, erinnerte ich ihn. »Macht der ADAC auch und Westerwelle erst recht.«

»Aber die wollen nicht die Scharia einführen! Und zetteln keine Schlägerei an!«

»Immerhin untersuchen sie offenbar doch den Tod des Plotters«, warf Werner ein. »Sie haben alle hier vernommen.«

Ich drehte mich um und musterte das Café. Viele Teens und Twens.

»Nicht die. *Uns*! Und alle Bedienungen.«

»Hülya hat gekündigt«, beschwerte sich Sylvie und schaute mich dabei an, als hätte ich es ihr geraten. »Karin ist die einzige Bedienung, die ich heute Abend habe.«

Während sie redete, zapfte sie mit links Bier, mit rechts füllte sie Cocktails ab.

»Aber es waren doch die Wagenburgler, die den Laden abgefackelt hatten«, sagte ich. »Deshalb wurde doch geräumt.«

»Mensch Martin, bist du blöde? Die stecken doch mit den Musels unter einer Decke.« Five weiß auf alles eine Antwort.

Shoguns Computer hatten sie beschlagnahmt. Das wenigstens

hatte er erzählt. Ansonsten sagte er nichts. Was nicht so ungewöhnlich war, er war noch nie sehr gesprächig gewesen. Jedenfalls mit alten Männern. Bei hübschen, weiblichen Gästen machte er Ausnahmen. Weswegen ich wenig über ihn wusste. Dass er Deutschtürke war, auch erst, seit diese Anzeige *Tschai-Tee* über den Bildschirm flimmerte, der oben über der Theke hing.

»Na ja«, meinte er entschuldigend, als ich ihn darauf ansprach, »wir haben hier auch drüber diskutiert. Aber wie sollen wir es sonst nennen? Die meisten können kein Türkisch und merken nicht, dass da eigentlich ›Tee-Tee‹ steht.«

Was die längste Ansprache war, die er mir je gegönnt hatte. Ich hatte ja auch keinen Busen und erst recht kein faltenloses Gesicht.

Offenbar hatte er auf seinem Computer Musik gesammelt. Viel Musik. Zwei Festplatten, jede ein Terrabyte groß. Die wurden jetzt von der Polizei untersucht. Und das konnte dauern, da es Raubkopien waren, die die Polizei an die zuständige Stelle der Musikindustrie weitergeleitet hatte – »... das dürfen die gar nicht!«, warf an der Stelle Werner ein. Außerdem sollten die Festplatten auf Mohammed, den Koran und Mordaufrufe untersucht werden.

»Wenn es nicht so lästig wäre«, erklärte Shogun dann doch noch, »hätte ich wirklich große Lust, Islamist zu werden. Aber dann darf ich nicht mehr ...«, und damit bezog er sich wohl auf Frauen, Alkohol und all die anderen guten Sachen, deren Genuss oder Nichtgenuss laut vieler Theologen einzig und allein darüber entscheidet, ob jemand im Paradies oder in der »Dschehenna«, der Hölle, landet.

»Aber dafür wirst du doch entschädigt, ich meine vierzig Jungfrauen, da sagst du sicher nicht Nein, wie ich dich kenne.«

»Hast du schon mal mit einer absoluten Anfängerin Tennis gespielt?«, schnaubte Shogun.

Gegenüber Schülern und Lehrern fand Jimmy eine Lösung: Er ließ seine Rollladen herunter, wenn ihn einer ansprach. Da wollte er jetzt wirklich nicht mehr dazugehören, zu diesem Pack schlechter Poeten, den Fans schwülstiger Texte. Das mit den Rollladen klappte gut. Auch wenn es ihm dann doch ein bisschen was ausmachte. Dass er nicht dazugehörte. Dass er ein Versager war. Und ein Sünder. Auch hier nannten ihn alle Hansi. Jimmy, er hieß Jimmy, nein, nicht Hansi! Sein ganzes Leben wollte er ablegen und gänzlich neu beginnen, irgendwo anders, wo ihn keiner kannte. Wo er eine neue Chance hatte. Aber die neue Klasse war nicht neu, er blieb der alte, nur jetzt mit dem Makel des Fehlverhaltens behaftet. Alle kannten ihn, der Direktor hatte sie vorbereitet. Verdammt, er würde irgendwann Jimmy sein; und niemand mehr wagen, ihn Hansi zu rufen. Irgendwann. Ein neues Leben. Ein Jimmy.

Er hatte einen Lehrer angegriffen. Das tut man nicht. Nicht am Kaiser- Maximilian-Gymnasium, das auf seine Traditionen stolz war. Seit dreihundert Jahren existierte es, war immer katholisch gewesen, und wenn man hier etwas nicht schätzte, war es Kabarett.

Um sie herum veränderte sich Deutschland. Die *Beatles*, Hippies – in Deutschland nannte man sie Gammler, weil sie herumgammelten und nichts taten – Dschungelmusik, ›Negergejaule‹, der Untergang des Abendlandes, und ›Lasst uns endlich Notstandsgesetze schaffen, damit wir handeln können‹. Am Anfang war die Tat.

»Würdest du deine Kinder gammeln lassen?«, fragte ihn seine Cousine Ann-Kathrin. Sie war zwei Jahre jünger als er und wagemutiger. Hatte die Musik früher, wagte eher den Widerspruch.

Sie kaufte sich die Zeitschrift Pardon. Satire – das allein war schon wagemutig. Obendrein gab es darin wenig bekleidete Frauen. Ein Hansi hätte sich das nie getraut. Am Kiosk wäre er vermutlich gestorben, hätte gestottert, wäre rot angelaufen. Kabarett ja, aber Pardon nein. Das ging zu weit.

Ann-Kathrin ließ sie im Wohnzimmer liegen, statt sie heimlich unter dem Bett zu verstecken. Folglich entdeckten ihre Eltern das Machwerk.

»Wir müssen mit dir reden«, eröffnete ihre Mutter ihr.

»Was für ein pubertäres Machwerk«, brüllte ihr Vater los. Die Mutter legte ihm die Hand auf den Arm, um ihn zu beruhigen. Das taten Ehefrauen. Denn dem Ehemann öffentlich zu widersprechen, wäre nicht angemessen gewesen. Schon gar nicht vor den Kindern.

»Stimmt doch«, brummte Jimmys Onkel, der sich nicht mehr sicher war, ob nun sein Brüllen oder seine Wortwahl unangemessen war.

»Was würdest du sagen, wenn du selbst in dem Heft abgebildet werden würdest?«, fragte die Tante diplomatisch.

»Ganz nackt!«, fügte der Onkel hinzu und lief rot an.

Ann-Kathrin lief nicht rot an, sondern nutzte die Gelegenheit. »Was wäre denn dabei?«, fragte sie.

Natürlich hätte sie sich nicht nackt ablichten lassen. Soweit reichte selbst ihr Mut nicht. Aber schon die Bekundung, das als normal zu empfinden, ließ den Haussegen wochenlang schief hängen.

Sie erhielt Stubenarrest. »Dabei bin ich bereits fünfzehn«, erklärte sie Jimmy später empört und versäumte nicht, ihm auch alle anderen Einzelheiten ausführlich zu schildern. Er beneidete sie.

Sie gehörte dazu. Zu all den Jugendlichen, die sich zur großen Gemeinschaft verschworen. Nun ja, nicht alle, es gab genug andere. Die NPD feierte Wahlerfolge, in Baden-Württemberg erzielte sie zehn Prozent, nur der Landtag von Nordrhein-Westfalen hielt noch stand. 69 würde sie in den Bundestag kommen, da waren sich alle Wahlauguren sicher. Die Politik reagierte immer autoritärer. Notstandsgesetze.

»Weil sie Unruhen befürchten«, erklärte Ann-Kathrin. »Und weil sie Werkzeuge brauchen, damit die Macht der CDU gesichert werden kann, auch wenn sie mal nicht die Wahlen gewinnen sollte.«

Und prophezeite, dass es nach der nächsten Wahl keine große

Koalition geben würde, sondern NPD und CDU gemeinsam regieren würden.

»In der Frankfurter Allgemeinen hofieren sie die Nationalen immer mehr.« Der Onkel hatte die FAZ abonniert.

In Den Haag fielen Marinesoldaten über Hippies her, schoren ihnen gewaltsam die Haare und der Onkel erklärte: »Es war immer schon das Recht der Männer, ihre Frauen zu verteidigen.« Warum Kurzhaarfrisuren zu diesem Recht beitrugen, erklärte er nicht.

Im Siemens-Gymnasium streikten einige Schüler, als der Bundestag die Notstandsgesetze beriet. Im Kaiser-Maximilian-Gymnasium schloss sich einer dem an, der Chefredakteur der Schülerzeitung. Er hielte es für seine staatsbürgerliche Pflicht, diese wichtige Debatte zu verfolgen. Der Direktor gewährte ihm das. Sonst beteiligte sich keiner aus Kaiser Maximilians Gefolgschaft.

Hansi schon gar nicht.

Martin

Es war schon spät, als mir der Brief wieder einfiel. Ich holte ihn hervor.

»Und die wollen das drucken?«, fragte Mars.

»Sonst hat er uns alle Plots erzählt«, erklärte Five beleidigt. »Alle! Ausnahmslos!«

»Woher willst du das wissen?«, erkundigte sich Mars, der wieder ganz ruhig wirkte und seine Flucht vor der Verwandtschaft offenbar gut überstanden hatte.

»Die Exposés sind ja weg«, erinnerte ich, »wer weiß, was er sonst noch alles verfasst hat.«

»Schade, sonst hätte man vielleicht ein Buch mit lauter Exposés machen können.«

»Grinsekatze hätte es sofort verboten.«

»Wieso? Seit wann ist es verboten, den OB umzubringen?«, wollte Five wissen.

Meike stellte ein Tablett Bier mit lautem Knall auf den Tisch, dass einige überschäumten. »Ihr seid alle Idioten! Holger war der Einzige von euch, der was drauf hatte.« Sie sah aus, als wollte sie wieder heulen. Hatten Holger und sie …? Gemerkt hatte ich nie was, Holger war über sechzig und sie vielleicht Mitte zwanzig. Andererseits: Wer weiß das schon? Wo die Liebe hinfällt, wächst bekanntlich kein Gras mehr.

»Zeig uns doch mal das Schreiben«, verlangte Five. Seine Augen glänzten. Ich hoffte, dass er nicht wieder angefangen hatte. Eine Zeit lang stand er ziemlich auf Koks. Doch seit über zwei Jahren war er clean, das zumindest behauptete er.

Ich holte den Brief erneut aus der Tasche. Alle Köpfe beugten sich darüber. »Was war das eigentlich mit dem Wissmer?«, wollte Werner wissen.

»Ach, scheiß doch drauf.« Mars stand auf und trank seinen Kaffee aus.

Wir anderen hoben die Gläser.

Und ich erzählte, was ich über den Fall Wissmer wusste. Genauer gesagt, was ich im Internet gefunden hatte. Was immerhin so interessant war, dass Mars sich wieder setzte.

»Glaubst du, ein paar RAF-Opas haben ihn umgelegt?«, fragte Werner.

»Die sind doch viel zu alt!«, warf Meike im Vorbeigehen ein. »Und …«

»Richtig!«, erklärte Five. »Die haben längst nicht mehr die Kraft, mit Regalen zu werfen. Und warum auch? Schließlich können sie in Talkshows auftreten. Was kümmert die das, was ein Plotter über sie schreibt, der sowieso nie eine Geschichte fertiggeschrieben hat.«

»Aber damals waren doch viele für die RAF, oder?«, meinte Sylvie, die immer noch unter Hülyas Abwesenheit litt. »Ich glaub, viele hätten denen eine Unterkunft gegeben laut Umfragen. Damals jedenfalls.«

»Das waren die Musels!«, bekräftigte Five und hob sein Glas so würdevoll, als ob der Genuss von Alkohol eine anti-islamische Kundgebung wäre. Scheiß auf Allah und sein Alkoholverbot! Aber wenn alle, die saufen, Anti-Islamisten wären, dann wäre die Türkei ganz schön gottlos.

Dann öffnete sich die Tür und Shogun kam wieder herein. Er sagte nichts, ging hinter die Theke und band seine Schürze um. Sein strahlendes Mir-gehört-die-Welt-Lächeln war verschwunden.

Sylvie schaute ihn besorgt an.

»Sie wollen mir was anhängen«, erklärte er kurz angebunden. Dabei warf er mir einen kurzen Blick zu, schaute aber gleich wieder auf die Cappuccino-Maschine.

»Waren Sie schon bei der Polizei?«, erkundigte sich Sylvie bei mir.

»Wozu? Die glauben mir doch nichts.«

»Na, Ihre Angaben zum Monte haben sie aber superernst genommen. Ich würde das anzeigen. Weil das vielleicht eine wichtige Spur ist«, meinte Sylvie. »Und vielleicht verschonen sie uns dann und widmen sich mal dem Verlag und diesem seltsamen Wissmer-Plot.«

»Hat der Plotter vielleicht den richtigen Wissmer-Mörder gefunden? Und der hat ihn umgelegt?«, fragte Five. »Meike, seit wann kleckerst du so mit dem Bier?«, wandte er sich empört an die Bedienung, die schon wieder das Tablett mit einem lautem Knall auf den Tisch gedonnert hatte.

»Weil ihr solche Idioten seid, so was gibt's gar nicht. Der Plotter hat nichts gewusst, gar nichts hat der gewusst.«

»Und woher weißt du das?«

»Weil ich ihm die Infos besorgen sollte. Der wollte mich dafür bezahlen, und ich hab mir schon den Mac gekauft und jetzt weiß ich nicht, wie ich den zahlen soll.« Plötzlich heulte sie wieder los. Offenbar doch keine Herzenssache, sondern eine des Geldbeutels.

»Du solltest für den Plotter ...«

»… Recherchen machen, ganz richtig.«

Five lachte. »Der hatte doch gar kein Geld.«

»Er hatte aber einen Auftraggeber, der wollte zahlen. Fünftausend Euro, und ich sollte tausend davon bekommen für die Recherchen und noch mal tausend, wenn ich sein Buch lektorieren würde.«

Fünftausend Euro. Interessant.

»Wann sollte das Geld denn kommen?«, fragte ich.

»Das war ihm für jenen Abend versprochen worden. Den Abend, an dem er starb.«

»Da wollte ihm jemand das Geld geben?«

»So hat er es gesagt. Wegen der Steuer sollte er es in bar kriegen.«

Donnerstag, 4. August 2011

Juli

Die Durchsuchung des Cafés gestern hatte so wenig ergeben wie die Vernehmung der Gäste und des Personals. Dafür waren fast gleichzeitig empörte Muselmanen und ebenso empörte Inkorrekte mit Spruchbändern aufgetaucht und umgehend übereinander hergefallen. Die Kollegen von der Bereitschaft mussten gleich mit mehreren Mannschaftswagen anrücken, was dazu führte, dass Inkorrekte und Muselmanen nicht mehr übereinander, sondern vereint über die Polizisten herfielen. Mehrere Kollegen mussten im Krankenhaus behandelt werden, wir hatten etliche Festnahmen und am Abend kreuzte der Imam der Bande auf und verlangte die Freilassung seiner Schäfchen. Weil sie doch so brav waren, nur spielen wollten. Die Schlägerei hätten die bösen Inkorrekten angefangen. Die Inkorrekten schickten keinen Imam, auch keinen Pfarrer, dafür gleich mehrere Kampfartikel, denn natürlich wollten auch sie nur spielen und die böse Polizei hatte das alles bewusst missverstanden. Das trug uns nicht ihr Imam vor, sondern natürlich ihr Anwalt. Genauer gesagt drei Anwälte, Adam, Barner und Chelsy; ›Die heilige Dreifaltigkeit‹ und in der ganzen Polizei gefürchtet. Hauptsächlich aber vom Dezernat für Wirtschaftskriminalität.

Morgens kam der Baron und erzählte, dass er von den Dieben gehört hätte, dass jemand bei Martin Mollmann eingebrochen hatte.

»Du bleibst sitzen. Du hast zu tun, wie wir alle«, sagte Peter. »Fang nicht wieder mit dem Quatsch an. Die Spurensicherung hat das ganze Zimmer noch mal auf den Kopf gestellt. Es war sein Regal und nichts anderes.«

»Und außerdem sitzt dir der Regierungspräsident im Genick, du willst die Brandstiftung durch die Wagenburgler nicht gefährden und …«

»… wir ermitteln auch in Richtung Islamismus, vergiss das nicht! Du sitzt gerade daran und bist dabei, diese Arbeit aufzugeben.«

Auf der Pressekonferenz gestern hatte Peter die Wagenburgräumung verteidigt und die Wagenburgler als Brandstifter bezeichnet. Prompt taten die ihm den Gefallen und fackelten einen Mercedes ab, womit seine Ausführungen beträchtlich an Glaubwürdigkeit gewannen. Peter war wieder voll auf der Die-Wagenburgler-sind-die-Brandstifter-Linie.

Trotz Max Silcher. Der hatte nach der Pressekonferenz eine flammende Kolumne in der Welt Online verfasst. *Wir kapitulieren jetzt auch vor Mord.* Worin er schlüssig bewies, dass hierzulande die Presse gleichgeschaltet wäre und islamkritische Artikel der Zensur zum Opfer fielen. Und natürlich war er stolz darauf. Wir sind Opfer!

Peter hatte sich natürlich Rückendeckung aus dem Innenministerium geholt. Die hatten die Musel-Sache wohl auch nicht so richtig glauben wollen. Gerichtsmedizin ist halt immer noch ein bisschen glaubwürdiger als die Inkorrekten. Die tobten nach der Pressekonferenz. Jetzt war der Innenminister Mitglied des linken Komplotts, das die Bundesrepublik regiert, die Presse beherrscht und die Meinungsfreiheit abgeschafft hat.

»Peter, du lässt dich ins Bockshorn jagen. Was passiert, wenn sich Politiker oder Presse in eine Ermittlung einschalten?«

Sein Zündholz tanzte heftig.

»Richtig, wenn die Politik oder die Presse vorne zur Kripo hineingeht, haut die Wahrheit durch die Hintertür ab«, erinnerte ich ihn.

Er nahm das Zündholz aus dem Mund.

»Wir sind weisungsgebunden.«

»Nicht ganz, und das weißt du. Natürlich will der Innenminister die Ergebnisse, die ihm schmecken und mit denen er punkten kann. Und er will sichergehen. Damit niemand ihm später an den Karren fährt.«

Nichts kann eine Kripofrau mehr in Rage versetzen als vorgesetzte Stellen, die der Öffentlichkeit gefallen wollen und Ermittlungsergebnisse einfordern, die politisch korrekt sind. Ein Artikel von Max Silcher oder einem anderen einflussreichen Journalisten, der sich in einen Fall einmischte, dann laufen die Telefone heiß, die Richtung der Ermittlung wird vorgegeben und das Ergebnis auch. In Freiburg war das noch nicht passiert, in anderen Orten schon öfters. Angeblich rechtsradikale Fälle, bei denen dann jede andere Ermittlung blockiert wurde, bis sich dann doch rausstellte, dass diesmal die Nazis unschuldig waren. Warum musste man denen noch mehr unterstellen als sie sowieso schon anstellten? Die Kollegen hatten Horrorstories erzählt.

»Denk daran, was der Regierungspräsident sagen wird, wenn es nicht die Wagenburgler waren.« Peter wurde bleich. Er kannte den Innenminister und wusste, dass der dann alle Schuld auf ihn abladen würde. Peter wäre der Sündenbock, den der Minister hinaus in die Wüste schicken würde. Freiburg konnte er dann vergessen. Auch in Baden-Württemberg gibt es jede Menge Orte, die man lieber nicht kennenlernen will. Schon gar nicht für viele Jahre.

»Und? Was schlägst du vor?«, fragte er schließlich. »Sollen wir untersuchen, ob Grinsekatze der Täter war? Den soll dieser Plotter ja mehrfach umgebracht haben.«

»Wenn du das auch nur andenkst, landest du in Badisch Sibirien. Und zwar dort, wo es am kältesten ist«, prophezeite Sven.

»Die Wagenburgler hatten …«, und dann blieb mir der Mund offen stehen. Peter drehte sich zur Tür um. Was er sah, schlug ihm das Streichholz aus dem Mund.

»Darf ich eintreten?«, fragte ich. Niemand antwortete.

Das hatte ich auch nicht erwartet.

Offenbar stritten sie sich immer bei der Kripo. Jedenfalls dann, wenn ich herkam. Und hörten auf, sobald sie mich sahen. Vielleicht sollte ich mich als Friedensengel bewerben?

»Bei mir wurde eingebrochen«, erklärte ich.

»Das haben uns die Diebe ... äh, das Einbruchdezernat schon mitgeteilt«, sagte die Polizistin, die wieder durchgestylt war, als müsse sie gleich bei ›Deutschland sucht die Superbullin‹ auftreten.

»Und wissen Sie, was geklaut wurde?« Ich wartete und schaute mich um. Beim Erzählen musst du an den genau richtigen Stellen Pausen machen, das hatte mir der Plotter erklärt.

Niemand antwortete.

»Das Kapital!«

Der Oberbulle schaute verwirrt. »Ihr Kapital?«

»Wenn sie Kapital haben, dann ...«, sekundierte der Schnurrbartbulle.

»Das Kapital von Karl Marx.«

»Ein Buch? Die haben eingebrochen, um ein Buch ...«

»In dem Buch war ein Flugblatt. Und ein weiterer Text. Habe ich Ihnen doch gegeben. Und bevor ich das Geld hier abgeliefert habe, waren auch die vierundzwanzig Zweihundert-Euro-Scheine drin.«

Plötzlich wurde die Superbullin aktiv. Sie schob mir einen Stuhl hin, verdeutlichte mir »Setzen Sie sich!«, schnappte sich einen Block und erklärte: »Das eine Blatt war übrigens das Geständnis von Atta.«

Ich schaute sie verdutzt an.

»Das Blatt, das Sie mir gebracht hatten. War von dem Attentäter, der den Anschlag auf die Twin Towers organisiert und eins der Flugzeuge geflogen hat.«

»Das Blatt waren doch RAF-Texte!«

»Nein, wir haben im Internet einen Vergleich ...«

Ich lachte. »Sie erkennen RAF-Texte nicht? Das war ganz klar Meinhof. Von dem Tod, der bedeutsam ist, von dem Kampf und dem ganzen Pipapo.«

Die Superbullin und der Oberbulle wechselten einen Blick.

»Der Anfang ist eindeutig Atta«, sagte sie. »Aber ihr Freund hat den Text an ein paar Stellen umgeschrieben.«

Plötzlich schlug sie sich gegen die Stirn. »Oder mit Meinhof-Zitaten vermischt«, sagte sie.

Das wenigstens machte Sinn. »Er hatte auch einen Plot, in dem der BND eine Zeitreise plant.«

»Klar«, sagte der Bulle mit dem Streichholz im Mund. »Tut er immer, der BND. Zeitreisen planen.«

»Na ja, im Plot will er das, um Gorbatschow zu ermorden. Damit der Kommunismus nicht zusammenbricht, weil der Ostblock halt doch angenehmer ist als Islamisten und Al Kaida. Und der BND hat ein Wurmloch entdeckt, durch das er in der Zeit zurückreisen kann, und Gorbatschow erledigt, bevor der den Kommunismus erledigen kann. Prompt kommt ein orthodoxer Kremlführer an die Macht. Und deshalb gibt es keinen Terrorismus.«

»Hat die RAF nicht auch ...«

»Eben! Statt Atta und Al Kaida sprengen dann RAFler der fünften Generation die Twin Towers in die Luft. Deshalb dieser Text, den wollte er als Text der Attentäter in seinen Plot einbauen.«

»Vielleicht erzählen Sie erstmal, was sie hergebracht hat?«, sagte die Superbullin und tat so, als wäre nicht sie es gewesen, die mich mehrfach hier hinaus komplimentiert hatte. Und als hätte ich nicht gerade das Rätsel um einen Atta-Text gelöst, den die Meinhof geschrieben hatte.

Ich erzählte vom Plotter, seinem Kapital-Versteck, seiner Zeitreise für die Wiedereinführung des Kommunismus und vor allem von dem Einbruch. Nur gut, dass ich den Text vorher kopiert und zur

Kripo gebracht hatte, sonst wäre er jetzt auch verloren. Alles war durchsucht worden, aber wenig fehlte. Meinen Laptop hatten sie geklaut, mein Notizbuch, alle Briefe. Und »Gott ist groß!« hatten sie an die Wand gesprüht.

»Musels!«, sagte eine Stimme in meinem Rücken. »Das ist deren Spruch.«

»Oder der BND«, lachte der Bulle mit dem Streichholz. »Oder die Besitzer des Wurmlochs, die ihr Geheimnis geheim halten wollten.«

Die Superbullin ließ sich nicht beirren, sondern fragte weiter.

Plötzlich fiel es mir wieder ein. Natürlich! Mister Software, der sagte, dass er den Plotter am letzten Abend getroffen hätte. Ach ja, und von dem Verlagsschreiben hatte ich auch noch gar nichts erzählt. Das fehlte jetzt auch, aber dass es der Verlag Mord und Totschlag war, wusste ich doch noch. Und was anderes fiel mir ein: »Mister Software hat wohl ein Vorwort geschrieben«, sagte ich.

»Kommen Sie mit«, erklärte die Kripofrau mir, schnappte sich ihre Lederjacke, die ganz sicher nicht von KiK stammte, und rannte raus. Die Geschichte von Meike konnte ich ihr gar nicht mehr erzählen.

»Du kannst doch nicht mit einem Zivilisten …«, protestierte der Oberbulle.

Sie war schon halb draußen, drehte sich noch mal um und rief ihm zu: »Was glaubst du, was ich alles kann! Viel Spaß mit Wagenburglern und Mohammed. Und fragt mal bei Mord und Totschlag, was das genau für ein Manuskript war.«

Jimmy 1968

Im Frühjahr wurde Dutschke angeschossen. Ann-Kathrin redete davon, dass der Faschismus käme. Dass Springer jede Opposition gegen seine Politik hinweghetzen würde, »Bachmann ist nicht der

Einzige«, sagte sie, »der versteht, was die Bildzeitung will.« Selbst Jimmys Mutter war empört.

»Wenn erst die NPD im Bundestag sitzt«, orakelte Ann-Kathrin, »wird alles noch autoritärer.«

In Prag gab es einen Sozialismus mit menschlichem Antlitz. Niemand wusste, was das war, aber alle waren dafür. Hinter den Karawanken begann Titos Reich. Auch der hing nicht an Moskaus Fäden.

Den Sommer verbrachte Hansi nebst Familie wie jedes Jahr in Gardaburg, direkt vor den Karawanken. Das Jahr vorher hatte ihn der Onkel beiseite genommen. Er solle ein Auge auf Ann-Kathrin halten.

»Sie ist deine Cousine und du hast Einfluss auf sie.« Im Hotel wohnten auch Franzosen mit Kindern. Einer flirtete etwas zuviel mit Ann-Kathrin. Oder Ann-Kathrin mit ihm?

Jedenfalls sollte er sie nie allein lassen. »Franzosen sind schnell bei der Sache«, warnte der Onkel. »Da heißt es aufpassen.«

Jimmy beneidete die Franzosen. Er selbst war nicht schnell bei der Sache. Nur im Rotwerden brach er alle Rekorde.

Dieses Jahr 68 unterschied sich von allen anderen.

In der Vorhalle des Hotels sammelten sich die Jugendlichen wie jedes Jahr. Aber dieses Jahr saßen sie nicht nur beieinander, wie die Jahre zuvor, argwöhnisch beäugt von Eltern, die sicherstellen wollten, dass die Ehre ihrer Töchter nicht angetastet wurde.

Das menschliche Antlitz hatte auch die Karawanken erreicht. Der Franzose war wieder da, sonntags war wie üblich Tanz, und Ann-Kathrin tanzte mit dem Franzosen ungeniert und eng umschlungen am Tisch ihrer Eltern vorbei.

Der Onkel sprang empört auf, die Tante hielt ihn fest und redete auf ihn ein, die beiden lieferten sich ein heftiges Streitgespräch, in das sich auch Jimmys Eltern einmischten.

Little Boxes, all the same …, verkündete Pete Seeger durch die Kapelle. Überall die gleichen Kästchen, in denen überall die gleichen Menschen leben. Nur keine Abweichung. Überall die gleichen Schubladen.

Ann-Kathrin schmuste ungeniert weiter, bis ihr Vater sie losriss und die beiden sich auf der Tanzfläche einen Riesenkrach lieferten. Der Onkel ohrfeigte sie und Ann-Kathrin lief heulend aus dem Haus. Der Franzose wurde auch nicht mehr gesehen. Die Kapelle spielte: *Bella Ciao, bella ciao, bella ciao, ciao …*

Jeannette beugte sich zu Jimmy vor und lachte: »A song of the partisans. A song of goodbye.« Jeanette war die Schwester des Franzosen.

»Die spinnt«, war der Kommentar ihres Bruders. Tatsächlich redete sie wenig, sonderte sich ab. Manchmal sprach Jimmy sie an. Sie hatte wunderschöne, lange schwarze Haare. Dass sie mit ihm redete, ging gut, solange es ihm nicht bewusst wurde. Diesen Sonntag hatte sie ein Kleid an. Eigentlich war »Kleid« eine Übertreibung; das Ding war so kurz wie ein schneller Abschied und genauso knapp. So was hatte sie noch nie getragen. Irgendwie lächelte sie auch anders. Jimmy machte das verlegen. Er war noch immer Hansi und setzte sich weiter weg. Doch dann saß sie ihm plötzlich wieder gegenüber und redete über italienische Partisanenlieder.

Wohin sollte er bloß schauen? Gerne hätte er sie zum Tanzen aufgefordert, aber ein Hansi fordert niemanden zum Tanzen auf. Schon der Gedanke daran ließ wachsen, was nicht wachsen sollte.

Ann-Kathrin und der Franzose blieben verschwunden.

Die Tante redete den ganzen Abend nicht mehr mit dem Onkel. Am nächsten Morgen strahlte Ann-Kathrin, der Onkel blickte finster, und nicht nur sie schmuste ungeniert in der Vorhalle des Hotels, in der die Jugendlichen zusammensaßen. Dieses Jahr eben etwas näher beieinander als früher.

Drei Tage später, am einundzwanzigsten August hämmerte Ann-Kathrin frühmorgens um sieben an Jimmys Zimmertür.

»Hansi«, kreischte sie, »Hansi, mach auf! Sie haben zugeschlagen!«

Wenigstens sie hätte ihn Jimmy nennen können!

Sie hämmerte weiter gegen die Tür und schließlich warf sie sich dagegen. Die Tür gab nach, und Ann-Kathrin im Babydoll stürzte heulend ins Zimmer. In seine Arme.

»Sie haben es getan!«, brüllte sie. »Die Schweine haben es wirklich getan!«

Er dachte sofort an den Onkel und daran, dass er sie wieder geohrfeigt hatte. Vielleicht war auch ein weiterer Student von einem Bildzeitungsleser erschossen worden?

Aber nein. Die Russen waren in Prag einmarschiert. Schluss mit menschlichem Antlitz.

Breschnew fand die Veränderungen der Zeitläufe genauso unmöglich wie der Onkel. Anders als der fand er sich damit aber nicht ab. Er schickte Truppen nach Prag und schrieb das Todesurteil des real existierenden Sozialismus in die Straßen der goldenen Stadt. Mit Panzerketten.

Er wusste es nur noch nicht.

Letztendlich war der Onkel klüger. Vielleicht fehlten ihm auch nur die Panzer.

Juli

»Das wusste also keiner?«

»Nein, dass er einen Plot zum Wissmer-Mord hatte, wusste ich nicht und ich glaube, auch sonst keiner. Außer offenbar Mister Software. Wissmer, das war 1975.«

»Aha, RAF. Aber die sind doch alle gefasst, oder?«

»Nein, das glaubten alle, und ihr wolltet uns das in die Schuhe schieben. Aber so war's nicht.«

»Wer wollte wem was in die Schuhe schieben?«

»Na, die Bullen uns. Den Linken!«, sagte er bestimmt.

Als ob das erst gestern gewesen sei! Vermutlich lebte er sowieso in den siebziger Jahren und hatte längst vergessen, dass mittlerweile eine Menge passiert war.

»Wir ermitteln, schieben aber niemandem …«

»Und was ist mit dem Innenminister, ihrem Chef und dem Brandanschlag?«

Vielleicht war er doch nicht so dumm, wie es schien. Ich wich seiner Frage aus. »Was war also damals los?«

Und er erzählte mir eine Geschichte, von der ich noch nie gehört hatte.

»Kein Wunder«, erklärte er. »Morde sind in den Siebzigern nur interessant, wenn es die RAF war. Das Münchener Attentat wurde auch nie aufgeklärt. Dabei hat kein RAF-Anschlag so viele Tote …«

Ich seufzte und legte eine Vollbremsung an der Ampel hin, die ihm den Mund stopfte. »Jedenfalls hat sich ihr Plotter damit bei einem Verlag beworben?«

»Offenbar.«

»War er sonst ein Geheimniskrämer?«

»Nein, im Gegenteil. Er konnte aus dem Stegreif Plots entwickeln und erzählte sie jedem. Nur hat er daraus nie einen Roman gemacht, geschweige denn die Plots irgendwelchen Verlagen angeboten.«

»Klar, wie sollte er auch. Ich vermute mal, dass Verlage einen fertigen Text sehen wollen und keine heiße Luft.«

»Wenn Sie als Autor bereits einen Namen haben, nicht. Dann werden Bücher nur als Exposé verkauft. Der Verlag weiß ja, dass sie schreiben und auch einen Roman fertigstellen können. Aber der Plotter hatte keinen Namen.«

Martin

Mister Software war – wen wundert's – in einer Besprechung.

Die Superbullin legte ihren Ausweis vor, aber selbst das beeindruckte die Empfangsdame nicht. Erst der Hinweis auf das Dezernat für Schwerkriminalität half. Aber leider nicht zu einem Termin bei Mister Software. Sondern zu dem Eingeständnis, dass es zwar eine Besprechung gab – »sogar mit einem aus dem Ministerium!«, wie die Dame wichtigtuerisch anmerkte – aber leider keinen Mister Software. Der nämlich war heute nicht in die Firma gekommen.

»Wir haben schon bei ihm zu Hause angerufen. Aber nur die Haushälterin hat abgenommen und die wusste nicht, wo er war. Wir haben auch anderswo angerufen, aber er ist nicht aufzutreiben.«

»Was meinen Sie mit ›anderswo‹?« Angenehm, mal nicht ihr gegenüber zu sitzen und die volle Breitseite abzukriegen, sondern ihre Methode im Windschatten zu beobachten.

»Äh«, stotterte die Empfangstussi verlegen, »Telefonnummern von anderen zum Beispiel. Die er kennt.«

»Sie meinen Frauen?«

Jetzt wurde die Empfangstussi richtig rot. Und stellte empört fest: »Darüber darf ich keine Auskunft geben.«

»Wir ermitteln in einer Serie von Brandanschlägen in Tateinheit mit Mord. Wollen sie die Ermittlungen behindern?«

Das wirkte. »Nun ja, es waren auch, ähm, Damen dabei. Und natürlich der Geschäftsführer«, gab sie jetzt zu.

»Ohne Ergebnis, vermute ich?«

»Mmh, ja, niemand wusste …«

»Gab es jemanden, der ihn gestern noch gesehen hatte?«

»Frau Doktor Meinecke«, antwortete die Empfangstussi und schnell fügte sie hinzu: »Herr Grotewohl ist unterwegs und sucht den Chef.« Auf den fragenden Blick der Polizistin fügte sie hinzu: »Der Geschäftsführer.«

»Zählt das zu den Aufgaben eines Geschäftsführers? Den Chef suchen?«, erkundigte ich mich.

Die Empfangsdame warf mir einen abschätzigen Blick zu. Offensichtlich war ihr klar, wer hier das Sagen hatte.

»Sucht der Geschäftsführer öfters Ihren Chef?«, präzisierte die Superbullin meine Frage.

»Äh, natürlich, ich meine … nein! Aber heute …«

»… ist alles anders, offenbar. Also, wie häufig kommt es vor, dass Sie nach dem Chef fahnden?«

»Selten, wirklich sehr selten. Eigentlich nie. Manchmal kommt er etwas später. Wenn ihn etwas aufhält.«

»Das, was ihn aufhält, ist dann weiblich?«

»Ähm, bitte, ich kann doch nicht …«

»Okay, gut, wir wollen ja auch nicht alle Details wissen. Jedenfalls ist heute alles anders. Oder versäumt er sonst auch Besprechungen mit Teilnehmern aus dem Ministerium?«

Jetzt gewann die Dame wieder mehr Sicherheit. »Das ist noch nie vorgekommen!«

»Und warum verständigen Sie nicht die Polizei? Ihr Chef ist nicht nach Hause gekommen, war auch bei keiner der gängigen Geliebten und gestern Abend offenbar zum letzten Mal …«

In dem Moment klingelte ihr Handy.

Jimmy 1970

Er hatte es geschafft. Dachte er.

Leider war es ein Denkfehler. Noch gab es die Zeugnisverleihung und das traditionelle Klassentreffen in einer Wirtschaft zum Abschluss. Nur Klassenlehrer nahmen dort noch teil. Sagte die Tradition. Und Tradition galt viel am Kaiser-Maximilian.

Doch diesmal war alles anders. Auch der Rektor erschien. Und in seinem Schlepptau Stalin, der Jimmy höhnisch angrinste.

Beide nahmen ihm gegenüber Platz. Jimmy war feige, er stand nicht auf und ging. Er war auch brav in Anzug und Krawatte auf der offiziellen Schulfeier erschienen. Einen hatte die Schulleitung ausgeschlossen, weil er öffentlich angekündigt hatte, er werde ohne die verlangte Bekleidung kommen. Das Abitur konnten sie ihm deswegen nicht aberkennen, aber immerhin den Zutritt zu der feierlichen Verleihung der Abiturkunde versagen. Jimmy bewunderte seinen Mut. Er kam aus seiner alten Klasse. Wäre er in der alten Klasse geblieben, hätte er vielleicht auch soviel Mut besessen?

Aber so blieb er sitzen.

»Haben Sie jemals daran gedacht, Psychologie zu studieren?«, fragte der Geier.

Psychologie? Studieren? Wie kam der Geier auf diese perverse Idee? Nicht mal an Medizin hatte Jimmy gedacht, obwohl sein Vater mehrfach versucht hatte, sein Interesse zu wecken. Jeden Tag Patienten, immer neue, auf deren Probleme er eingehen sollte. Wozu? Und vor allem: Wie? Er konnte nicht mal die eigenen Probleme lösen. Zahlen waren das Einzige, mit dem er einigermaßen zurechtkam. Mathematik war leicht, das rechnete sich von selbst. Durchsichtig, klar und logisch. Mathematik war einfach. Aber Psychologie?

Jimmy schaute den Geier und Stalin verständnislos an. Sie hätten ihn genauso gut fragen können, ob er Theologie studieren wollte. Oder Altgriechisch. Oder Studienrat werden!

Der Geier ließ nicht nach. Wenn Geier eine Beute erspäht haben, dann lassen sie sich nicht so leicht vertreiben. Wobei sie ihre Beute nicht erspähen, sondern erschnüffeln. Sie haben einen exquisiten Geruchssinn, der sterbendes Leben über weite Entfernungen riecht. Oder auch Leben, von dem sie nur hoffen, dass es sterben möge und damit zur leichten Beute würde.

Stalin wiederholte die Frage. Auch er war ein Geier. Auch Stalin hatte es immer verstanden, dort Beute zu machen, wo die Opfer sich nicht mehr wehren konnten.

Der Geier nickte Stalin beifällig zu.

Jimmy schüttelte den Kopf. Ihm wurde heiß. Aber er stand nicht auf und sagte: »Was soll das?« Was verschloss ihm den Mund? Irgendwas müsste ihm einfallen, er hatte das Zeugnis in der Tasche, der Geier konnte ihm nicht mehr schaden, Stalins Macht war ebenfalls abgelaufen; aber Jimmy blieb sitzen und sagte nichts, als wären die beiden weiter an der Macht und er müsste sie fürchten, den Kopf senken und aufpassen, dass er nicht auffiel. Sich gefallen lassen, dass sie ihn öffentlich als Versager brandmarkten. Sie hatten so recht. Jimmy würde nicht die Karriere antreten, die seine Klassenkameraden bald ergreifen würden. Nicht in einer Verbindung das große Wort führen, sich besaufen und als Lohn einen guten Job von den alten Herren zugeschanzt bekommen.

Psychologie, nein danke!

»Gut«, nickte der Geier. »Sehr gut. Wissen Sie, oft wollen Leute Psychologie studieren, die selbst psychische Probleme haben.«

»Leute, die psychisch gestört sind«, fügte Stalin hinzu.

Jetzt endlich begriff Jimmy, warum Stalin seinen Spitznamen erhalten hatte.

Aber vielleicht hatte er recht? Vielleicht war er wirklich durchgeknallt und wollte es nur nicht wahrhaben?

Martin

Offenbar war es wichtig. Denn kaum, dass sie sich auf dem Handy gemeldet hatte, zog sie mich am Ärmel hinter sich her zur Tür nach draußen, wobei sie eifrig weiter in ihr Handy quatschte, »Dreisam« verstand ich, und »Brücke« und »Ich komme«.

Sie sprang in das Auto, so schnell, wie man das immer in Krimis sieht, wobei sie mich anherrschte »Kommen Sie!«, startete bereits, bevor ich richtig saß, und ich musste meine Beine ins Innere schwingen, während sie bereits die Sirene einschaltete und mir die Beifahrertür schmerzhaft aufs Schienbein schlug. Als ich endlich richtig saß, hatte sie schon zwei Ampeln überfahren.

»Sie haben Mister Software gefunden«, vermutete ich.

Sie nickte nur. »Unter der Dreisambrücke, Paduaallee. In einem Gebüsch. Ein Obdachloser hat ihn entdeckt. Schöne Scheiße.«

Dann sah sie mich an und grinste. »Immerhin, wir waren auf der richtigen Fährte. Nur ein bisschen spät.«

Ein bisschen spät ist auch daneben.

Auf der Dreisambrücke raste sie auf einen Polizisten los, umkurvte ihn und stellte den Wagen auf dem Bürgersteig ab. Das heißt, sie wollte ihn da abstellen, aber ein Mann – bekleidet ganz mit weißer Plastik – wedelte empört mit den Händen, und sie fuhr ein Stück weiter vor, wo bereits eine ganze Armada von Polizei- und Rettungsfahrzeugen stand.

»Die Kapuzenmänner«, erklärte sie. »Die wollen die Brücke nach Spuren untersuchen.«

Sie sprang aus dem Wagen und befahl mir: »Sie bleiben hier sitzen.«

»Aber …«, wollte ich zur Frage ansetzen, doch da war die Tür schon zu, und sie weg. Was bildete sich diese Tussi eigentlich ein? Dass ich ihr Köter war, dem sie Befehle geben konnte?

Ich stieg aus. Ein Polizist grüßte. Ich wollte schon nach den Ereignissen fragen, da sagte er von sich aus: »Dort unten hat man ihn gefunden«, und deutete auf die Fußgängerbrücke, die von der Straße hinunter zum Dreisamuferweg führte. Rundherum wucherte Gebüsch.

»Unter dem Fußgängersteig. In einer großen Plastiktüte. Der Hund des Penners hat die Tüte weggekratzt und die Leiche verbellt. Können vom Glück sagen, dass alles so gelaufen ist – ohne den Köter hätte die Leiche vielleicht tagelang hier gelegen.«

Am Geländer machten sich zwei Figuren mit viel Plastik zu schaffen.

»Wir vermuten, dass es hier oben am Geländer passiert ist und der Mörder die Leiche danach auf den Fußgängerweg geworfen hat, Kollege.«

Jetzt hielt der mich offenbar für einen Kripobullen, weil ich aus einem Polizeiwagen ausgestiegen war. Ich muss gestehen, dass ich das Gefühl genoss. Es roch nach Macht und Wichtigkeit. Wie im

Fernsehen eben. Vermutlich träumen nicht nur kleine Jungs davon, Polizist zu werden, sondern auch erwachsene Männer. Was sie natürlich nie zugeben würden.

Juli

Unten wimmelte es von Kapuzenmännern, die jeden Zweig umdrehten, die Leiche untersuchten; und dazwischen klickten die Fotoapparate, die jede geänderte Position der Leiche nutzten, um neue Perspektiven abzulichten. Auf dem Fußgängerweg prangte ein großer dunkler Fleck, und auch der wurde untersucht. Die Sanitäter standen etwas abseits, rauchten, langweilten sich und warteten darauf, dass sie die Leiche abtransportieren durften. Der lange Fußgängersteig, der von der Brücke hinunter zur Dreisam führte, hatte in der Mitte eine scharfe S-Kurve, sodass unter dem Steig ein perfektes Versteck lag. Rechts war die B3, links der Dreisamfahrradweg und unter der Brücke wucherten Büsche, Bäume und Schlingpflanzen um die Wette. Vor allem Letztere sorgten dafür, dass alles, was dort abgelegt wurde, unsichtbar blieb. Der regenreiche Sommer hatte alles in einen grünen Dschungel verwandelt, einige wenige Stellen hatten die Kapuzenmänner gerodet. Ein Kollege reichte mir gleich Plastikschuhe, den Overall und den Kopfschutz. Ich schüttelte den Kopf, ich wollte den Tatort nicht betreten. Was würde ich auch finden? Das überließ ich gerne den Kapuzenmännern, die werden dafür bezahlt, sich vollzuschwitzen und später die Maden aus dem Haar zu kämmen.

Wir sollten dem Hund einen Orden geben. Oder besser einen Riesenknochen. Mister Software hätte hier tage-, ja wochenlang liegen können ohne aufzufallen. Und dann wären alle Spuren längst verwischt worden.

Vermutlich zwischen zwei und vier Uhr morgens hatte man ihm die Kehle durchgeschnitten. »Mit einem Messer, das ziemlich stumpf war«, erklärte der Arzt missbilligend, ob der mangelnden Messerpflege des Mörders. »Muss eine ziemliche Schweinerei gewesen sein. Wenn wir die Kleidung von ihm haben, können wir es ihm leicht nachweisen.«

Peter stand bei Reents und Sven.

»Alle, aber wirklich alle auf Kleidungsstücke hin untersuchen«, blaffte er. »Jeder und jede, bei denen auch nur die geringste Chance besteht, dass sie heute Nacht hier gepennt haben.«

»Sven«, sagte ich, »geh zurück aufs Revier, ruf den Verlag an und sorg dafür, dass die uns das Manuskript faxen, das Anschreiben und alles, was ihnen der Plotter geschickt hat. Und vor allem ...«

»Wer hat hier eigentlich das Kommando?«, fragte Peter beleidigt.

»Ich«, erklärte ich selbstsicher. »Weil ich mehr als ihr weiß. Weil mir der 68er ... «

»Dein Schätzchen«, warf Sven ein.

»Weil ich den vernommen habe, und jetzt weiß ich mehr.«

»Dann solltest du es mir ...«

»Später, in der Besprechung. Wir brauchen das alles, vorher hat Reden keinen Sinn. Ach ja: Wir brauchen unbedingt das Vorwort für das Buch. Das hat nämlich Mister Software geschrieben. Peter, kannst du ...«

»Juli, jetzt hör mal zu! *Ich* leite die Ermittlungen. Schon vergessen, dass ich das Dezernat für Schwerkriminalität leite?«

»Peter, ich ...«

»Sven, du klapperst mit Juli die Wohnungen hier im Umfeld ab. Vielleicht hat jemand was gesehen. Dann können wir den Fall schnell abschließen. Um sechzehn Uhr ist Besprechung.«

»Wir brauchen das Vorwort von ...«

»Bücher können wir morgen auch noch lesen«, unterbrach mich Peter. »Juli, du fährst los und vernimmst die Angestellten; stell fest, was er gestern Abend gemacht hat.«

Super! Da hätte ich ja gleich dort bleiben können.

»Doktor Meinicke«, sagte ich. »Eine Doktor Meinicke war vermutlich zuletzt mit ihm zusammen.«

»Stell fest, an welchem Projekt ...«

»Ich glaube, ich kenne das Projekt bereits. Die Dame dürfte jung und hübsch sein, und hat ihren Job vermutlich nicht wegen der Qualität ihrer Promotion bekommen. Und das Projekt, an dem die beiden arbeiteten, hatte mit einer besonderen Art von Software zu tun. Einer sehr soften.«

Oben auf der Brücke unterhielt sich der 68er angeregt mit Walter. Tat, als gehöre er dazu. Ganz so groß ist die Abneigung der 68er gegen die Polizei dann doch nicht. Zumindest dann nicht, wenn man mitmachen darf.

»Ich hatte ihnen doch befohlen, im Wagen zu bleiben!«, fauchte ich hoch.

Martin

»Ich bin antiautoritär – schon vergessen?«, sagte ich und grinste. »Ich tue nie, was man mir befiehlt.« Der Bulle, der mich als Kollegen empfangen hatte, schaute fragend.

»Der ist kein Kollege!«, erklärte ihm die Superbullin. »Der tut bloß so.«

Was den Bullen nur noch mehr verwirrte.

Die Superbullin stieg in den Wagen.

Ich öffnete die Beifahrertür und stieg ebenfalls ein. Sie widersprach nicht, was mich wunderte.

»Wo fahren wir hin?«, fragte ich.

»Sie fahren bis zur Eschholzstraße mit«, erklärte sie. »Von dort haben Sie es nicht weit nach Hause.«

»Ich hab Mister Software gekannt«, erklärte ich. »Und den Plotter. Und ich kenne Verlage. Weil ich für die arbeite.«

» Und das heißt?«

»Dass ich mit zu Breisgau Software fahre. Ich weiß nämlich, was man fragen muss.«

»Sie wollen beim Verhör dabei sein?«

Ich nickte.

Sie startete und diesmal quietschten keine Reifen. »Sie spinnen!«, erklärte sie mir. »Weil ich Sie vorhin dabei haben wollte, heißt das nicht, dass Sie jetzt Polizist spielen dürfen. Sie werden brav aussteigen, dort wo ich Sie rauslasse.«

»Und wenn ich das nicht tue?«

»Rufe ich die Polizei.«

Ich musste lachen.

»Das meine ich ernst«, erwiderte sie. Und dann waren wir an der Eschholzstraße, ich stieg brav aus, nahm mein Handy heraus, winkte der Dame freundlich nach und rief bei Mord und Totschlag an. Natürlich wollte mich der Drachen am Empfang abwimmeln. Dafür hat heute jeder Verlag einen Drachen engagiert. Um die unerwünschten Anrufer abzuwimmeln; all die Autoren, die dem Verlag halbfertige Manuskripte erbärmlicher Qualität andrehen wollen.

»Kripo Freiburg, Dezernat Schwerkriminalität«, erklärte ich der Drachin und schon wurde sie ganz handzahm und als ich ihr erklärte, dass der Plotter und Mister Software in Tateinheit ermordet worden seien, konnte ich ihre Neugier sogar durchs Telefon riechen. Vermutlich war der Hass der 68er auf die Polizei ein riesiger Fehler. Vielleicht Neid, weil das ihre innersten Wünsche waren, einmal Polizist spielen zu dürfen? Und sie mussten den Wunsch unterdrücken, wie die Viktorianer ihre Sexualität?

Nur zum zuständigen Lektor wollte sie mich nicht durchstellen. Und wurde misstrauisch, als ich ihr den Namen nicht sagen konnte.

»Aber Sie müssen doch den Brief haben, nicht?«, erkundigte sie sich. Ich ahnte, dass sie mir gleich die Geschichte mit der Kripo nicht mehr glauben würde. Gott sei Dank hatte ich dann eine Idee.

»Der Brief ist im Moment im Labor. Leider habe ich vergessen, ihn vorher kopieren zu lassen und wir sind jetzt am Tatort«, stotterte ich etwas, damit sie mir ein schlechtes Gewissen unterstellen konnte, weil ich versäumt hatte, mir den Namen zu merken.

Und die Drachin glaubte mir. Mein erster Sieg gegen einen Drachen! Sankt Georg war Dreck gegen mich! Mit einer Lanze kann ja jeder. Ich aber konnte sogar mit Telefon!

Juli

Doktor Meinicke war weder jung noch besonders hübsch. Obwohl sie eine frauliche Figur hatte; aber dass sie fünfzig war, sah man ihr an. Sie trug Ehering.

Und legte Wert auf die Betonung, dass sie mit Mister Software und Jürgen Grothewohl bis spät in die Nacht gearbeitet hatte. An dem neuen Konzept einer Software. »Die ist aber noch geheim«, und sie weigerte sich, Näheres darüber zu verraten. Nein, Mister Software hatte keine Feinde, niemand in der Firma hasste ihn und auch sonst war er sehr geachtet.

»Einer der letzten Gentleman-Manager. Nicht einer von denen, die andere über die Klinge springen lassen.«

Ich meldete meine Zweifel an, aber sie hielt unbeirrbar an ihrem Bild des letzten Ritters fest.

»Kennen Sie Holger Hennen?«, fragte ich sie.

Sie schüttelte den Kopf.

»Er soll sich am Freitag vor neun Tagen nachts mit Mister Software getroffen haben.«

Sie zog ihren Kalender zurate und schüttelte wieder den Kopf. »Wir haben an dem Abend bis kurz vor elf getagt. Danach waren wir alle fertig und bettreif.«

»Ist das hier üblich, bis spät in die Nacht zu tagen?«

Sie zuckte die Schultern. »Abends ist es ruhig. Keine Termine, niemand, der noch anruft, keine Probleme, die gelöst werden müssen. Konzepte erstellen wir abends, ja.«

Offenbar haben nicht nur Polizisten beschissene Arbeitszeiten.

»Sie sind ganz sicher, dass er vor zehn Tagen keinen Besuch nach ihrer Konferenz erhalten hat?«

Sie schüttelte wieder den Kopf. Und dann rollten ihr plötzlich Tränen die Wangen hinab. Sie saß einfach da, weinte und wischte die Tränen nicht ab. Ich wusste nicht, was ich tun sollte und wünschte, der Baron wäre hier. Er hätte die richtigen Worte gefunden. Ich fand sie in solchen Situationen nie.

Schließlich holte sie ein Taschentuch heraus und schnäuzte sich. »Entschuldigung«, sagte sie und lächelte wieder. »Es war etwas viel für mich.«

»Sie müssen sich nicht entschuldigen«, erklärte ich und verfluchte meine dürftigen Trosttalente. Und fragte weiter nach der gestrigen Nacht und der vor zehn Tagen. Sie mussten sehr ähnlich verlaufen sein. Alle drei hatten getagt, bis sie nicht mehr konnten.

»Was haben Sie dann getan?«, wollte ich wissen.

»Nun ja, eben die Sitzung beendet«, erklärte sie und fing wieder an zu weinen, aber jetzt benutzte sie von Anfang an ihr Taschentuch. Und ich hatte den Verdacht, dass sie mir etwas verschweigen wollte.

»Und dann? In welchem Raum haben Sie getagt?«

»Hier. In diesem Seminarraum. Dahinten an der Pinnwand hängen wir unsere Konzepte auf.« Sie deutete mit dem Kopf auf eine Pinnwand, die links neben der Tür stand.

»Und vor zehn Tagen, als Sie fertig waren, sind Sie gemeinsam aus dem Raum gegangen, oder blieb Herr Thuet zurück?« Bei »Herr Thuet« verknotete sich beinah meine Zunge, die »Mister Software« sagen wollte. Aber in einer Vernehmung ging das natürlich nicht.

Sie nickte.

»Was denn nun? Gemeinsam den Raum verlassen oder …?«

»Gemeinsam sind wir raus.«

»Und dann standen Sie auf der Straße?«

Wieder nickte sie.

»Und dann? Wo sind Sie hingegangen oder -gefahren?«

»Nach Hause.«

»Mit ihrem eigenen Wagen? Einem Taxi?«

Sie stockte. Dann sagte sie: »Zu Fuß.«

»Und wohin?«

Wieder überlegte sie. »Zum Bahnhof.«

»Und Herr Thuet? Was tat der?«

»Der ging nach Hause.« Jetzt wurde sie tiefrot.

»Zu Fuß?« Sie nickte.

»Hatte er Begleitung?« Sie schüttelte den Kopf.

»Also hätte er danach noch jemand treffen können?«

Sie schüttelte den Kopf.

»Warum nicht? Haben *Sie* ihn begleitet?« Jetzt liefen wieder die Tränen, und erst nach einiger Zeit erklärte sie: »Er ist während der Sitzung zweimal kurz eingenickt. Und hat ein paar Sachen nicht verstanden.« Sie schniefte.

Aha. Er war fertig. Fix und foxi. Nur hieß das natürlich nicht, dass er diesen Plotter nicht doch hätte treffen können.

Martin

Der Verlag war fix. Zu Hause hatte ich bereits alle Unterlagen als Anhang einer E-Mail. Den Plot und das Vorwort. Und Mister Software schrieb:

Im Februar 1975 lebte ich in Frankfurt in der Bockenheimer Landstraße in einer Wohngemeinschaft. Wir waren zu fünft; zumeist jedenfalls, denn oft war einer von uns fort und ebenso oft gab es Besuch. Freunde, Genossen, und manchmal einfach jemand, der ein Zimmer brauchte, den einer von uns in einer Kneipe aufgegabelt hatte.

Und dann gab es einen, der aussah wie wir alle. Bart, lange Haare, mittelgroß. Nichts Auffälliges, aber auch nichts, das Ähnlichkeiten mit dem Bild auf seinem Ausweis hatte. Wir liebten es, uns unsere Ausweise zu zeigen. Sauber geschrubbte Kerlchen mit Anzug und Krawatte, glatt rasiert und kurze Haare. Man roch durch das Foto hindurch Deo und Rasierwasser. Urbilder der Männlichkeit. Zum Quieken.

Gerd hieß er, und mehr wusste ich nicht. Woher auch? Niemand redete sich hier mit Nachnamen an.

Gerd schwang gerne große Worte. Von der befreiten Gesellschaft, die bald kommen würde, von denen, die auch Sozialisten sein wollten, aber einfach bloß Schwätzer seien. Dass man endlich Taten sehen müsse. Als ich ihn darauf hinwies, dass das schon Goethes Faust gesagt habe – »im Anfang war die Tat« und ebenso »der Worte sind genug gewechselt, lasst mich auch endlich Taten sehn!« – wurde er sehr ungnädig.

»Du bist auch so ein bourgeoiser Arsch«, erklärte er mir. Und dass ich zu denen gehöre, die bald Professorenwürden anstreben würden.

In Letzterem hatte er sich getäuscht.

Wie war er überhaupt in unsere WG gekommen, der Gerd? Mit Astrid, der Schwester von Max, einem unserer Mitbewohner. Sie kam mit Gerd aus Hamburg. Eine Zeit lang war sie dort auf Drogen gewesen, hatte dann aber eine Therapie begonnen.

Und dann war da Detlev. Der passte so gar nicht in unsere Szene. Detlev war nicht nur unpolitisch, was schon mal fast nicht ging; mehr noch: Wenn er politisch was sagte, dann war es eher rechts, und das ging überhaupt nicht. Trotzdem schaute er ab und zu vorbei und behauptete, Max habe ihm mal das Leben gerettet. Näheres wurde nie erzählt. Unsere WG war undogmatisch, also hatten alle möglichen Vögel Zutritt.

Detlev war außerdem so was wie ein Waffennarr. Kein Nazi, aber er wusste alles über Waffen. Dass man gegen jemanden mit einem Messer keine Chance habe, daran erinnere ich mich noch. Seine Frau Silja war Finnin, aber die kam nie mit, von ihr wurde nur erzählt. Dass sie eifersüchtig sei. Dass sie jetzt anfinge zu studieren. Dass sie jetzt auch Frauenbewegtes erzähle, was Detlev nicht so störte, denn er war jemand, der sich arrangierte. Mit unserer WG, in die er so gar nicht passte, mit seiner Frau und deren Eifersucht, und später auch mit seiner Frau und deren frauenbewegtem Leben.

Leider arrangierte sich Silja nicht. Sie erwarb nicht nur Feminismus an der Uni, sondern auch einen Freund. Und damit konnte sich Detlev so gar nicht arrangieren. Obwohl ich glaube, dass er selbst das geschafft hätte, wenn sie es gewollt hätte. Doch sie wollte irgendwann die Scheidung, und Detlev hing immer öfter bei uns rum.

So kam Gerd mit Detlev zusammen. Gerd war radikal und versuchte jeden zu bekehren – außer Detlev. Denn mit Detlev hatte er bereits Gemeinsames. Die Waffen. Und dass nur die Tat zähle.

Astrid kam immer weniger vor. Das stank ihr natürlich, vor allem weil ihr Liebster die Eigenschaft hatte, Frauen in den Kneipen anzubaggern. Weswegen sie bald in eine Frauen-WG zog, und Gerd damit die Gelegenheit fand, seine Frauenjagd zu intensivieren und die Trophäen mit nach Hause zu bringen. Womit Max nicht einverstanden war. Gut, dass man sein Zimmer mit Genossen teilte, die gerade keins hatten; das war nötig und akzeptiert. Dass er wegen Gerds ausschweifendem Liebesleben sein Zimmer oft nicht mehr betreten konnte, war aber zuviel der Solidarität. Er streikte und verlangte den Auszug. Was Gerd zu großen Tiraden hinriss; über bourgoise Eifersucht, darüber, dass man alles teilen müsse und darüber, dass hier in der WG nur Radieschen lebten. Außen rot und innen weiß.

»Dann zieh aus«, erklärte ihm Max. »Dann musst du dich nicht mehr über Radieschen ärgern.«

So hatte Gerd es aber nicht gemeint, und die Diskussion zog sich den ganzen Abend und die halbe Nacht hin. Über WGs, Ansprüche, Beziehungen; und wie die meisten solcher Diskussionen brachte sie gar nichts. Ich fürchte, wenn sich die politischen Vorstellungen der siebziger Jahre durchgesetzt hätten, würden wir in Worten und Gremien ersticken. Morgens mit einer Diskussion über die betrieblichen Verhältnisse beginnen, dann käme das Treffen um den Speiseplan der Kantine zu klären und abends wäre mit der WG-Beziehungsdiskussion noch längst nicht Schluss. Sex gäbe es natürlich nicht, dafür aber nachts im Bett Diskussionen über das Geschlechterverhältnis.

Jedenfalls beharrte Max auf dem Auszug. Und wir anderen auch. Wir wollten Gerd einfach los sein. Da man das aber so nicht sagen konnte, sondern alles begründen und hinterfragen musste, wurde aus dieser Tatsache ein ganzes Gedankengebäude, dessen einziger Zweck es war, den Auszug theoretisch zu untermauern. Der schließlich erfolgte, und Gerd kroch in einer anderen WG unter, in der er sich durch seine markigen Sprüche bald ebenfalls viele Freunde schaffte. »Pater Leppich der Spontiszene« nannte ihn jemand; nach jenem Pater, der die richtige, die christliche Geisteshaltung in den sechziger Jahren in riesigen Veranstaltungen mit tausenden Zuhörern zu verbreiten wusste. Das »Maschinengewehr Gottes« nannte man ihn. Auch Pater Leppich liebte große Gedankengebäude. Sie sind so schön anzusehen, sie passen in die Landschaft, verwenden nur behauene Steine und schaffen Ordnung im unordentlichen Leben. Leider sind sie auch künstlich.

Doch zurück zu Gerd, dem Maschinengewehr des Sozialismus. Der hatte sich dem Häuserkampf gewidmet und auch dort mit markigen Sprüchen Eindruck schinden wollen. Leider waren die großen Zeiten des bewaffneten Kampfes vorbei und seine Aufrufe zu Taten fielen nicht auf den fruchtbaren Boden, den sich Gerd erhoffte. Also musste er eben allein Zeichen setzen, mit Faust – den er als ›bürgerlich‹ verabscheute – die Tat an den Anfang setzen. Er erinnerte sich an Detlev und dessen Waffen.

Und die wollte er von ihm: Waffen. Detlev war Waffennarr, aber kein Narr, und natürlich gab er ihm keine. Sondern schmiss ihn hinaus, nicht ohne ihm zu drohen, er würde ihn anzeigen, wenn er nochmals käme.

»Und das werde ich«, erklärte er Max später. »Dass ich ihn nicht gleich verpfiffen habe, war nur aus Freundschaft zu euch!« Danach forderte er Max auf, Gerd umgehend vor die Tür zu setzen. Was hinfällig

war, weil das bereits nach dem nächtlichen Gesprächsmarathon über Beziehungen erfolgt war. Davon wusste aber Detlev nichts.

In der Szene verbreitete sich Gerds Waffensuche schnell. Jeder kannte hier jeden, am Wochenende ging man auf die gleichen WG-Partys, und wenn dort am Samstag jemand mit einer neuen Frau auftauchte, wusste es am Sonntag jeder. ›Das Private ist politisch‹, so wurde das genannt; heute glaube ich, dass es einfach Klatschsucht war. Und dass es dieser Spruch war, der später zur Gründung der zahlreichen Talkshows führte. Seltsam, wie Menschen Dinge anstoßen, ohne die geringste Ahnung, welche Folgen sie damit in Gang setzen.

Gerd jedenfalls galt endgültig als Spinner. Seine große Klappe nahmen immer weniger Leute ernst. Bei einem unpolitischen Waffennarr sich Waffen besorgen zu wollen, war derart dämlich, dass schon das Gerücht auftauchte, er sei in Wirklichkeit ein V-Mann des Verfassungsschutzes, der die Linke diskreditieren wolle. War es nicht Urach gewesen, der der RAF die ersten Waffen vermittelt hatte? Gut, die Haftbedingungen der RAF wurden heftigst angegriffen, aber das hieß noch lange nicht, dass man deren Politik toll fand. Natürlich gehörten sie zur Szene, wir waren alle eine große linke Familie. Eine »Umma«, eine Gemeinschaft der Sozialismusgläubigen.

Doch Familien sind kein Hort der Gemütlichkeit – schon gar nicht, wenn sie groß sind. Nach außen vertuscht man alles, da muss man zusammenhalten, nach innen streitet man, dass die Fetzen fliegen. Feind steigert man: Feind, Todfeind, Parteifreund. Bei uns war das nicht anders. Ein Genosse war ein Genosse, jedenfalls nach außen. Aber undenkbar, dass ein KPDler eine Freundin aus der Spontiszene hatte.

Gerd jedenfalls hatte erst mal kräftig an Reputation eingebüßt. Trotzdem gab es noch einige, die ihm die Stange hielten. Und so muss er sich wohl entschieden haben, dass er die verlorene Reputation nur durch eine mannhafte Tat wiedergewinnen würde; eine, die die Bewegung weiterbringen würde; eine, die Aufsehen erregte und ihn in den Mittelpunkt rückte.

Er tauchte unter, zumindest sah man ihn auf Partys nicht mehr. Und dann gab es den Wissmer-Mord. Der war ein Immobilienhai, ein schräger Typ wie so mancher Selfmademan. Einer, der Altbauten aufkaufte, sie abriss und anschließend Eigentumswohnungen errichtete und diese teuer verscherbelte. Damit konnte man in den Siebzigern viel Geld machen. Natürlich musste man vorher die Mieter ›entsorgen‹, und es hieß, dass Wissmer dabei viel Geschick bewies. Kein Licht mehr im Flur, Wasser abstellen, laute Renovierungsarbeiten, manchmal auch Zuckerbrot in Form einer Alternativwohnung weit draußen in den neuen Schlafstädten.

So gab es die Instandbesetzungen. Einige seiner Häuser – halb leer bereits – wurden von Studenten besetzt und festungsmäßig verbarrikadiert.

Bei der Linken rief das zunächst gar keine Begeisterung hervor. Das revolutionäre Subjekt war das Proletariat, nicht die Mieter. Betriebsarbeit sei angesagt, wurde von den revolutionären Betriebsgruppen heftigst eingefordert und ›Lasst diesen Unfug mit dem Häuserkampf!‹.

Leider dachte das revolutionäre Subjekt ganz anders und die Betriebsarbeit leisteten nach wie vor Studenten statt Proletarier. Manchmal ist die Realität ein harter Lehrmeister, vor allem wenn sie plötzlich Erfolge an unvermuteten Stellen gewährt.

Denn der Häuserkampf wurde schnell populär. So mancher, der vorher noch über die Linken geschimpft hatte, fand den Abriss der Innenstädte dann doch nicht so gut. Plötzlich tauchten Gesichter in Veranstaltungen auf, die man dort nie vermutet hätte. Manch biederer Bürger beteiligte sich, und mit dem Erfolg gewann das Modell immer mehr Anhänger, auch wenn es dem Glauben widersprach. Nach und nach gaben die Kritiker den Widerstand auf, der Häuserkampf nahm immer mehr Fahrt auf. Die Innenstädte, die zwei Jahrzehnte lang nur als Verkehrshindernisse eine Rolle spielten, die genau wie Alleebäume Lieblingsfeinde der ADAC-Ortsvereine waren, die ihre umgehende Beseitigung zugunsten von Schnellstraßen forderten – diese Innenstädte wurden plötzlich populär. Sie sollten erhalten werden. Ein altes Rat-

haus zugunsten eines neuen Parkhauses abreißen, das fand nun nicht mehr begeisterte Zustimmung.

Und dann wurde Wissmer erschossen. Der oder die Täter mussten Wissmer gekannt haben, folgerte die Polizei, weil er sie in die Wohnung gelassen hatte. Auch waren keine Kampfspuren zu entdecken. Schnell wurde ›die Linke‹, die RAF in Haftung genommen. Doch bald stellte sich heraus, dass es dafür keine Anhaltspunkte gab. Schon die verwendete Waffe war unüblich in RAF-Kreisen, so manches andere erst recht.

Die Nichte Wissmers galt als Hauptverdächtige, auch wenn sie gar keine bekannte Linke war. Sie sollte vernommen werden, war aber nicht auffindbar. Später wurde sie in Frankreich von der Polizei gestellt und in einer Schießerei erschossen.

Ich kannte den Täter. Denn Gerd hatte die Tat mal abends erläutert: »Eine Entführung von Wissmer und wir lassen ihn erst laufen, wenn er uns alles über seine Spekulationen erzählt hat.«

Jetzt hatte er den Plan wohl in die Tat umgesetzt. Was er nicht wusste, weil er untergetaucht war, um seine Tat zu planen: Wissmer hatte zwischenzeitlich mit den Besetzern Mietverträge abgeschlossen. Sagte ich schon, dass er ein schräger Typ war? Außerdem dürfte er zu hoch gepokert haben; nach seinem Tod brach sein Imperium binnen kurzer Zeit zusammen und ging Pleite. Vermutlich hatte er gar kein Geld mehr, um die entsprechenden Häuser abzureißen und neu zu bauen, und schloss deshalb mit den Besetzern Verträge.

Vermutlich hatte Gerd bei der Wissmer-Nichte einfach seinen Charme spielen lassen. Das Abenteuer lockt. Wer behütet aufwächst, den reizt Robin Hood. Wir sind die Rächer der Entmieteten. Ich glaube, so hat er die Frau herumgekriegt und sie damit in den Tod geschickt.

Nein, ich ging nicht zur Polizei. Völlig undenkbar, einen Genossen anzuzeigen. Wir waren doch eine große Familie. Und Gerd war einer von uns, auch wenn ich ihm die Pest an den Hals wünschte und ihn für einen arroganten Idioten hielt, der bereit war, über Leichen zu gehen. Auch wenn ich wusste, dass er einfach die große Rolle als Volksbefreier spielen wollte.

Ich ging nicht zur Polizei.

Aber ich wusste, wohin er sich zurückgezogen hatte. Und dort suchte ich ihn auf. Setzte ihm ein Ultimatum, bot ihm zweihundert Mark und forderte ihn auf zu verschwinden. Ich würde ihn über die österreichische Grenze chauffieren, und wenn er je wieder in Deutschland auftauchte, würde ich ihn anzeigen.

Er saß zitternd im Wagen, als wir den Autobahngrenzposten erreichten. Auch mir war alles andere als wohl, aber er war nicht zur Fahndung ausgeschrieben und die Grenzer winkten uns durch. Dass ich mir den Mercedes von Papa gekrallt hatte und wir nicht in meiner R4-Rostlaube fuhren, dürfte mit dazu beigetragen haben, dass keine Kontrolle stattfand.

Gerd ereiferte sich natürlich über den Mercedes. Der rettete ihn zwar, aber das hieß noch lange nicht, das er ihn nicht als rollendes Symbol des Kapitalismus ansah. Eine Luxuskarosse! Arbeiter konnten sich so etwas nicht leisten! Im Gegenteil, diese Wagen wurden mit dem Profit gekauft, den die Kapitalisten den Arbeitern abpressten.

Dass Daimler seine Wagen zu einem großen Anteil über die Arbeiter verkaufte, die sie zu Sonderpreisen erwarben, ein Jahr in der Garage stehen ließen und anschließend als Jahreswagen mit Gewinn und unversteuert weiterverkauften, wusste ich damals nicht. Doch der Wagen war nicht das Einzige, das Gerd missfiel. Dass er meinem Vater gehörte, dessen Computer an der Unterdrückung des Volkes teilhatten, ja sie überhaupt erst möglich machten; dass ich der Sohn meines Vaters war, der sich leicht als Sozialist ausgeben konnte; dass er selber natürlich Sohn kleiner Leute war; dass er wenigstens etwas versucht hätte, statt nur zu theoretisieren; dass er all die Theoretiker hasse, mich eingeschlossen, und dass ich ein arrogantes Arschloch sei.

Zumindest darin war er der Meinhof ebenbürtig. Er konnte seine Genossen aufs Hämischste beschimpfen. Warum hielten wir diesen Idioten die Treue, die mehr als deutlich erklärten, dass sie mit uns nichts, aber auch gar nichts zu tun haben wollten?

Ich hatte nicht übel Lust, ihn an die Luft zu setzen oder – noch besser

– beim nächsten Polizeirevier abzuliefern. Doch das ging nicht. So was durfte man nicht mal denken. Keine Unterstützung der Bullen!

Heute sehe ich das alles sehr anders. Heute würde ich ihn anzeigen.

Die RAF-Anschläge finden noch immer große Resonanz, jetzt gibt es schon mehrere Filme darüber. Andere Anschläge interessieren niemanden mehr, nicht der Anschlag auf das Münchener Oktoberfest, den vermutlich Rechtsradikale organisierten, nicht die Anschläge auf verschiedene Bahnhöfe, und auch nicht der Wissmer-Mord.

Aber es gibt Leute, die über Leichen gehen. Die stets im Mittelpunkt stehen wollen und dafür alles tun. Für die andere Menschen nur Material der eigenen Selbstdarstellung sind.

Solche Leute werden oft geschützt. Weil sie zur Familie, zur Gemeinschaft der Gläubigen gehören. Egal ob es pädophile Priester sind, durchgeknallte RAFler oder terroristische Muslime.

Diesen Schutz verdienen sie nicht. Und wer sie schützt, macht sich mitschuldig, so wie ich. Deshalb finde ich es gut, dass der Fall Wissmer noch einmal behandelt wird. Und zwar als Krimi. Denn wir leben durch unsere Geschichten, und manchmal lernen wir sogar daraus. Mehr jedenfalls als durch pathetische Politikerreden.

Gerd geriet später doch in Verdacht, starb aber im Irak. Er ist im Euphrat ertrunken und wurde auf dem deutschen Friedhof in Bagdad beerdigt. Eine nette Geste der Botschaft; eigentlich diente der Friedhof deutschen Eisenbahnbauern und Soldaten im Osmanischen Reich als letzte Ruhestätte, und schon lange wurde dort niemand mehr beigesetzt.

Aber was wäre gewesen, wenn er gar nicht tot wäre, sondern eine andere Identität angenommen hätte?

Jimmy 1971

Zwanzig war Jimmy jetzt – und sauer. Sauer auf seinen Vater, das Arschloch, das sich nicht mehr mit ihm in der Öffentlichkeit zeigen wollte, wenn er sich nicht die Haare schneiden ließe. Sauer auf die Schule, die er gerade abgeschlossen hatte. Neun Jahre Latein, sechs Griechisch, damit sein Vater angeben konnte, weil: Jetzt war sein Sohn gebildet. Ein guter Arzt hat Allgemeinbildung! Und kann Griechisch und Latein! Machte sich gut bei den Jahrestreffen der Verbindung.

Und deshalb musste Jimmy auch katholisch sein. Und humanistisch. Auch wenn er damit nichts anfangen konnte.

Sauer war er auf all das gebildete Getue; auf Lehrer, die Deutsch mit lateinischer Grammatik sprachen, auf das Establishment, auf die US-Army, die sich gerade rühmte, Vietnam zurück in die Steinzeit zu bomben, sauer auf *Don Karlos*, in den er mit Anzug und Krawatte gehen musste, sauer auf eine Kirche, die ihn zum Monster hatte werden lassen, sauer auf dieses und jenes; und in der Uni fand er endlich Genossinnen und Genossen, die genauso sauer waren. Sie bildeten den Sauersein-Club, denn Sauersein macht alleine nicht richtig Spaß. Und was das Beste war: Alle nannten ihn jetzt Jimmy. Hansi war einmal. Endlich *Jimmy*!

Hier war er einer von vielen, hier war er nicht der Versager, sondern normal.

Die ganze Scheiße der Bildungsbürger! Hitler hatten sie gewählt und Adenauer, lasen *Faust* und ihre Söhne Landserhefte, Berichte aus Narvik und von den heldenhaften deutschen Soldaten; und Krieg war eine einzige Heldenreise mit John Wayne als Führer. Nazis waren natürlich nicht dabei. Gottverdammt waren das Idioten, Schweine! Zum Kotzen, zum Auskotzen – Napalm auf sie, statt auf Vietnam.

Sie waren die Leute, vor denen uns unsere Eltern immer gewarnt hatten. Der Club der Sauersein-Genossen, aufgeteilt in Wohngemeinschaften; im Hier und Jetzt probten sie den neuen Menschen. Befreiung von allen Zwängen, insbesondere bourgeoisen. Ein wenig begann sie schon, die rosarote Zukunft. Sie waren keine Karrieristen, keine Geldhaie, keine ›ticky tackies all the same‹. *We shall overcome*. Keine Kleinfamilie, keine Eifersucht, keine Besitzansprüche.

Ihre Kinder würden nicht aufwachsen wie sie selbst. Wenn sie überhaupt Kinder haben würden. Doch danach sah es nicht aus. Jimmy wollte auch keine. Heiraten würde er sowieso nicht, heiraten würden sie alle nicht, sie würden in Wohngemeinschaften wohnen wie die Mönche des Mittelalters, nur ohne die Sexualunterdrückung. Freie Menschen würden sie sein. Und beweisen, dass sie keine Versager waren. Jimmy würde das beweisen.

Sauersein alleine ist auf Dauer etwas wenig, also träumten sie von der Zeit, wenn es vorbei sein würde, die klassenlose Gesellschaft installiert. Jimmy wäre Kommissar in seiner Heimatstadt, er würde ein toleranter Kommissar sein, aber wissen, mit welcher Sorte Leute er es zu tun hatte. Die nicht folterten, sondern foltern ließen. Die Vietnam-Bombardierungen beklatscht hatten. Und die ihn für ein Monster hielten; eins, das es nie zu etwas bringen würde. Eins, das ein Versager war – keiner, der in der Studentenverbindung Karriere machte.

Aber hätte er das überhaupt gekonnt? In einem Job, in einer Verbindung Karriere machen wie sein Vater? Der wollte ihn gerne als Nachfolger in der Praxis sehen. »Warum studierst du nicht Medizin?«, fragte er.

Was für eine Frage! Als ob er als Arzt arbeiten könnte. Mathe konnte er, und sonst nichts. All das, was es drumherum gab, das hätte er niemals gekonnt. In Gremien sitzen, zur besseren Gesellschaft gehören, auf Empfänge und Treffen gehen, all das jagte ihm Angst ein. Was sollte nur aus ihm werden? Ihm fehlte alles, was dazu nötig war, einen erfolgreichen Job, eine erfolgreiche Karriere zu absolvieren. Die Leute hätten ihn ausgelacht. Er war keiner von ihnen. Warum war er in der linken Szene gelandet? Weil er sich anderswo lächerlich gemacht hätte. Weil diese Szene die einzige war, die Leute wie Jimmy und Ex-Hansis akzeptierte.

»Ich kann nicht Medizin studieren, dazu ist mein Notenschnitt viel zu schlecht«, sagte er dem Vater. Das war das einzige Argument, das der akzeptierte. Anschließend ließ der Vater sich darüber aus, dass mit dem Numerus clausus nur noch Karrieristen mit Einser-Abitur Mediziner werden würden.

»Du wärst ein guter Arzt geworden«, erklärte er seufzend.

Sein eigener Vater wusste nicht, wer er war! Er sah nur, was er sehen wollte. Einen Sohn, der ein guter Arzt geworden wäre. Ein guter Arzt? Ein miserabler Arzt wäre er geworden.

»Warum hat der Rektor dich nicht einfach gefeuert? Dir was angehängt?«, fragte ihn Bernd, als Jimmy das von der Anzeige mit den Liebesgedichten und Stalin erzählte.

»Konnte er nicht«, erklärte Pit. Und erläuterte, dass der Rektor sonst selbst in seine eigene Falle getappt wäre.

»Wenn er die höchste Schulstrafe verhängt, muss er das im Kultusministerium melden. So sind die Gesetze in Nordrhein-Westfalen.«

»Na und? Dann hätte er es eben gemeldet!«

»Das konnte er nicht. Nicht wegen einer Anzeige wegen Liebeslyrik mit Rückgabegarantie. Dazu hättest du wenigstens Schulkameraden beklauen müssen, oder einen Lehrer angreifen.«

»Ich habe aber …«

»Ja, du hast. Und das bedeutet, dass der Rektor nicht die volle Wahrheit nach Düsseldorf gemeldet hat. Sondern dir irgendeine fabrizierte Straftat angehängt hat. Noch eine Strafe und du wärst von allen Gymnasien Nordrhein-Westfalens ausgeschlossen worden. Aber …«

»Na und? Das wollte er doch.«

»Das wollte er. Aber was, wenn deine Mutter anschließend nachgefragt oder geklagt hätte? Oder dein Vater?«

»Hätte deine Mutter so was getan?«, fragte Bernd.

Jimmy nickte.

»Ihr Sohn ohne Gymnasium? Undenkbar. Um das zu verhindern, hätte sie alles getan.«

»Eben«, erklärte Bernd. »Deshalb hat der Direktor dich trotz schlechter Noten weiter mitgeschleift. Er konnte nichts riskieren und vermutlich hat ihn das furchtbar gefuchst.«

Die Rolladen, alles umsonst. Die Vorsicht, sich nichts mehr zuschulden kommen lassen, alles überflüssig? Er war so sicher wie kein anderer gewesen und hatte es nicht gewusst. Sie hatten ihm Angst eingejagt, aber ihre Drohungen waren leer.

Was für ein Mist!

Doch eines Tages würde er wiederkommen. Wenn die Revolution gesiegt hätte. Dann würden alle sehen, dass er doch kein Monster war. Kein Hansi, sondern ein Jimmy. Jimmy würde milde herrschen. Aber die Wahrheit ans Licht bringen. Dass in Wirklichkeit *sie* die Monster waren. Leute, die aus Sexnot Faschismus machten. In den WGs machten sie Liebe und redeten über alles, alle sprachen ihre Gefühle aus.

Jimmy nicht.

Juli

Das Telefon läutete. Es war Sven. »Wir haben die Bankdaten überprüft.«

»Und *was* gefunden?«

»Halt dich fest. Fünftausend Euro! Wurden am Tag, als der Plotter starb, abgehoben. In der Sparkasse um die Ecke, vom Privatkonto. Und das ist nicht alles. Weißt du, wer unterschrieben hat?«

»Mister Software?«

»Nein, die Meinicke. Die hat nämlich die Unterschriftsvollmacht.«

»Aber nur für Firmen ...«

»Nein, nur für sein Privatkonto.«

Das war nun wirklich neu. Zumal Sven noch weitere Neuigkeiten hatte. Er hatte nämlich in der Nachbarschaft von Mister Softwares Stadtapartment die Nachbarn interviewt. Und eine hatte was gesehen: Eine Frau, die um dreiundzwanzig Uhr das Haus verließ.

»Die Meinicke knöpf ich mir nochmal vor.«

»Ach ja, ausgezahlt wurde in fünfundzwanzig Zweihundert-Euro-Scheinen. Na, klingelt es bei dir?«, sagte Sven noch.

Vierundzwanzig der Scheine hatten wir von dem 68er. Fehlte noch der fünfundzwanzigste.

»Sollten die Wagenburgler doch die Wahrheit gesagt haben?«, fragte ich.

»Sag das bloß nicht Peter, der flippt aus. Der hat sich auf der Pressekonferenz so was von festgelegt, das kann ihm sogar den Kopf kosten.«

Ich fuhr zurück in die Firma. Erst wurde die Meinicke pampig, sie müsse arbeiten, dann kam sie doch, wurde wieder rot, fing an zu flennen und gestand, dass sie die Vollmacht über das Konto hatte.

»Ich habe für ihn das Geld abgehoben«, erklärte sie unter vielem Schniefen und Schneuzen. »Er war immer so beschäftigt.«

»So beschäftigt, dass er Ihnen Zugriff auf sein Privatkonto gegeben hat?«

Sie nickte. Ich glaubte ihr kein Wort.

»Sie waren also am Todestag des Plotters mit Mister Software zusammen und gestern Abend auch?«

Sie nickte noch einmal, das Taschentuch unter die Nase gepresst.

»Und sind anschließend nach Hause gegangen?«

»Ja.«

»Und haben vorher über die neue Software-Version geredet?«

»Das habe ich Ihnen doch schon erzählt. Warum quälen Sie mich noch mal damit?«

»Was wollte er mit den fünftausend Euro?«

»Ich weiß es doch nicht! Er wollte sich was kaufen!«

»Aha. Tat er das öfters? Sie losschicken, um große Beträge abzuheben?«

»Äh, nein.«

»Und Sie haben nicht nachgefragt?«

Erschrocken starrte sie mich an. »Das ging doch nicht!«

»Warum nicht?«

»Er war doch mein Chef!«

»Und verlangte von ihnen, dass sie private Dienste für ihn erledigten.«

»Nur selten. Ich habe …«

»Sie wurden gesehen, wie sie mit ihm in sein Apartment gingen«, wagte ich den Schuss ins Blaue. Und der traf.

Sie schreckte auf, blickte mich an und fragte nur: »Woher wissen Sie das?«

Ich wusste es nicht definitiv, wusste nur, dass laut Sven eine Frau ähnlichen Alters ihn am Todestag des Plotters in seine Wohnung begleitet hatte und später alleine die Wohnung verlies. Ich hasse neugierige Nachbarn, die alles über ihre Mitbewohner wissen wollen. Aber für die Polizeiarbeit sind sie Gold wert.

»Sie hatten also mit ihm ein Verhältnis!«

Wieder nickte sie.

»Er war doch mein Chef! Es war wirklich nur zweimal.«

»Am Abend, als der Plotter starb, und am Abend vor dem Mord ihres Chefs?«

Sie nickte. Verdammt, diese Frau nervte mich mit ihrem Nicken! Sie hatte promoviert, noch dazu in Mathe! Und benahm sich, als könne sie nicht bis drei zählen.

»Sie wollen also sagen, dass sie mit ihrem Chef nur dann Verhältnisse pflegten, wenn anschließend jemand tot war? Ist das richtig?«

Sie schaute mich erschreckt an. Aber schüttelte nicht den Kopf, sondern sagte: »Das können Sie mir doch nicht vorwerfen!«

»Ich kann Ihnen Falschaussage vorwerfen. Sie haben uns belogen, Sie waren an den fraglichen Abenden nicht in einer Besprechung, sondern genoßen die Schäferstündchen mit ihrem Chef.«

»Wir haben dabei aber auch über neue Projekte geredet.«

Na, klasse. Ich versuchte mir vorzustellen, wie die beiden den

Liebesakt unterbrachen, um mal schnell die Unterlagen hervorzukramen und die beste Möglichkeit zu diskutieren, wie die Eingabemaske verbessert werden könnte. Papa, du solltest hier sein. Dann würdest du nicht mehr mäkeln, dass ich die Chance zur Promotion gehabt, sie aber nicht genutzt hätte. Auch der Doktortitel schützt vor Dummheit nicht.

»Sie waren also nur zweimal mit ihrem Chef auf dem Zimmer?«

»Nun ja, äh, so kann man das nicht sagen.«

»Was kann man dann sagen? Dass Sie das letzte halbe Jahr regelmäßig mit ihm abends in sein Apartment gingen?«

Sie nickte und heulte wieder.

»Ich bin doch verheiratet!«

Ja, Mädchen, das hättest du dir früher überlegen sollen.

»Er war doch mein Chef!«

»Und ziemlich attraktiv. Sie fühlten sich geschmeichelt und wollten deshalb …«

Sie nickte wieder. »Er wollte mich heiraten.«

»Und Sie?«

Diesmal nickte sie nicht, zuckte die Schultern und schaute weg.

»Was zum Teufel haben Sie ihm gesagt, als er sie bat, ihn zu heiraten?«

Sie schluckte. »Dass ich doch verheiratet bin.«

»Das lässt sich bekanntlich ändern.«

Sie schaute mich erschreckt an, als ob sie das zum ersten Mal hören würde.

»Na gut. Sie sind also an beiden Abenden mit ihm gegangen, haben den Abend mit ihm verbracht und um wie viel Uhr sein Apartment verlassen?«

»Immer um elf. Damit ich den letzten Zug noch bekam.«

»Und was ist an den beiden Abenden vorgefallen?«

»Ich kann doch nicht in allen Einzelheiten …«

»Hören Sie, ich will nicht wissen, was Sie im Bett getrieben haben. Sondern wann Sie gekommen sind, ob jemand angerufen hat.«

»Wir sind immer um acht hingegangen.«

Klang nach geregeltem Liebesleben.

»Angerufen hat niemand. Wusste ja keiner, dass wir …«

»War er an diesen Abenden anders? Hatte er sich ungewöhnlich verhalten? Bedrückte ihn etwas?«

»Nein. Er war sogar richtig aufgekratzt, als wäre ihm etwas Schweres von der Seele genommen worden. Ich glaube, er sagte … warten Sie, ja, er sagte, er lasse ein Buch schreiben.«

»Worüber?«

»Das sagte er nicht.«

»Und Sie haben nicht gefragt?«

»Ich dachte, sicher so was wie seine Biografie. Das macht man doch, wenn man berühmt ist.«

»Sie haben also weder gefragt, wofür die fünftausend Euro waren, noch was für ein Buch er schreiben lasse?«

»Nein. Er war doch mein Chef.«

Wer hat behauptet, es gäbe eine Frauenbefreiung? Wer immer sie war, sie kannte Doktor Meinicke nicht.

»Ach ja, ich glaube, die Fünftausend sollten für das Buch sein«, fiel ihr dann doch ein.

Jimmy 1972

»Strauß und Barzel proben eifrig für ein neues Dreiunddreißig!«

Der Zug schien endlos – und doch war es vergeblich. Mitten drin saß Jimmy in einem Lautsprecherwagen und wunderte sich. *SPD*! Er demonstrierte nicht nur mit der SPD, er agitierte für sie. Mit einem Lautsprecherwagen. Sie hatten ihm einen Wagen anvertraut. Bernd steuerte. Auch er Juso, trotz voller Skepsis gegen die offizielle SPD-Politik. Immer die SPD-Regierung angreifen; doch jetzt verteidigten sie sie. Gegen den Putsch, gegen Überläufer, die mit Posten und Pöstchen belohnt wurden, wenn sie SPD und FDP verließen und sich der CDU anschlossen. 1969, eine andere Regierung, eine SPD-FDP-Regierung. Aber es nützte nichts. Heute würde der Bundestag das Wahlergebnis für null und nichtig erklären. Und sich eine neue Regierung wählen, eine, die keine Mehrheit erreicht hatte. Wäre es nicht besser, sie würden stattdessen das Volk auflösen und sich ein neues wählen? Das Alte musste zurücktreten, es hatte falsch gewählt.

Heute würden sie Barzel zum Kanzler wählen. Die CDU hatte die Wahlen verloren und würde dennoch wieder die Regierung stellen. *Wahlen ändern nichts, sonst wären sie längst verboten*, verkündete das Spruchband, das vor ihnen hergetragen wurde.

Wahlen sind Wahlen zwischen Pest und Cholera. Nichts, was mit Demokratie zu tun hatte. Warum war Jimmy dann so empört?

Plötzlich war es doch wichtig. 1969, das erste Mal in der Geschichte der BRD, dass eine Regierung abgewählt wurde, eine neue aus Wahlen hervorging.

Einer nach dem anderen trat zur CDU über. Überläufer hießen sie, ihr Gewissen zwang sie. Das Gewissen lohnte sich in der Regel. Sechs Bundestagsabgeordnete, die als FDPler oder SPDler gewählt worden waren und jetzt für die CDU stimmten.

Heute würden sie einen neuen Kanzler wählen, egal, was sie hier auf der Straße skandierten, egal, wie viele demonstrierten, egal, was die Wähler in der Kabine ankreuzten. Das Ergebnis stand schon vorher fest. Und falls die Wahlen doch nicht so ausgingen, wie Springer und die FAZ es bestimmten, wenn diese Pankow-ferngesteuerte fünfte Kolonne – jeder, der nicht den CDU-Staat liebte, war Pankows fünfte Kolonne – wenn diese vaterlandslosen Gesellen doch mal siegen sollten; alle wussten, was dann folgte. Mit Geld kann man viel kaufen, auch Abgeordnete. Mit Pöstchen lässt sich so manches Gewissen steuern. Wahlen sind nutzlos. Sie ändern nichts.

Jimmy gab Nachrichten durch. Brüllte Parolen.

Sie würden immer siegen. Solange jedenfalls, wie man sich an ihre

Regeln hielt. Solange man brav blieb. Der Kommunismus war der Feind. Verbünden wir uns mit den Braunen. Die NPD verzichtet zugunsten der CDU auf die Wahlteilnahme, die NPD stimmt für den Kandidaten der CDU. Bald würde es eine schwarz-braune Regierung geben. Die CIA finanzierte Studentengruppen; konservative Verbindungen überschwemmten die Unis mit ihren Zeitungen, auf den NPD-Flugblättern stand die Adresse einer Burschenschaft, die sich als presserechtlich verantwortlich zeigte. Schlagende Verbindung. Wir lieben die Waffen, wir lieben den Kampf, wir lieben das Blut.

Die schwarz-braunen Reaktionäre würden nie die Macht aus der Hand geben. Wollte man etwas ändern, musste man etwas anderes tun – etwas anderes als wählen gehen.

Juli

Zurück im Präsidium holte ich das Handy heraus, klickte Svens Nummer an, öffnete mit der anderen Hand die Tür und trat auf den Gang. Da kam er mir entgegen: Der 68er. Mit einem Papierstapel in der Hand und einem Grinsen auf dem Gesicht, als wäre Dutschke gerade heiliggesprochen worden.

»Was wollen Sie hier?«

»Ich hab die Lösung«, erklärte er.

»Wieso?«, fragte Sven aus dem Handy.

»Moment, ich ruf gleich zurück«, erklärte ich Sven und klappte das Handy zu.

»Gehen wir ins Café«, schlug der 68er vor. »Dann kann ich Ihnen alles erzählen.«

»Ich bin im Dienst!«

»Schade. Ich habe nämlich das Vorwort von Mister Software zu dem Buch über den Wissmer-Mord. Und das ist sehr interessant.«

»Gehen wir in die Kantine«, schlug ich vor. Er nickte, war aber so begeistert von seiner Entdeckung, dass er bereits im Fahrstuhl ununterbrochen redete. Und was er sagte, das war nun wirklich interessant.

Die Kantine roch noch nach Mittagessen. Ich holte mir einen Kaffee, der 68er einen Himbeerkuchen, und wir setzten uns.

»Also, er muss das mitgekriegt haben«, erklärte er. »Irgendwo lebt dieser Gerd vielleicht unter anderem Namen.«

Ich brummte nur und las weiter. Dann klappte ich mein Handy auf und klickte Sven an.

»Stell fest, wen Mister Software in den letzten zehn Tagen von seinem Apartment und von seinem Handy aus angerufen hat. Und vor allem an dem Abend vor seinem Tod und an dem Abend vor dem Tod dieses Plotters. Und schau, dass wir ein Foto von diesem Plotter bekommen. Das sollen ein paar von uns in der Nachbarschaft des Apartments herumzeigen.«

»Hör mal, du Schöne, hast du nicht was vergessen?«

»Wenn du Peter meinst ...«

»Natürlich meine ich Peter. Der hat dir strikte Anweisungen gegeben und mir erst recht. Ich kann mich nicht erinnern, dass das Lesen von Vorworten oder gar ganzen Büchern dazu gehört hat. Erst recht nicht, diese Brandstiftung erneut aufzurollen oder gar Regale zu verfolgen, die ihren Besitzer erschlagen haben.«

Ich spielte meinen Trumpf aus: »Hör mal, wie es aussieht, klingt das nach RAF.«

»Erzähl das Peter beim Treffen. Da musst du sowieso gleich hin.«

Martin

Wieder saß ich der Superbullin gegenüber. Das Exposé hatte nämlich noch etwas verraten. Und deshalb hatte ich es ausgedruckt, in meine Tasche gepackt und zur Polizei getragen. Langsam wurde ich dort Stammgast.

Sie schaute nicht mehr so super drein, offenbar hatte ihr Kollege ihr einen Korb gegeben. Ihr weitere Nachforschungen untersagt, die nicht ins Konzept passten.

»Keine Sorge«, sagte ich, »wenn Sie das nicht weiterverfolgen dürfen, kann ich das ja tun. Ich bin nicht weisungsgebunden.«

»Sie sind kein Polizist«, giftete sie, »halten Sie sich da raus. Immerhin geht es mittlerweile um Mord.«

»Ich wollte schon immer mal einen Mord aufklären.«

Ihr Blick hätte selbst Dieter Bohlen die Sprache verschlagen.

Und dann wollte sie alles wissen, da Mister Software und der Plotter schweigsam geworden waren. Wie das damals war, am Küchentisch der WGs, ob da nicht doch RAFler verkehrten, was Gerd genau gesagt hatte und ob ich vielleicht mehr über Gerd wusste. Stellte sich dabei an, als wolle sie die Geschichte der Linken in den Siebzigern aufklären und ich wäre ihr Kronzeuge.

Ich hatte aber nicht in der WG von Mister Software gelebt. Den Detlev kannte ich nicht. Die endlosen Wohngemeinschaftssitzungen aber schon, die waren üblich. Alles musste begründet werden und dann wurde es hinterfragt und die Begründung stürzte ein und man musste eine neue aufbauen; und mittlerweile war es vier Uhr nachts, drei leere Weinflaschen standen auf dem Tisch und der Kapitalismus war immer noch nicht abgeschafft. Schlimmer, die Diskussionen ergaben stets aufs Neue, wie schrecklich das alles war. Die Arbeiter wurden ausgebeutet, das Kapital speiste sie mit viel zu wenig Lohn ab und schlug aus ihrer Arbeit riesige Gewinne, und trotzdem begehrten die Arbeiter nicht auf. Was sie aber doch – objektiv gesehen – mussten.

Jetzt gab es Genossen, die für den Häuserkampf eintraten. Häuser sind aber kein politisches Subjekt, wandten die Bewahrer der reinen Lehre ein, sie werden nicht ausgebeutet, sie schaffen keine Profite, sie können also auch das Kapital nicht durch Streik oder Revolution stürzen. Alles richtig, alles schwer zu widerlegen. Außer, dass die Spekulation immer mehr Menschen stank, der Kahlschlag der Innenstädte Empörung schuf, die autogerechte Stadt ganze Altbauviertel ausradierte.

Sie wollte das alles wissen und doch nicht wissen. Immer wieder unterbrach sie mich, schimpfte, argumentierte, dass das doch alles Unsinn sei.

Warum fragte sie mich dann? Ganz gleich, ob es Unsinn war oder nicht – jetzt kann man es sowieso nicht mehr ändern. Was ihr nicht passte. Und dann platzte sie mit ihrem Papa raus, offenbar war das der wunde Punkt. Die Eltern sind immer der wunde Punkt und an allem schuld. Das war 68 so und hat sich seitdem nicht geändert. Nur sind jetzt die 68er nicht mehr die Kinder, die auf ihre Zweite-Weltkrieg-Eltern schimpfen, jetzt sind sie selbst Eltern und müssen sich vorrechnen lassen, was sie alles falsch gemacht haben. Anfangs lieben Kinder ihre Eltern; wenn sie älter werden, halten sie Gericht über sie, manchmal, aber selten, verzeihen sie ihnen.

»Wollen Sie wirklich wissen, wie es damals war? Oder sich empören?«, fragte ich sie schließlich.

»Diesen Gerd … wann haben Sie den zum letzten Mal getroffen?«

Wann ich den zum letzten Mal getroffen hatte? Sie hatte nichts, aber auch gar nichts kapiert. Gerd war einer aus der Szene, die Szene traf sich, er gehörte dazu, aber ich ›traf‹ mich nicht mit ihm. Ich sah ihn vielleicht auf dem Plenum, oder in der Küche einer WG-Party beim Bierholen. Ich wusste nicht mal mehr, wie er aussah. Vielleicht hatte ich ihn auch nie gesehen? Das sagte ich ihr und das gefiel ihr nicht.

»Wer aus dem Monte war damals dabei?«, wollte sie wissen.

»Ich und Mister Software.«

»Der Plotter?«

Gott, der Plotter, der war in München, nicht in Frankfurt, und ich weiß nicht mal, was er da getrieben hat. Außer das Kapital zu studieren, versteht sich. Nein, nur wir beide waren damals in Frankfurt. Und ich nur kurz. Das sagte ich ihr auch.

»Sie mussten alles hinterfragen, nicht wahr? Zu schwach, auch mal was zu tun«, sagte sie.

Woher wusste sie das? Aber egal. Auch die RAF hatte so argumentiert.

»Ganz recht, das fand Baader auch. Nieder mit den Intellektuellen. Finden die Inkorrekten ebenfalls. Nieder mit den Intellektuellen. Im Anfang war die Tat. Wer achtet schon das Wort.«

Das gefiel ihr nicht, vor allem das mit Baader. Die Wahrheit will niemand hören. Eine Polizistin und Baader? Nie im Leben hatte sie mit dem was gemein. Sie war eine ehrbare Polizistin; die schießen gleich, die lieben die Tat. Hoch lebe sie, erst schießen, dann fragen. Noch besser, gar nicht fragen, nur schießen. Möglichst sofort. Wir sind keine entschlusslosen, von der Gedanken Blässe angekränkelten Intellektuellen, sondern Täter, die Taten sehen wollen. Gleich welche. Nur schießen. Wer schneller zieht, hat immer recht!

»Außerdem verachteten wir Konsum.« Ich musterte ihr Kostüm. »Nicht immer mit der neuesten Mode Eindruck schinden.«

»Sie sind in Parkas herumgelaufen und in Jeans. Ich weiß.« Vermutlich wusste sie auch das vom Papa. Vielleicht trug sie nur deshalb die Kostüme, die teure Lederjacke. Um den Papa zu ärgern, um ihm zu beweisen, dass sie Stil hatte. Die Geschichte straft alternde Revolutionäre mit gestylten Kindern bei den Bullen.

»Und was war mit Gerd? Ist er nun tot?«, fragte ich. »Das sollte man erst mal feststellen.«

Sie nickte. »Kommen Sie mit«, forderte sie mich auf, ging zurück in ihr Büro und suchte im Computer. Ich musste mich so setzen, dass ich nichts sehen konnte. Dann drehte sie sich zu mir um.

»Der ist tot, das sagt der Totenschein. Er stand damals schon im Verdacht wegen Wissmer, es gab aber keine Beweise und niemand wusste, wo er war. Bis die Botschaft den Totenschein bekam; er war im Euphrat ertrunken, die Leiche hatte man erst nach Wochen entdeckt. Wenn er nicht seinen Ausweis mitgehabt hätte, wäre das mit der Identifizierung schwierig gewesen. Die Akte wurde geschlossen.«

»Bagdad, da saßen doch die ganzen RAFler?«, fiel mir ein.
Sie starrte mich an.

Juli

Ich starrte ihn an. Bagdad und RAF, Bagdad und ein weiterer Mörder. Vielleicht hatte er sich einfach einen Totenschein besorgt, damit er endgültig in Sicherheit war? Bagdad war die Fluchtburg der RAF. Wenn er irgendwo eine neue Existenz bekommen konnte, dann dort. Niemand hatte an diese Möglichkeit gedacht. Aber niemand hatte bei Mord und Totschlag das Vorwort angefordert, obwohl ich Peter darauf hingewiesen hatte. Leider verachtete der Bücher.

Der 68er grinste mich breit an, als könnte er meine Gedanken lesen. Manchmal hasste ich Peter. Wenigstens das hätte er herausfinden können. Aber er hatte nicht mal jemanden darauf angesetzt.

Gut, dass ich die Bilder bei der Aktion im Monte gemacht hatte. Ich klappte das Handy auf und fragte Sven, wie weit sie damit gekommen waren.

Er hatte die Bilder nicht mal den beiden Wagenburglern zeigen lassen! Sondern alle Kräfte darauf angesetzt, die Wagenburgler als Täter zu überführen. Gab einen neuen Mercedes, der in Flammen aufgegangen war. Wobei ich keineswegs sicher war, dass die Wagenburgler dahintersteckten. Teure Autos anzünden ist ein beliebter Sport von Versicherungsbetrügern: Mein nagelneuer Wagen, liebe Versicherung, jetzt ist er nur noch Schrott. Sicher haben sie gehört, die Linken zündeln wieder und jetzt war meiner dran. Weswegen es in solchen Fällen immer ratsam war, Motor- und Fahrgestellnummer zu kontrollieren. So mancher fackelte einen alten Porsche ab, kassierte Versicherungsgebühren und verschob den neuen anschließend in die östlichen Gefilde der gelobten EU.

Das Telefon klingelte. Ein empörter Peter verlangte mein sofortiges Erscheinen in der Besprechung. Ich sputete mich. Jetzt hatte ich endlich mal was in der Hand. Er musste mir freie Hand geben. Er *musste* einfach!

Jimmy 1973

Mit dreiundzwanzig war Jimmy immer noch Jungfrau. Eine Schande; jemand, der es endlich geschafft hatte, nicht mehr Hansi gerufen zu werden, sondern Jimmy, musste auch Sex haben. Er *musste* einfach! Das gehörte dazu. Humphrey Bogart, den keine küsste, das ging nicht.

Nur war Jimmy Sex, jedenfalls Sex mit Frauen, unbekannt. Dreiundzwanzig und Jungfrau! Alle hatten sie Freundinnen, *alle*! Und alle schliefen mit ihnen! Nur er hatte keine. Das beschämte ihn zutiefst. Na gut, er hätte natürlich auch gerne mal, aber das Schlimmste war nicht die unbefriedigte Geilheit. Das Schlimmste war die Scham. Weil er nicht konnte. Und außerdem hieß kein Sex Unterdrückung und Faschismus.

Doch mittlerweile hatte er reden gelernt. Jimmy konnte in Vollversammlungen sprechen, Jimmy konnte Flugblätter formulieren, dem Kapital die Zähne zeigen und die Machenschaften der Reaktion in den Hochschulgesetzen aufzeigen. Jimmy war jemand. Kein Hansi mehr.

Eigentlich hätte es längst schon klappen müssen. Wenn er nur nicht so gehemmt gewesen wäre. Weißt du, was das bedeutet? Du bist mit einer Frau zusammen, redest, aber auch nur der geringste Hinweis darauf, dass du verliebt bist, gar, dass du Sex willst, nein, der kommt nie über deine Lippen. Nichts sagen, nichts tun. Die Schande! Wenn sie ihn abweisen würde, er würde sich nie wieder trauen, ihr ins Gesicht zu schauen. Auf Versammlungen zu gehen, auf denen sie auch war.

Dabei war er deswegen links geworden. Weil er sich eine Heimat erhoffte. Weil er dort nicht ausgelacht werden würde. Und er wurde nicht ausgelacht. Er hatte eine Heimat. Sie waren eine große Gemeinschaft, sie hielten zusammen, sie lebten nicht in repressiven Kleinfamilien. Sie würden ein neues Leben begründen, die Menschen würden in fünfzig, hundert Jahren alle in Wohngemeinschaften leben; Familie und Ehe hatten ausgedient, sie waren passé. Bei ihnen heiratete keiner.

Bis auf einen Morgen im September. Da rief ihn Bernd an. Ob Jimmy Zeit hätte? Ihm helfen könne? Ja, natürlich, ein Genosse hilft dem anderen, klar. »Komm zum Rathaus.«

Und er kam. Wäre er auch gekommen, wenn er gewusst hätte, worum es ging? Bernd wollte seine Freundin heiraten. Und dazu brauchte er Trauzeugen. Die wollte er nicht vorzeitig verschrecken, deshalb organisierte er sie im letzten Moment. Vorwürfe bekam er dennoch zu hören. So etwas tat man nicht. Das war, als ob ein Mönch mit einer Nonne ... Er blieb nicht der Einzige, der in Sünde leben wollte. Vermutlich war das ansteckend wie die Masern. Sie würden alle irgendwann heiraten; das mit den Wohngemeinschaften, der großen Gemeinschaft konnte Jimmy sich abschminken. Würden sie vielleicht ein anderes Wort dafür erfinden, um zu tarnen, was sie taten? Würden sie irgendwann sagen: »Ich lebe in anerkannter Lebensgemeinschaft«, damit sie nicht sagen mussten: »Ich bin verheiratet«?

Jimmy würde nicht dazugehören. Er stand draußen vor der Tür.

Juli

Natürlich musste Peter mir keine freie Hand geben und natürlich tat er das nicht. Natürlich war die Brandstiftung geklärt, da hatte Peter recht, die Wagenburgler hatten gezündelt, natürlich war der Plotter nicht ermordet worden, natürlich hatte der Mord gar nichts mit allem zu tun.

»Vernimm mal die Anwohner in der Mercedes-Sache!« Ich ging ohne Widerspruch, aber verdrückte mich zu dem Kanaldeckelwerfer. Der Baron kam mit. Soviel Zivilcourage hätte ich ihm nie zugetraut.

Der liebe Rudi sah bleich aus. Und saß wieder wie ein Sack in seinem Stuhl. Antriebslos. Dieter hatte ihn richtig geschildert.

Ich packte meine Geschenke aus und legte die Fotos mit den Gestalten aus dem Monte auf dem Tisch aus. Mit den neuen Digitalkameras kann man wirklich ganz unauffällig fotografieren, vorausgesetzt, man schaltet den Blitz ab. Ich hatte die Fotos um einige andere ergänzt, schließlich wollte ich die Sache wasserdicht machen. Der Baron lehnte an der Tür und stocherte mit einem Streichholz in den Zähnen herum. Was sehr ungewöhnlich war. Erstens tut ein Baron so was nicht und zweitens: Was hatte es zu bedeuten, dass der Baron nun Peter nachahmte?

»Also, mein Sohn«, eröffnete er ihm, »kennst du jemanden auf diesen Fotos?«

Rudi schaute den Baron an. »Warum?«

Ich schnaubte. »Was glaubst du, warum? Wir ermitteln in einem Brandanschlag, und mittlerweile gibt es nicht nur eine Brandstiftung, sondern auch einen Mord.«

»Ich saß in Untersuchungshaft.«

»Wir wissen, dass du niemanden ermordet hast«, salbaderte der Baron. »Also schau dir die Fotos an.«

Rudi sah weiter auf den Baron und runzelte die Stirn. »Ihr wollt Freunde reinreiten. Euch Bullen ist nicht zu trauen.«

»Verdammt, wenn wir die echten Mörder nicht finden, werden tatsächlich deine Freunde dran glauben müssen«, fauchte ich. Der Typ konnte einem den letzten Nerv rauben. Wie hielt Dieter es bloß mit solchen Leuten aus?

»Du sollst ja niemanden reinreiten. Und Freunde von dir sind sicher nicht auf den Bildern. Also kennst du wen?«

Rudi blickte schließlich auf die Fotos. »Was kommt für mich raus, wenn …«

Dann wurde er aufgeregt und zeigte auf ein Foto, das halb verdeckt am Rande lag. »Das ist er!«, stieß er hervor.

Ich schob das Foto heraus. »Das ist *wer*?«, fragte der Baron.

»Der mit dem Zweihundert-Euro-Schein!«

Das Foto war mit der Nummer acht beschriftet. Einer aus dem Monte, ein Taxifahrer, wenn ich mich recht erinnerte. Nicht alle Namen hatte ich mir aufgeschrieben. Aber das ließe sich leicht herausfinden. Hatten wir jetzt den Euro-Schein Nummer fünfundzwanzig?

»Bist du ganz sicher?«, fragte der Baron.

Rudi nickte.

»Kennst du noch jemanden auf den Fotos?«

Rudi schaute auf die Fotos. »Den da, glaub ich«, sagte er und deutete auf das Foto des 68ers.

Freitag, 5. August 2011

Martin

Um zehn war der Plotter von seinem Hocker gerutscht und hatte das Monte verlassen. Um eins war ich nach Hause gegangen, hatte mich hingelegt, war eingeschlafen und wieder aufgewacht, weil er nebenan lärmte. ›Er kam eben besoffen nach Hause‹, dachte ich. Dass er von seinem Regal erschlagen wurde – egal, ob jemand nachgeholfen hatte oder nicht – das ahnte ich nicht. Zwischen zwei und vier war er gestorben, das sagte die Gerichtsmedizin und das deckte sich mit dem, was ich gehört hatte. Das musste etwa in dieser Zeit gewesen sein.

Nur, was hatte er zwischen zehn und zwei getrieben? Mister Software getroffen, das behauptete der zumindest. Leider war er tot, und ich konnte ihn nicht mehr fragen.

Irgendetwas anderes musste der Plotter in dieser Zeit noch getan haben. Außer sich mit Mister Software über einen Krimi zum Wissmer-Mord zu beraten und dafür fünftausend Euro in Zweihundert-Euro-Scheinen in Empfang zu nehmen.

Wo war eigentlich der letzte Schein? Vierundzwanzig Scheine lagen im Kapital. Der fünfundzwanzigste fehlte. Hatte ihn jemand gestohlen? Aber warum stiehlt jemand einen Geldschein und lässt vierundzwanzig andere liegen?

Oder hatte der Plotter den Schein jemandem gegeben? Als Bezahlung? Aber was bezahlt man zwischen zehn Uhr abends und zwei Uhr nachts? Richtig, Alkohol an einer Tanke. Eine Nutte. Oder einen Taxifahrer? Die Polizisten hatten von dem Schein geredet.

Dass ihn die Wagenburgler gehabt hätten. Aber wie war er zu ihnen gekommen? Höchst unwahrscheinlich, dass der Plotter einigen Wagenburglern den Geldschein gegeben hatte.

Ha, der Plotter war schwul, hatte den Schein für einen Stricher ausgegeben und der Stricher war unglücklicherweise der aus Bagdad zurückgekehrte Wissmer- Mörder!

Das hatte nur einen Haken. Erstens hatte der Plotter nie Anzeichen von Homo gezeigt. Gut, das hieß nichts. Vielleicht war er ein gut getarnter Homo gewesen, wie so manch anderer. In der Generation war das noch nicht normal, da fiel das Outing schwer. Vielleicht war er – wirklich happy über das Geld – zu einem Stricher gelaufen und hatte es ihm gegeben. Und war mit ihm in die Wohnung zurückgekehrt, hatte sich mit ihm gestritten, was ich fälschlicherweise als alkoholisiertes Rumoren interpretiert hatte, während ihn in Wirklichkeit jemand mit den eigenen Büchern erschlagen hatte.

Oder eben doch eine Nutte. Leider stand seit dem Vorwort fest, dass der Wissmer-Mörder ein Mann war. Also keine Nutte, die früher Spekulanten meuchelte und jetzt auf den Strich ging. Wobei sie schon gut sechzig Jahre zählen musste, was auch gegen die Nuttentheorie sprach. Und ebenfalls gegen den Stricher. Wenn du plötzlich viel Geld hast und einen Zweihunderter fürs Vergnügen ausgibst, dann sollte das Vergnügen etwas jünger und knackiger sein.

Blieben also Alk oder Taxi. Vielleicht hatte er sich französischen Champagner besorgt, um seinen Erfolg zu feiern? Und war gar nicht ermordet worden? Aber wer hatte dann Mister Software umgelegt und vor allem: Warum?

Ich kaute an meinem Bleistift. Das brachte mich auch nicht weiter.

An der Ecke zur Haslacher gab es eine Tanke und weiter oben Ecke Stühlingerstraße auch. Also ging ich hin. Ecke Stühlingerstraße hatte jemand Dienst gehabt, der jetzt nicht mehr dort arbeitete. Aber die Bedienung kannte seine Adresse. Und wie der Teufel es will, wohnte der Mann direkt im Apartmentblock neben mir. Den Film der Videokamera herauszugeben, weigerte sich die Dame. Da würde ich die Superbullin drauf ansetzen.

Ecke Haslacherstraße stellte sich heraus, dass die Tanke an besagtem Abend bereits um zehn dichtgemacht hatte.

Juli

»Prima! Hervorragend! Juli, ich beglückwünsche dich!«

Peter fuchtelte mit seinem angekauten Zündholz unter meiner Nase herum.

»Erst tust du dich mit dem Hauptverdächtigen zusammen und jetzt willst du alle unsere Ermittlungen auf den Kopf stellen! Was glaubst du, was die Linke sagt, wenn sich herausstellt, dass alle unsere Erkenntnisse über die Wagenburgler gar nicht stimmen?«

»Aber wir wissen doch wirklich nicht genau …«

»Ja, ja, die armen Wagenburgler, wir wissen nicht, ob sie wirklich schuldig sind. Vielleicht gibt es den großen Unbekannten doch? Und unsere armen, armen Jugendlichen haben sich verführen lassen, einen Kanaldeckel in einen Laden zu werfen, dabei wollten sie doch nur spielen. Woher sollten sie wissen, dass das verboten ist? Die müssen wir ein wenig tadeln, dann tun sie das nie wieder.«

»Rudi und Sonja haben den Typen erkannt. Taxifahrer, Hans Brozat und …«

»Und er hat die armen Wagenburgler verführt, ich weiß. Die ja ansonsten keiner Fliege was zuleide tun. Wagenburg heißt Frieden, ich weiß.«

»Wir müssen das checken«, mischte sich der Baron ein, und ich wunderte mich darüber. So eindeutig Stellung zu beziehen, davor schreckt er zurück. Das tut man in Deutschland nicht, davon ist er fest überzeugt. Und hat er damit nicht recht?

Peter warf die Hände in die Luft.

»Zwei Verrückte im Dezernat. Heiliger Derrick, womit habe ich das verdient?«

»Heute Morgen ist schon wieder ein Mercedes abgefackelt worden.« Sven hielt es offenbar für nötig, uns daran zu erinnern.

»Wir haben alle Mann im Einsatz«, sagte Peter – »Alle Frau auch«, erinnerte ihn Karin, die gerade hereinstürzte. »Heute Nachmittag um zwei Uhr haben die Wagenburgler eine Gegendemo angekündigt.«

Das hatte gerade noch gefehlt. Jetzt war nicht mehr daran zu denken, dass irgendein Polizist Zeit für die Brozat-Sache hatte. Ganz zu schweigen von diesem 68er, den die beiden Hübschen auch erkannt hatten. Auch wenn sie nicht behaupteten, dass er sie zum Kanaldeckel-Weitwerfen angestiftet hatte. Silja verweigerte natürlich die Auskunft. War der 68er möglicherweise beteiligt? Hatte er sich mit seinen Behauptungen zu dem angeblichen Mord nur eine weiße Weste holen wollen? Immerhin hatte er vom Tatort den defekten Laptop entwendet. Bei der Gelegenheit hätte er leicht auch die Exposésammlung verschwinden lassen können. Er wusste, dass der Computerladen die Festplatte reparieren wollte. Er wusste, dass Mister Software zuletzt mit dem Plotter geredet hatte. Eigentlich war er verdächtig.

Ich öffnete das Handy und rief die Taxizentrale an. »Wir brauchen alle Fahrtdaten vom zweiundzwanzigsten Juli und vom vierten August«, verlangte ich. »Welche Fahrer, wohin, wann.« Die Dame dort war nicht begeistert, versprach aber, uns eine Liste zu faxen.

»Juli, schon Alzheimer?«, fragte Peter.

Ich hob fragend die Augenbrauen.

»Ich bin dein Chef«, brüllte er los, »hast du aber offenbar vergessen. Fünfunddreißig ist ganz schön früh für Alzheimer. Du bist nicht mehr Mitglied der Mordkommission, du ermittelst wegen der Brandstiftungen. Deshalb gehst du sofort in die Stadtstraße, sprichst dich mit Sven ab, und ihr interviewt die Anwohner. Alle! Und ich will dich erst wieder sehen, wenn das erledigt ist. Vielleicht hat doch einer gesehen, wer sich in der Nacht an dem Mercedes vergriffen hat.«

»Kein Wagenburgler«, feixte Sven. »Vermutlich war es jemand, der nur das Bruttosozialprodukt steigern wollte und die Nachfrage nach Mercedeswägen.«

»Raus!«, brüllte Peter. »Alle! Wen ich die nächsten Stunden noch hier sehe, der kriegt einen Eintrag in die Personalakte. Und das gilt besonders für dich, Juli!«

Wir schwangen die Hufe. Die Kavallerie rückte aus, die bösen Rothäute festzusetzen.

Jimmy 1975

Dann kam der Brief. Zehntausend Mark. Warum hatte sie ausgerechnet Jimmy das Geld vermacht, nicht ihren Enkeln und ihrer Tochter? Gut, die bekamen natürlich das Haupterbe, aber Zehntausend hatte sie für Hansi bestimmt. Patentantenpflicht; doch muss man auch missratene Patenkinder bedenken?

Natürlich gehörte es sich nicht, Vermögen anzuhäufen. Sammelt Schätze im Himmel, wo sie die Ratten und Motten nicht fressen können, nicht hienieden auf Erden, wo sie dem Kapital dienen und Banken sie in Aktien anlegen, bei Thyssen, Krupp und Siemens, überall, wo man sie in Waffen verwandeln kann.

Sebastian hatte die Hundertfünfzigtausend seiner Mutter zur Hälfte dem Vietcong, zur anderen Hälfte der Roten Hilfe gespendet.

Aber Sebastian war Teil der Szene. Alle kannten ihn, alle hörten ihm zu. Er hatte Frauen.

Jimmy nicht.

Sebastian redete über Gefühle, über bourgeoise und die eigenen, die natürlich nicht bourgeois waren. Sondern revolutionär. Die einer entwickelten Persönlichkeit. Manchmal weinte er auch. Als

Maria ankündigte, nach Berlin zu gehen, zum Beispiel. Weil Sebastian schon wieder etwas mit einer anderen hatte, diesmal mit Elfi. Weil Maria das nicht mehr aushielt: »Ganz egal, was ihr sagt, ich halte das nicht aus!« Und weg war sie.

Jimmy bewunderte sie. Dass sie das so sagen konnte. Dass andere soviel sagen konnten. Er hätte sich das nie getraut. Er hatte ihr zugestimmt, als sie sagte, sie halte das nicht mehr aus, sie zöge jetzt nach Berlin.

Hatte nicht gesagt: »Lass den Affen sausen, geh mit mir. Dann musst du nicht nach Berlin!«

Das hätte er gerne gesagt, als sie allein in der WG-Küche saßen, Maria weinte und er sie tröstete.

»Mit dir kann man gut reden«, schnüffte sie.

Mit ihm konnte man *nicht* gut reden. Weil er nicht sagen konnte, was er sagen wollte. Er konnte es einfach nicht. Als ob er immer noch Hansi wäre. Stattdessen trug Jimmy ihre Kisten und Koffer die Treppe hinunter zum Auto, zerlegte mit Schraubenzieher und vielen Flüchen zusammen mit Heiner ihr Regal und ihren Kleiderschrank, und umarmte sie zum Abschied, wie alle anderen auch. Gemeinsam winkten sie ihr nach.

»Was für ein Arschloch«, sagte Inge.

Inzwischen weinte auch Elfi, weil Sebastian noch eine Dritte hatte.

»Warum kann er nicht die Finger von den Frauen in seiner WG lassen?«, knurrte Heiner.

Dann gingen sie hoch.

Jimmy blieb unten stehen, schaute dem Wagen nach, der rasch um die Ecke bog, schaute und schaute, und plötzlich musste er weinen. Schnäuzte sich die Nase, wischte sich die Augen aus und ging in den Fraunhofer. Es war sieben Uhr abends, die Autobahn würde frei sein, und Maria wäre morgens endgültig in Berlin.

Im Fraunhofer bestellte er Rotwein und trank bis er nicht mehr konnte. Starrte auf das Plakat, das *Herzkasperl* mit Jörg Hube im

Hinterzimmer ankündigte. Das war der Insidertipp, hieß es; kurz überlegte Jimmy, ob er sich eine Karte kaufen sollte, ließ es aber. Er wollte seine Trauer ersäufen, nicht lachen. Und das geht besser allein.

Gott sei Dank war keiner da, den er näher kannte. Obwohl einige ihn grüßten. Einer kam sogar zu ihm und fragte: »Was'n los?«

Er schüttelte bloß den Kopf.

»Wenn du reden willst, wir sitzen da hinten.« Er blieb stehen und wartete, aber Jimmy sagte nichts und schließlich ging er kopfschüttelnd.

Mit Tante Johanna hatte er auch selten geredet. Sie war Bauingenieurin gewesen, eine der ersten in Deutschland. Ihrem Vater hatte sie erzählt, sie würde auf Lehramt studieren. Es gab einen riesigen Knatsch, als es aufflog, aber sie hatte Glück: Sie konnte die Prüfung machen, bevor die Nazis an die Macht kamen. Später wurden Frauen an den meisten Ingenieur-Fachhochschulen nicht mehr angenommen.

Sie bekam sogar das Bundesverdienstkreuz, weil sie in einem Frauenverein, bei den Soroptimistinnen aktiv war. *Frauenverein*!

Und sie hatte Jimmy zehntausend Mark vermacht. Einfach so.

Durfte man von einer Reaktionärin Geld annehmen? Durfte man überhaupt erben? So ganz ohne Verdienst?

Martin

»Ja, da war ein Taxi und so'n Typ mit Sektflasche.«

Der Tankwart konnte sich erinnern, kein Wunder, es war sein letzter Tag gewesen, sie hatten ihn gefeuert. »Sind sowieso nur noch Vierhundert-Euro-Leute angestellt und die wechseln laufend«, erklärte der Mann. Sein Gesicht war rot und er sah aus wie fünfzig – aber gut möglich, dass er erst fünfunddreißig war. Wer hier in den Wohnblocks wohnte, war entweder Student oder gescheitert: Gescheiterter Tankwart oder gescheiterter Plotter.

»Aber den Sekt hat er nicht bei Ihnen gekauft, oder?«

»Nö, ich hatte ja schon zu. Um elf Uhr wird dichtgemacht; bis ich fertig war, war Mitternacht vorbei. Und dann bin ich eben nach Hause und da stand die Taxe vor der Nachbartür.« Er deutete mit dem Kinn dorthin, wo der Eingang war.

»Der hatte keinen Sekt mehr nötig, der war schon ziemlich dunn. Beim Aussteigen wäre er beinah gestolpert. Er grüßte mich mit der Sektflasche. Und sang, irgendwas mit ›Tschau, Tschau‹. War aber nicht *Tschau, tschau Bambina*.«

»*Bella Ciao*?«, erkundigte ich mich.

Der Mann zuckte mit den Schultern.

»Woher soll ich das wissen? Ich kenn nicht jedes verdammte italienische Lied.« Ganz zweifelsohne kein Sohn der siebziger Jahre, der *Bella Ciao* mit der Muttermilch aufgesaugt hatte.

»Erinnern Sie sich an die Taxifirma?«

Er zuckte wieder mit den Schultern. »Merken Sie sich von jedem Taxi, das Sie sehen, was für eine Firma es ist?« Immerhin konnte er mir den Fahrer beschreiben: Schnäuz, Halbglatze, graumelierte Haare. Wie viele solcher Taxifahrer gab es in Freiburg? Zu viele, ohne Zweifel. Und der Plotter war vor mir in die Wohnung zurückgekommen. Als der Lärm nebenan losging, musste er schon längst zu Hause gewesen sein. Der Lärm war nicht der verspäteten Rückkehr geschuldet.

»Und der Fahrer«, fragte ich, »ist der mit hoch?«

»Ne, der Fahrer ist nicht mit hoch. Warum sollte er?«

Also negativ. Wer immer der Fahrer war, der den Plotter um Mitternacht nach Hause gebracht hatte, er war ihm nicht gefolgt. Immerhin wusste ich jetzt, wann der Plotter zurückgekommen war. Viel früher als erwartet, aber hackedicht und mit noch einer Flasche in der Hand. Zum Feiern. Mit wem hatte er dann gefeiert, wer war bei ihm, als es um zwei Uhr nachts den Lärm nebenan gab, der mich weckte?

»Ach ja«, sagte der Mann, als er die Tür beinahe schon geschlossen hatte. »Am Taxi war ein Aufkleber. So was wie ›Mars bringt verbrauchte Energien zurück‹. Nützt ihnen aber wohl auch nichts, oder?«

Und ob mir das was nützte. Mars war vermutlich der Vorletzte, der den Plotter lebend gesehen hatte.

Ich machte mich auf den Weg.

Juli

»Haben Sie Leute auf der Straße gesehen?«

»Na, der Mike ist aus der Tür geschossen wie eine Löwin, die ihre Jungen verteidigen will. Und ›Nein, nein!‹ hat er gebrüllt. Dann stand er vor dem Auto und starrte in die Flammen – und plötzlich dreht er um, rennt zurück ins Haus und kommt mit nem Feuerlöscher zurück. Ganz klein das Ding, und ich dachte gleich, dass das sinnlos wär. Es hat auch nur zehn Sekunden oder so Schaum verspritzt, und er hat nicht mal die Motorhaube damit löschen können. Aber dann tutete es schon und die Feuerwehr rauschte an und die haben alles unter Schaum gesetzt, und so schnell, wie's angefangen hatte, war's auch schon vorbei.«

»Haben Sie sonst noch wen gesehen? Jemanden, der wegläuft? Oder zuschaut?«

»Ja, ich glaube, da hinten um die Ecke in die Damengasse; da sind zwei gelaufen oder drei. Sahen sehr kahl aus, waren vermutlich Glatzen.«

Prima, das würde Peter freuen. Nicht nur die Wagenburgler als mögliche Täter, und laut Inkorrekten auch die Islamisten, sondern vermutlich ebenso die Inkorrekten selbst. Obendrein waren jetzt auch noch die Glatzen im Spiel. Langsam wurde das ein Familientreffen aller Radikalen.

»Würden Sie die wiedererkennen?«

»Na ja, vielleicht.«

Ganz sicher nicht, die Damengasse war über hundert Meter weg und so weit leuchtet kein brennender Mercedes.

»Herzlichen …«

Da klingelte das Handy. Und die Tante von den Taxis war dran. Sie war ganz aufgeregt – vermutlich auch eine, die begeistert ist, mal in einem echten Mordfall aufzutreten.

»Ich hab was«, verkündete sie stolz. »Wir haben die Termine nachgesehen, und wissen Sie, wo Mars am Freitag vor einer Woche war?«

»Ist was passiert?«, erkundigte sich der Wohnungsinhaber, leicht beleidigt, dass er plötzlich nicht mehr im Zentrum des Interesses stand.

»Danke, nein, Sie haben mir sehr geholfen«, und ich zog die Tür von außen zu.

»War das alles?«, fragte die Taxitante enttäuscht. »Sie wollen gar nicht …«

»Doch, doch«, beruhigte ich sie. »Ich habe nur einen Zeugen verabschiedet.«

»Ach so. Dann brauchen Sie die Informationen vermutlich gar nicht mehr?«

»Aber sicher doch, Sie spannen mich ja ganz schön auf die Folter.«

Das gefiel ihr.

»Mars, äh … Hans Brozat meine ich, also der hat damals, vom Zweiundzwanzigsten auf den Dreiundzwanzigsten, eine Fuhre von der Schwarzwaldstraße zur Eschholzstraße gefahren. Um null Uhr dreißig war er fertig. Und danach, da hatte er eine Fuhre vom Augustinerplatz nach Ihringen. Gegen zwei Uhr nachts hat er sich für eine Stunde abgemeldet, Essenspause. Weiß nicht, wo er gegessen hat, so spät ist kaum noch was auf.

»Das notieren Sie alles, auch wenn jemand mal Pause macht?«

Sie lachte. »Nein, ich hatte in der Nacht Dienst. Und hab mich eben gewundert, wo er so spät was zu Essen hergekriegt hat. Vermutlich bei McDonalds im Bahnhof. Gestern Nacht, vom Dritten auf den Vierten, war wenig los, aber um zwei hatte er eine Fuhre ins Vauban. Danach hat er sich wieder abgemeldet für eine Stunde. Seltsam, das hat er nur in den beiden Nächten getan.«

Ich notierte die Daten.

»War der jetzt der Täter? Von …«, fragte sie neugierig.

»Nein, nein, aber ein wichtiger Zeuge.«

Um Gottes willen, hoffentlich posaunte die nicht überall herum, dass ich Hans Brozat verdächtigte. Vorläufig hatten wir noch gar keine Beweise, und dem sauberen Herrn wollte ich erst mal ganz unverbindlich auf den Zahn fühlen.

Jimmy 1975

Tagelang konnte er sich nicht entscheiden. Dann stand er eines Morgens auf, ging zur Sparkasse, verwandelte dreitausend Mark in Reiseschecks und den Rest in ein Postsparbuch, und um elf stellte er sich zu den Trampern an die Autobahn Richtung Österreich. Einen kleinen dänischen Reiseführer über die Indienroute hatte er auch. Aber keine Impfungen.

Abends war er in Klagenfurt, nahm gleich den Personenzug durch den Loibltunnel, in Ljubljana einen Nachtzug, der ein Spottgeld kostete, und am Morgen stellte er sich in Nisch an die Straße nach Sofia.

Er wartete den ganzen Tag. Am Nachmittag gab er auf und ging wieder zum Bahnhof. Ticket nach Sofia, und dort stand er dann, am Bahnhof in Bulgarien, mitten in der Nacht. Da kannst du mit Frauen schlafen, hieß es, du musst ihnen nur ein Essen zahlen. Aber keine Frau kam auf ihn zu und fragte, ob er ihr ein Essen zahlen und mit ihr schlafen würde.

Trotzdem strich er um den Bahnhof herum, kam sich schlecht vor, lachte darüber, und schließlich ging er wieder in den Bahnhof, studierte die Fahrpläne, die kyrillisch waren.

Irgendwann fuhr ein Zug ein. Und das, was auf dem Zug stand, klang nach Istanbul. Er fragte Leute, die einstiegen, sie schüttelten den Kopf. Dann sagte jemand »Yes!«, und ihm fiel ein, dass sie in Bulgarien beim Ja den Kopf schütteln, beim Nein nicken. An der Grenze wurde er kontrolliert, etliche Zöllner redeten auf ihn ein und deuteten in den Pass, konnten aber kein Deutsch. Zum Glück.

Jimmy wusste natürlich, dass er bei der Einreise kein Visum bekommen hatte. Weil er nach Sofia fuhr, und Visa nur für die Durchreise verlangt wurden. Wenn man weniger als achtundvierzig Stunden in Bulgarien blieb. Das Visum kostete natürlich. Einer der wenigen Fälle, in denen Kommunisten Geschäftssinn verrieten.

Er hätte einen Tag in Sofia bleiben müssen, dann hätte er kein Visum gebraucht.

Ihm war das egal. Er deutete auf den Stempel im Pass, erzählte auf Deutsch, dass ihn die Zöllner den reingestempelt hätten, und das doch okay gewesen sei. Dass er genau wusste, dass er eigentlich ein Visum für fünfundzwanzig Mark benötigt hätte, sagte er natürlich nicht. Sie hätten es auch nicht verstanden. Was für ein Glück.

Dann wurden die Zöllner es leid. Sie holten ihn nicht wie befürchtet aus dem Zug. Auch sie mochten dreckige Hippies nicht, und sich weitere Arbeit aufzuhalsen, indem sie einen festnahmen, einen Dolmetscher besorgten, Protokolle schrieben, dazu hatten sie keine Lust. Sie ließen ihn fahren.

Er war stolz. Endlich hatte er etwas riskiert. War nicht ganz so feige. Tat nicht alles, was von ihm verlangt wurde. Hatte auf die Gesetze geschissen. Das war gut.

Der Zug schlich durch Thrakien. An der Grenze war es noch dunkel gewesen. Bis er in Istanbul war, war es zwölf. Er schaute am *Pudding Shop* – dem Treffpunkt aller Orient-Hippies – vorbei, wollte aber weiter. Keine Hagia Sophia, kein Stambul; stattdessen in einem endlos langen Zug durch endlos lange anatolische Steppen, auf den Bahnhöfen schnurrbärtige Männer mit riesigen Pappkartons, die mit deutschen Plastiktüten gesichert waren. Nach vierzig Stunden in Erzurum ein Hotel, das siebzig Pfennig kostete und sieben Schläfer in einem Zimmer bot. Einer legte immer wieder seinen Fuß auf Jimmys Kopfkissen und er musste ihn stets aufs Neue wieder runterschieben.

Vorbei am Ararat, Noahs Arche war hier gestrandet, aber jetzt lag alles meterhoch unter Schnee. Und dann der Schah.

Wie renoviert man eine Oase?

Bald sollte er es wissen.

Martin

Mars war zu Hause und öffnete auch sofort. »Was willst du denn hier?«, fragte er erstaunt.

»Lad mich erst mal zum Kaffee ein, dann sag ich es dir.«

Er lachte und ging in die Küche. Ich folgte ihm. »Also?«, fragte er, während er Kaffee in den Automaten füllte. Der Geruch allein machte mich schon wacher.

»Du hast nie erzählt, dass du am letzten Abend den Plotter nach Hause gefahren hast.«

»Wieso?«

»Jemand hat gesehen, wie er stockbesoffen aus deinem Auto gekraxelt ist.«

Mars haute die Kaffeedose laut auf das Küchenbord. »Na und? Den hat sein Regal erschlagen, nicht ich.«

»Du warst ja auch nicht bei ihm oben.«

Er schaute mich verwirrt an.

»Hat der Tankwart von der Tanke an der Eschholzstraße gesehen. Du bist sowieso nicht verdächtig.«

Er entspannte sich sichtlich, goss Wasser in den Automaten und fragte: »Und warum erzählst du mir das alles?«

»Weil mich der Plotter immer noch verfolgt.«

»Das habe ich gemerkt. Seit dem Tag redest du von nix anderem mehr. Hetzt uns sogar die Polizei auf den Hals.«

»Mich beschäftigt das eben. Er hat mit einem Zweihundert-Euro-Schein gezahlt?«

Plötzlich wurde Mars wütend. »Na und? Muss ich mich deshalb entschuldigen? Der kann zahlen, wem immer er will, was immer er will.«

»Was hat er denn zu seiner ungewohnten Spendabilität gesagt?«

»Na was schon? Dass er jetzt ein Buch schreibt, dass er dafür Geld bekommen hat ... und einen Sekt hat er sich an der Tanke in der Schwarzwaldstraße geholt. Dort hat er mich auch erwartet, er hatte in der Zentrale ein Taxi angefordert. War ganz überrascht, als er mich im Taxi sah.«

Er hatte jetzt der Kaffeemaschine den Rücken zugedreht, lehnte sich an das Bord, die Hände links und rechts an den Rand abgelegt. Als sollten sie ihn stützen.

»Und was hat er dir erzählt?«

»Hab ich doch gesagt.«

»Ich meine über das Buch? Was für eins wollte er schreiben?«

»Na, das mit den Musels und den Katholiken. Reiner Schwachsinn. Christen sind für Musels nur Dhimmi, Menschen zweiter Klasse. Da gibt es kein Miteinander.«

Dazu wollte ich nichts sagen. Er schaute mich erwartungsvoll an, aber ich schwieg weiter. Das schien ihn zu beunruhigen, und er fuhr fort:

»Das mit dem Wissmer-Mord war doch ein anderer Plot. Den hatte er viel früher entworfen, der entwarf doch ständig Plots. Und der Verlag hat erst jetzt reagiert und geschrieben.«

Das war möglich, Verlage brauchen Monate, um auf eingesandte Manuskripte zu antworten. Andererseits war sicher, dass Mister Software dem Plotter an seinem letzten Abend fünftausend Euro in die Hand gedrückt hatte.

»Ich hab ihn jedenfalls nicht umgelegt, ich hab ihn bloß nach Hause gefahren. War eh so betrunken, dass er nicht mehr viel Verständliches sagen konnte.«

»Und er hat nichts davon erzählt, dass er sich noch mit jemandem treffen wollte?«

»So besoffen, wie der war, konnte der sich mit niemandem mehr treffen.«

Dann wurde er unruhig, schaute mich nicht mehr an und sagte: »Warte mal, da war noch was. Irgendwer soll ihm einen Drohbrief geschickt haben. Wegen der Muselgeschichte, das hat er noch erzählt. Aber vielleicht hat er auch schon weiße Mäuse gesehen.«

Der Kaffee duftete verführerisch. Mars aber schien ihn nicht zu riechen.

»Krieg ich meinen Kaffee?«, erinnerte ich ihn.

»Klar doch, klar«, sagte er ganz hektisch, drehte sich um, holte zwei Tassen aus dem Schrank, was nur unter lautem Geklapper vonstattenging, und stellte sie vor die Maschine. Er goss beide voll bis beinahe zum Rand. Beim Transport zum Tisch liefen beide über. Ich ließ die Tasse stehen, blies vorsichtig über sie, damit sie abkühlte ohne überzuschwappen.

»War das alles?«, fragte Mars.

Ich wollte ihm antworten, aber da klingelte sein Handy.

Juli

Im zweiten Stock bremste mich Sven, als ich die Treppe hinabfegte.

»Spinnst du? Peter schlägt dich persönlich ans Kreuz, wenn du hier deine Vernehmungen nicht zu Ende führst.«

»Der Taxifahrer hatte sich zur Tatzeit abgemeldet. Für eine Stunde. Genug Zeit, die Wagenburgler in die Haid zu kutschieren und nach getaner Arbeit die Mollies zu werfen.«

»Der Taxifahrer läuft dir nicht davon, den kriegen wir morgen auch noch. Und allein kannst du da sowieso nicht hin. Wenn der es wirklich war, dann hat er bereits mindestens einen umgelegt.«

»Sven, bitte …«

»Nein. Ganz klares Nein. Ich gehe jetzt nicht mit dir dahin.«

»Wenn wir schnell sind, können wir in der Wohnung vielleicht noch was sicherstellen. Bevor der nochmal ein Großreinemachen veranstaltet.«

»Der hat doch schon längst alles beseitigt.«

»Du weißt doch, wie die Leute sind. Wenigstens die Chance sollten wir nützen. Wenn die Kapuzenmänner irgendwas finden, das sie auch im Laden entdeckt haben ...«

»Der Laden war völlig ausgebrannt.«

»Kapuzenmänner finden immer was! Sven, wir ...«

»Nein!«

»Sven ...«

»Okay, weil du es bist.« Er kramte sein Handy hervor, und ich glaubte es nicht: Er drückte auf die Einsertaste!

»Peter, Juli hat was. Der Typ, den die beiden Wagenburgler identifiziert haben, der war ...«

Peters Stimme schrillte bis zu mir, obwohl Sven den Lautsprecher abgeschaltet hatte. Aber ich wusste auch so, was Peter sagen würde.

»Wenn wir schnell sind, finden wir bei dem in der Wohnung oder im Taxi vielleicht was.« Sven schaltete den Lautsprecher ein und ich konnte Peter im Original hören.

»Wollt ihr die Wagenburgler laufen lassen? Die haben den Kanaldeckel in den Laden geworfen. Die sind dran, die kriegen den Warnschuss, den sie so dringend brauchen. Willst du, dass die uns weiter auf der Nase rumtanzen? Dass sie Bewährung kriegen, weil die armen, armen verführt worden sind?«

Er hatte ja recht. Wenn die nur den Kanaldeckel geschmissen hatten, weil ihnen jemand zweihundert Euro geboten hatte, würde die Richterin vermutlich vor Rührung Bewährung aussprechen. Oder ein paar Stunden soziale Arbeit. Dieter würde das freuen. Mich nicht. Irgendwann muss man auch mal ernst machen, zeigen, dass die Gesellschaft bestimmte Dinge nicht toleriert.

Aber so wie's aussah, hatten sie nun mal den Laden nicht abgefackelt. Sondern sich Geld fürs Kanaldeckelwerfen zahlen lassen.

Sven schaltete das Handy aus. »Du hast es gehört.« Er zeigte mit dem Daumen nach oben. »Also zurück an die Arbeit.«

»Sven ...«

»Tut mir leid, Juli. Aber die Kapuzenmänner hättest du so oder so nicht bekommen. Also versuch's gar nicht erst.«

Ich schlich wieder nach oben. Warum zum Teufel geht man zur Kripo, wenn man nichts aufklären darf? Ich hätte doch Notarin werden sollen. Jeden Tag Verträge beglaubigen, Hausverkäufe, bei denen jeder weiß, wie das Haus aussieht und niemand dir vorschreibt, wie du es zu sehen hast.

»Hallo«, die Tür öffnete sich, der Mann lugte heraus, der mir vorher das mit den Glatzen erzählt hatte. »Mir ist noch was eingefallen.«

Ihm war noch was eingefallen! Toll! Die Russenmafia? Oder ...

»Da ist ein Taxi ziemlich plötzlich losgefahren. Mit quietschenden Reifen.«

»Haben Sie die Nummer aufgeschrieben?«

Hatte er natürlich nicht.

»Aber am Heck klebte ein Aufkleber.«

»Was stand drauf?«

»Da hab ich nicht drauf geachtet. Schließlich stand ja Mikes Wagen in Flammen, wer achtet da auf Taxis.«

Augenzeugen sind das Vergnügen jedes Polizisten. Vor allem wenn sie Aussagen machen, die einem jeder Verteidiger um die Ohren hauen wird.

»War es was mit ›Mars‹?«, fragte ich.

»*Mars*?«

»Schon gut.« Eine Hoffnung weniger.

»Der arme Mike. Der ist völlig traumatisiert.«

»Er war doch versichert, oder?«

»Schon, schon. Aber er war so stolz auf den SLK. Er hatte ihm schon einen Namen gegeben. Jodie, nach Jodie Foster.«

»Und jetzt ist sie tot.«
»Wie bitte?«
»Jetzt ist sie abgebrannt. Jodie Foster meine ich.«
Der Mann nickte traurig und seufzte. Das Leben ist hart.

Martin

»Was?«, brüllte Mars. »Die haben tatsächlich ...? Okay, okay, ja, ich mach meine Zeugenaussage.«

»Wer war das?«, wollte ich wissen.

»Schnauze«, bellte er, riss eine Schublade auf und griff hinein.

Was er herausholte, war eine Pistole. Und die richtete er auf mich.

»Hände hoch!«

»Hey, was soll das?«

Er zog den Abzug und ich hörte erst den Knall, dann fühlte ich einen Schlag, der mich beinahe herumdrehte. Dann erst kam der Schmerz. Die Pistole knallte noch einmal, der Stuhl fiel um und Holz splitterte vom Buffet. Ich griff mit der Linken an meinen Arm. Das Hemd färbte sich rot.

»Bist du verrückt geworden?«

»Du hast mich verpfiffen«, erklärte er und sein Gesicht war rot vor Wut. »Du feiges Arschloch hast nicht nur die Bullen ins Monte geholt, du hast auch mich verpfiffen.«

Drehte er durch? Ich presste die Hand fest um den Oberarm und hoffte, dass sie die Blutung stillen könnte. Sonst würde ich sterben. Jedenfalls, wenn er eine Ader getroffen hatte. Was für ein alberner Tod! »Ich hab dich nicht ...«

»Die Bullen sind hinter mir her. Sie suchen mich. Aber mich kriegen sie nicht! Mich haben sie noch nie gekriegt!«

Er winkte mit dem Lauf der Pistole zu Flurtür. »Raus, aber langsam.«

Ich ging auf den Flur.

»Hände über den Kopf«, brüllte er plötzlich, als sei ihm eingefallen, dass man das im Krimi so machen muss.

»Geht doch nicht«, sagte ich. »Ich blute …«

Weiter kam ich nicht. Er drückte noch zweimal ab.

Ich hob wenigstens den linken Arm und hoffte, dass ihm das genügen würde.

Er hieb mir mit dem Griff auf den rechten Arm. Ich schrie auf, stolperte, aber konnte mich noch fangen.

»Ins Klo!«, befahl er.

Als ob ich wüsste, hinter welcher Tür hier das Klo war.

»Da links«, sagte er. Vorsichtig senkte ich die Linke und öffnete die Tür.

»Setz dich auf die Brille! Und gib mir dein Handy!«

Beides tat ich gehorsam, umklammerte wieder die Wunde und überlegte, ob ich hier lebendig rauskommen würde.

Er zog mit der Linken den Schlüssel ab. Seine Rechte richtete den Pistolenlauf auf mich. So hektisch, wie er das tat, würde er gleich wieder abdrücken. Aber ich hatte Glück, er zog den Schlüssel ab, donnerte die Tür zu und drehte den Schlüssel im Schloss.

»Verdammt, was soll das?«, fragte ich.

»Deine Bullin hat die Taxizentrale angerufen. Und die blöde Kuh hat ihr alles erzählt.«

»Da kann ich doch nichts für.« Aber ich wusste, dass es jetzt egal war, wofür ich was konnte und wofür nicht.

Jimmy 1975

Gerade war die Ölkrise nach dem Jom-Kippur-Krieg zu Ende und die Ölpreise stiegen ins Unendliche. In Deutschland führte die sozialliberale Koalition autofreie Sonntage ein, um Sprit zu sparen. Plötzlich war der Westen nicht mehr ganz so unbesiegbar. Plötzlich war der Schah Herrscher eines Landes mit gigantischen Deviseneinnahmen.

Also rollten die Bagger an. Du lässt sie breite Schneisen quer durch die Oase schlagen. Von Ost nach West, von Norden nach Süden. In der Mitte, wo die beiden Schneisen sich treffen, baust du einen großen Platz mit einem Rondell in der Mitte. Die Schneisen werden mit vierspurigen Straßen gefüllt.

Es gibt in der Oase nur vier Autos? Macht nix, hier geht es um die Moderne, und die muss jeder sehen.

Außerdem hat das Rondell noch einen Vorteil. Dort passt ein Denkmal hin, ein großes Denkmal.

Von wem?

Wie kannst du nur fragen, wir leben in einem Kaiserreich! Vom Schah-in-Schah, dem König der Könige natürlich. Etwa fünf Meter hoch, und weil der Kaiser Fortschritt verordnet hat, zeigt ihn das Denkmal, wie er fortschreitet. In den Himmel natürlich.

Die Lehmhäuser am Rand der Strasse lassen sich mit großen Fensterfronten verglasen. Zwar heizt das die Innenräume auf, und Klimaanlagen kann sich keiner leisten, nicht 1975 im Iran. Doch für den Fortschritt muss man Opfer bringen. Zeigen wir, dass wir modern sind.

Mehr benötigen wir nicht. Das ist schließlich Fortschritt genug.

Und wenn es Hippies gibt, die auf der Route von Istanbul nach Indien über den Iran reisen müssen? Verdächtig, aber verhindern können wir es nicht. Schließlich sind wir mit den Heimatländern befreundet. Wir wollen zeigen, dass wir nicht der Ostblock ist. Sie dürfen kommen. Allerdings lassen wir die Polizei antreten, wenn sie mit Einheimischen das Gespräch suchen.

Meist ist das aber nicht nötig. Die Hippies bleiben unter sich wie die Touristen auf dem Teutonengrill am Mittelmeer. Sie haben eigene Hotels mit eigener Hippiemusik, eigene Busse, und interessieren sich nicht für den Iran. Ab und zu erklären sie, dass sie den Schah nicht mögen. Ach Gott, solange sie das auf Deutsch tun – wen kümmert das schon?

Wenn sie mit Einheimischen reden, müssen wir natürlich einschreiten. Obwohl Einheimische sowieso nichts sagen, SAVAK sei Dank.

Der Iran war wahnsinnig. Eine gespannte Stimmung lag über allem. Der plötzliche Reichtum, die Oberschicht westlich, doch sobald man die großen Straßen hinter sich ließ, kam man in eine andere Welt. Jimmy verstand sie nicht. Aber er hatte seine eigene in Deutschland auch nicht verstanden. Hier war er ein Fremder, zu Hause eine Missgeburt. Ein Versager. Besser er mied die Heimat hier. Denn sie verfolgte ihn. Teheran, Täbris, Maschhad, überall gab es Hippiehotels. Überall war die Heimat angekommen. Jimmy hasste sie.

Bloß weg von ihr. Eintauchen in die schmalen Gassen, weg von den großen Avenuen. Gibt ja Hotels ohne Europäer.

Nein, er würde nicht der Route folgen, die der Reiseführer empfahl. In Teheran nahm er nicht einen der Komfortbusse. »Esfahaaan!«, brüllten die Schaffner der einheimischen Busse, hängten sich aus der Tür der Fahrzeuge und warben so für Fahrgäste. Einen davon bestieg Jimmy. »Esfaaahaaan!«

Er würde fremd werden.

Juli

Was für eine beschissene Arbeit! Du interviewst Leute, von denen du weißt, dass sie nichts wissen, aber sich wichtig machen wollen. Klar, irgendwer muss das tun und in einem von tausend Fällen erfährst du auch was. Gott, kann ich den Herold verstehen. Der wollte schon in den Siebzigern alles auf Computer umstellen. Der größte Feind der Wahrheitsfindung ist der Augenzeuge: Er sieht das, was er sehen will und womit er ins Fernsehen kommen kann. Mein Gott, Herold, du hattest alle Chancen; die RAF war präsent und vor der hatten die Politiker alle Muffensausen. Um die zu beseitigen, um das eigene erbärmliche Leben zu retten, hätten sie alles getan. Das war deine Idee. Und als deine Computer sie gefangen hatten, Baader, Ensslin, Meinhof und all die anderen, da dachtest du, jetzt ist deine Stunde. Jetzt kannst du sie überzeugen; die Leute, die nichts mehr fürchten, als neue Techniken, und überall *1984* wittern. Jede Videokamera ein Baustein zur Diktatur. Also bist du zu ihnen gegangen mit deinen Plänen.

Und was haben sie getan, Genscher und Schmidt? Sie haben dich gefeuert, die Ärsche. Du hast sie gerettet mit deiner Rasterfahndung; mit deinen Computern hast du diese durchgeknallten RAF-Spinner erlegt, Meinhof, Baader, Ensslin, und wie sie alle hießen. Du hättest wissen sollen, dass sie es dir nicht danken würden.

Ach, Herold, du wusstest, was Augenzeugen wert sind. Gar nichts. Sie haben verhindert, dass du die Nürnberger Nazis am Schlafittchen in den Knast befördern konntest. Ehrbare Bürger, die damit Karriere gemacht hatten, tausende Juden in den Tod zu schicken. Aber ehrbare Bürger verurteilt man nicht, schließlich sind sie staatstragend. Besonders, wenn sie Juden vergasen. Ach Herold, du warst einfach zu naiv.

Dieser verdammte Plotter, der abgefackelte Computer-Reparaturservice und dann der Mord. Wen interessiert es schon? Immerhin gibt es keine Augenzeugen.

Wieder klingelte das Handy. Nicht nur bei mir, ich hörte von unten Svens, das sich mit der nervtötenden Melodie von *Für Elise* meldete. Ich weiß, ich weiß, es ist von Beethoven, aber wenn der das jeden Tag fünfmal als Klingelton hätte hören müssen, hätte er es auch gehasst. Doch Beethoven hatte mehr Glück und war taub, und manchmal wünschte ich mir das auch.

»In der Damengasse hat jemand Schüsse gehört, direkt bei euch um die Ecke. Schaut sofort hin, Nummer 23c. Eine Frau Gallen hat es gemeldet, und kurz danach auch eine andere.«

»Wir sollen doch hier die Anwohner verhören«, konnte ich mir nicht verkneifen.

»Arschloch! Ihr fahrt jetzt hin, das ist eine dienstliche Anordnung, verstanden? Sonst haben wir doch keinen, alle anderen sind im Demovorfeld oder bei der Mordsache eingesetzt.«

Peter verabschiedete sich nicht mal.

»Wie gut, dass du nicht abgehauen bist«, grinste Sven.

Martin

Ich biss die Zähne zusammen und zog mein Hemd aus. Dann riss ich es in Streifen, um mir einen Verband anzulegen, der hoffentlich als Druckverband reichen würde.

Mit der linken Hand ist das nicht so einfach. Ich setzte den Fuß auf das Hemd und zerrte mit der Linken daran. Doch das Hemd hielt. Gute Qualität kann manchmal verdammt ärgerlich sein.

Schließlich gab ich es auf und wickelte das ganze Hemd um den Arm. Immerhin spritzte das Blut nicht, also war keine Schlagader getroffen. Aber jede Bewegung schmerzte.

Das Hemd um den Arm zu wickeln, war einfach. Doch ich musste es verknoten. Ich versuchte die rechte Hand als Hilfe einzusetzen, aber das schmerzte höllisch. Schließlich erinnerte ich mich an meine Zähne, hielt damit einen Ärmel fest und legte mit der Linken einen Knoten. Was gelang; aber der Knoten saß locker, viel zu locker.

»Wenigstens verbinden könntest du mich«, brüllte ich. »He, Mars, hörst du mich?«

»Halt's Maul!«

»Wenn ich verblute, hast du einen Mord am Hals!«

Doch das beeindruckte ihn nicht.

»Noch ein Wort und ich knall dich ab! Durch die Tür!«

Dann klappte etwas zu, Mars brüllte: »Hände über den Kopf, ich komm jetzt«, und der Schlüssel drehte sich in der Tür.

Er riss die Tür auf, in der Hand immer noch die Pistole, über dem Arm einen Mantel.

»Hast du Wissmer ermordet?«, wollte ich wissen.

»Blödsinn. Wir wollten ihn entführen, er griff nach der Pistole und Carla ballerte los wie verrückt.«

»Dann hast du nichts zu befürchten. Nur Mord verjährt nicht.«

»Halt die Klappe! Nichts weißt du, gar nichts.«

An der Wand lehnte ein Koffer. Er griff mit der Linken danach.

»Los«, sagte er. »Du gehst jetzt schön vor mir her, ganz ruhig. Und glaub ja nicht, dass ich Bedenken habe, zu schießen. Die hab ich nämlich nicht.«

Ich ging langsam vor ihm her zur Treppe. Dachte er nicht daran, dass ich einen Verband trug und auf der Straße auffallen würde wie ein bunter Hund? Vielleicht war das meine Rettung. Vielleicht aber auch mein Todesurteil. Vor meinem geistigen Auge sah ich schon Sondereinsatzkommandos auf der Straße, mit schusssicheren Westen und Maschinenpistolen im Anschlag. Und Mars, der die Nerven verlor und mich abknallte, bevor er selbst erledigt wurde.

Doch sein Taxi stand direkt vor der Tür im Halteverbot. Er wartete erst an der Tür, schaute nach rechts und nach links, zog den Mantel über die Pistole. *Tatort* war ein Dreck dagegen.

Zwei Leute bogen vorne um die Ecke. Ein Mann und eine Frau. Ich erkannte sie sofort.

Juli

»Ich weiß nicht, was das soll. Die Brandstiftung darf ich nicht verfolgen, die Zusammenhänge auch nicht, aber sobald ein Irrer mit der Schreckschusspistole herumballert, soll ich ermitteln! Sven, glaubst du, dass Peter die Wahrheit interessiert? Nein!«, beantwortete ich meine Frage gleich selber, damit Sven es nicht tun konnte. »Niemanden interessiert hier die Wahrheit, weil«, Sven wollte was sagen, aber ich redete einfach weiter. »Weil alle nur interessiert, wie sie die Dinge für ihre eigenen Interessen verwenden können. Die

Wagenburgler sind Idioten und tarnen ihre kriminellen Aktionen mit Politik. Aber fackeln sie deshalb einen Computerladen ab? Meilenweit entfernt von dem Ort, an dem sie saufen? Wenn er direkt daneben stünde, würde ich es glauben. Aber so? Und dann findet sich ein Softwaretyp als Leiche. Und alle hatten mit einer Geschichte zu tun, die jemand schreiben wollte. Der ist auch tot. Glaubst du, als Kripobeamtin …«

»Kripobeamtin, du sagst es.«

Mir blieben die Worte weg und ich starrte ihn verblüfft an.

»Du bist Beamtin und weisungsgebunden. Sie haben dich nicht eingestellt, damit du selbstständig ermittelst. Sondern damit du Anordnungen befolgst. Und was glaubst du, warum du Anordnungen bekommst?«

Svens Rede verblüffte mich so, dass ich nicht antwortete.

»Damit es in die Zielrichtung der Politik passt. Die Ziele sind das, was bei Organisationen zählt.« Er blickte mich triumphierend an. »Managementkurs, erstes Semester«, erläuterte er dann. »Die Ziele sollst du erfüllen. Wie bei Pfeil und Bogen. Niemand kauft Pfeil und Bogen, damit sie die Wahrheit herausfinden. Sondern damit sie ins Ziel treffen. Und Ziel sind die Wagenburgler. Jetzt im Moment zumindest.«

Dann bogen wir um die Ecke in die Damengasse ein, in der angeblich geschossen worden war.

»Verfluchte Scheiße!«, rief Sven. Auf dem Bürgersteig stand der 68er mit einem blutigen Hemd um den rechten Arm; und hinter ihm mit angewinkeltem Arm, mit Mantel drauf und vermutlich einer Pistole drunter, der Taxifahrer. Die Schüsse waren jedenfalls keine Einbildung gewesen.

Ich glaube nicht, dass er uns als Polizisten erkannt hätte, wenn Sven nicht den Helden hätte spielen müssen. Er schrie: »Geben Sie auf!«

Sven ging langsam auf das Pärchen zu.

Der Taxifahrer ließ den Mantel fallen, seine Pistole wurde sichtbar.

»Bleiben Sie zurück, sonst haben Sie eine Leiche!«, bellte der Mann. Der Mann, den Rudi identifiziert hatte.

Sven blieb stehen. Ich schloss zu ihm auf.

»Stehen bleiben!«, herrschte er mich an und wackelte nervös mit seiner Knarre. »Werfen Sie ihre Handys zu mir. Ohne sie einzuschalten.«

Wir zogen die Handys.

Martin

Vor uns klapperten zwei Handys aufs Pflaster. »Jetzt die Pistolen«, verlangte Mars. »Mit der linken Hand!«

Die Superbullin zog ihre Pistole am Lauf und warf sie zu den Handys.

Ihr Kollege zog seine Pistole, aber warf sie nicht weg, sondern hielt sie in der Hand und schoss.

Mars feuerte sofort zweimal, die Kugel traf mich aber nicht.

Der Bulle warf die Waffe weg.

»Braver Bulle«, lobte Mars. »Wenn du das noch mal versuchst, schieße ich scharf. Dann bist du für den Tod verantwortlich.«

»Heb die Handys auf«, befahl er mir. Was ich tat, mit der Linken.

»Steck sie in die Tasche«, sagte er; der Lauf der Pistole zeigte immer noch auf mich.

Auf der Straße sammelten sich die ersten Zuschauer, direkt hinter den Bullen.

»Wer telefoniert, hat eine Leiche auf dem Gewissen!«, brüllte Mars.

»Zur Fahrertür!«, befahl er mir und ging hinter mir um den Wagen herum. Mit der rechten drückte er mir den Schlüssel in die linke Hand.

»Aufschließen!« Seine alte Karre hatte keine automatische Türverriegelung.

Ich tat es gehorsam. Seltsam, wenn du plötzlich alles mit der linken Hand erledigen musst. Wie unbeholfen du wirst.

»Einsteigen! Rutsch rüber auf den Beifahrersitz.« Seine Augen flogen hektisch zwischen mir und den Bullen hin und her.

»Anschnallen!« Als ich das getan hatte – was verdammt weh tat – stieg er auch ein, die Pistole mit der Linken immer auf mich gerichtet.

»Los, steck den Schlüssel ins Schloss und dreh ihn um.«

Der Motor heulte auf, der Wagen schoss vorwärts, knapp vorbei an dem VW, der vor uns parkte. Mars war kein Meister des einhändigen Steuerns mit der Rechten. Bremsen quietschten, als hinter uns ein Wagen stoppte, der uns beinahe gerammt hätte.

»Du hast Mister Software ermordet?«, fragte ich.

»Das Arschloch hat mich erkannt. Mir blieb nichts anderes übrig.«

Da fiel mir etwas ein. Etwas, das mich retten würde.

»Und den Plotter?«, fragte ich, um ihn abzulenken.

Juli

»Hat jemand ein Handy?«, rief Sven.

Ich sprintete zum Wagen. Dann fiel mir ein, dass ich weder Handy noch Pistole hatte. Reumütig kehrte ich zurück.

Draußen hielt ein Mann sein Handy hoch. »Ich habe schon die Polizei gerufen«, erklärte er stolz. Kein Zweifel, jetzt hatte er was, das er in den nächsten Jahren immer aufs Neue erzählen konnte. Ich griff zu und tippte Peters Nummer ein. In der Ferne heulte bereits das erste Überfallkommando los.

»Lass Herdern absperren!«, blaffte ich. »Geiselnahme, der Täter ist gerade mit dem Auto geflüchtet.«

»Weißt du, wo ich stehe? Ich stehe vor dem Rathaus, vor mir hundert Chaoten und alle Kollegen sind bei mir. Es wird gleich …«, dann riss die Verbindung ab.

Vor uns stoppte ein Polizeiwagen mit Pat und dem langen Erik. Ich sprang auf den Rücksitz und befahl: »Die Damengasse hoch und links in die Hauptstraße.«

Erik ließ die Reifen quietschen. Hinter mir fuchtelte Sven mit der Hand in der Luft herum. »Gib eine Durchsage, dass alle Streifenwagen rundum die Ausfallstraßen absperren. Gelber Mercedes, Taxi, auf dem Heck ein Aufkleber: *Mars bringt verbrauchte Energie sofort zurück*. Zurückhaltung bitte, er hat eine Geisel.«

Pat sagte es durch, als gäbe sie die neuesten Wettermeldungen zum Besten. Dann fragte sie: »Auch das SEK benachrichtigen?«

»Klaro.«

»Und wo weiter?«, fragte Erik. Aber das war nicht nötig. Vor uns stand der Mercedes quer auf der Straße, die Schnauze in einen parkenden Golf gebohrt, und mit reichlich Zuschauern umstellt. Vermutlich waren schon die ersten Fotos im Netz.

Aber der Taxifahrer war nicht zu sehen.

Erik zog die Pistole, beugte sich aus dem Fenster und rief: »Keine Bewegung! Lassen Sie die Waffe fallen.«

Aus dem Mercedes quälte sich der 68er und hielt eine Pistole am Lauf fest.

»Ruhig Blut. Das ist nicht der Entführer«, erklärte ich. »Das ist die Geisel.« Der 68er ließ die Waffe fallen. Dann sackte er zusammen. Einer der Zuschauer fing ihn auf.

Jetzt brauchten wir nur noch den Taxifahrer.

Martin

Ich wachte auf, als mich zwei Sanitäter vorsichtig auf eine Bahre legten. Mein Arm schmerzte wie verrückt.

»Können Sie uns verstehen?«, fragte eine Frau im weißen Kittel.

Ich nickte.

»Mann, wie kann man nur einem Entführer die Pistole abnehmen!«, erklärte ein Zuschauer. »Kein Wunder, dass der geschossen hat!«

»Bitte treten Sie zurück«, bat die Ärztin. Die Sanitäter hoben die Bahre hoch.

»Wissen Sie, was passiert ist?«, fragte sie.

»Ich habe die Pistole am Lauf gefasst und sie ihm aus der Hand gerissen.«

»Wahnsinn!«, erklärte der hintere Sanitäter. »Und der hat dann abgedrückt?«

Ich schüttelte den Kopf. »Das Magazin war leer. Ich habe die Schüsse gezählt.«

Sie stellten mich vor einem Rotkreuzwagen ab, öffneten die Hecktüre und schoben mich hinein. »Wir bringen Sie ins Sankt Josefskrankenhaus. Direkt hier um die Ecke. Die werden Sie operieren, aber die Wunde ist nicht lebensgefährlich. Und da Sie orientiert sind, haben Sie vermutlich auch keine weiteren Schäden davongetragen.«

Ich nickte. Der Wagen ruckte langsam, ganz vorsichtig an. Die Sirene wurde eingeschaltet.

»Woher wussten Sie, wie viele Schüsse im Magazin waren?«, fragte der Sanitäter und ließ sich offenbar nicht dadurch beirren, dass die Ärztin missbilligend den Kopf schüttelte.

»Sechs Schüsse hat eine Pistole.«

Der Sanitäter lachte. »Das kommt ganz auf das Modell an.«

Mir wurde schlecht. Ich war davon ausgegangen, dass jede Pistole maximal sechs Schüsse fassen kann. »Gibt es welche mit mehr Schüssen?«, fragte ich.

»Aber sicher«, erklärte der Mann strahlend.

»Bitte bleiben Sie ruhig liegen«, erklärte die Ärztin, und zu dem Sanitäter gewandt: »Können wir solche Diskussionen nicht auf später verschieben?«

In Teheran war Jimmy alleine in einem Hotel voller Hippies, Studenten aus Dänemark, Deutschland und England. Wollte er mit einem ein Gespräch anfangen, versandete es bald. Er kam von einem anderen Stern. Einem, auf dem keine Menschen lebten, sondern Aliens.

Wenn schon Aliens, dann richtig. Jimmy verließ Teheran nicht auf dem Hippietrail nach Maschhad und Kabul. Sondern nach Süden, Isfahan; da gab es noch ein paar Europäer, in Yazd gar keine mehr. Dafür die heilige Flamme der Parsen, der Feueranbeter und deren Tempel. Die Route wurde kaum genutzt. Hier war er allein, ein Alien unter Menschen. Aber hier spielte es keine Rolle mehr.

Zahedan – die letzte iranische Stadt. Jimmy hatte den Iran satt, ging einmal rund um den Platz vor der Bushaltestelle und fragte dann nach einem Bus zur Grenze. Die Eisenbahn nach Quetta verkehrte einmal die Woche am Sonntag und war vor drei Tagen abgefahren. Blieb noch der Bus.

Der war überfüllt.

An der Grenze fauchte der Zug aus Quetta ein. Eine alte Dampflok zog ebenso altmodische Waggons: »Alles aussteigen!«, Grenzkontrolle und mitten im Nirgendwo, fünf Hütten, ein paar Grenzsoldaten, ein paar Tische unter der heißen Februarsonne. Ein Teeausschank. Der Bus zur Weiterreise würde bald kommen, so hieß es. Die Grenzkontrolle kam, sie standen an, erhielten Stempel, alles endloses, endloses Warten, neugierige Fragen. Egal, wie lange er hier saß, plötzlich hatte er Geduld. Die Wüste lehrt Geduld.

Roger war ein Engländer, den Jimmy erst jetzt wahrnahm. Er redete kaum, das machte ihn sympathisch.

Mitten in der Nacht stieß ihn einer an: »Bus«-Rufe, Hupen, »Alles raus!«, und ein rostiges Ungetüm stand da und wurde beladen.

Plötzlich Frauen, die nach hinten in den Bus gereicht wurden.

Verschleiert. Vorne stiegen alte Männer ein. Dann waren alle Plätze belegt.

»Come, come«, rief einer vom Dach und deutete auf den Rucksack. Jimmy zögerte, Roger reichte seinen ohne Zaudern nach oben.

Jimmy folgte seinem Beispiel, wurde aber unruhig: Was würde passieren, würde der Bus mit dem Rucksack, aber ohne ihn losfahren? Im Bus waren auch alle Stehplätze belegt.

Oben zurrten sie Planen über das Gepäck.

»Up, Up!«, und die restlichen Männer kletterten aufs Dach, auf das Gepäck. Jimmy ergatterte einen Platz außen. Hinter ihm ein kleiner Mann mit Hadschi- Halef-Omar-Bart. Sieben Haare links, acht rechts; und eine quäckende, beleidigte Stimme. Neben ihm Roger.

»Vorsicht«, sagte er und deutete mit dem Kinn nach dem Kleinen. »Das ist ein Heiliger. Ein Hadschi, ein Mekkapilger.«

Was für ein Käse! Mekka, Pilger, wer glaubte den Schwachsinn schon? Religion war out, Gott erst recht.

»Where are you going?«, fragte auf der anderen Seite ein junger Mann. »You are looking like a very religious man.«

Auch das noch! Als nächstes würde er ihn für einen Mekkapilger halten! Jimmy schüttelte den Kopf.

Der Bart, er deutete auf den Bart. Deshalb »very religious«. Jimmy lachte, in Deutschland tragen Leute einen Bart, die nicht ›religious men‹ sind.

»Kabul, many communists in Kabul«, erklärte ihm ein anderer Nachbar, der ihn offenbar erfreuen wollte. Er kam aus dem Irak. Der hatte die pakistanischen Gastarbeiter ausgewiesen, deshalb war der Bus so überfüllt. Nach langem Warten startete der Motor mit einer schwarzen Abgaswolke.

Und dann begann das Paradies. Über ihnen ging die Sonne auf, ein Tal entlang, schroffe Berge links und rechts, kein Wald, ein weiter Blick, nie war er zufriedener gewesen. Die Fahrt könnte ewig währen.

Der Hadschi hinter ihm keifte. Er hatte nicht genug Platz, Jimmy auch nicht, was machte es? Doch dann bekam er Angst. Er war ein Mekkapilger, ein heiliger Mann – er gehörte dazu, Jimmy nicht.

Er würde nie irgendwo dazugehören. Dazu war er zu fremd. Sich selbst und erst recht anderen. Menschen hielten es nicht mit ihm aus. Nicht in Wohngemeinschaften, die er mehrfach verlassen musste. Weil er merkte, wie sehr er die anderen verstörte. Durch seine Reaktionen, durch das was er sagte, tat. Was er nicht sagte. Nicht sagen konnte.

»Wenn man dich auf Persönliches anspricht, sieht man förmlich, wie die Rolladen bei dir runterrasseln«, sagte Bernd mal.

Er hatte recht. Jimmy zog bald aus. Wozu mit anderen wohnen, die dir fremd sind. Zu denen du nicht gehörst.

Er versuchte es immer wieder. In immer neuen WGs. Anfangs lief es gut. Dann schlecht. Dann nervte er die anderen. Irgendwann begriff er: Das ist so. Er würde nie zu irgendetwas, zu irgendwem gehören. *Stranger in a Strange Land.* Er wollte normal sein, wie alle anderen. Und würde das nie erreichen. Es war kein Zufall, das auf der Schule. Das lag nicht an Stalin, das lag nicht an dem Geier. Das lag an Jimmy, das lag an Hansi. Das Monster, das ein ganz normaler Mensch sein wollte. Der neue Name Jimmy hatte nichts daran geändert.

Wo bitte kann man sich anmelden für den Kurs: ›Wie werde ich normal‹? Dafür gab es keine Kurse. Auf seiner Reise begriff er langsam, dass er etwas nachjagte, das er nie, nie erreichen würde. Das er gar nicht erreichen konnte. Er war anders. Scheiß drauf. Hier oben auf dem Dach des Busses kam es darauf auch nicht mehr an. Die Sonne über ihm, die Berge, eine Luft so trocken und durchsichtig, so hart und so zart, dass man zehnmal so weit sah wie in Deutschland. Was machte es da, dass er nicht bekommen würde, was er sich wünschte? Scheiß auf die Wünsche. Sonne reicht auch, und ein weiter Blick. Er erreichte Quetta auf dem Dach eines altersschwachen Busses, der hoffnungslos überladen war. *Freedom's just another word for nothin' left to loose.*

Erik gab den Standpunkt durch und wieder hörten wir Sirenen. Ein Zuschauer sprang auf mich zu.

»Dort ist er rein«, sagte er und deutete mit dem Finger auf sein Handy, als hätte er den Geiselnehmer im Handy eingefangen wie einen Djinn in der Flasche. Doch sein »dort« zeigte nur das Foto einer Hofeinfahrt, die vermutlich in einen Hinterhof führte.

Das Handy klingelte, während Pat und Erik die Waffen zogen und auf die Einfahrt zusprinteten.

»Vorsicht!«, rief ich ihnen nach, aber sie hörten nicht. Vermutlich verließen sie sich darauf, dass der Mann jetzt unbewaffnet war und obendrein nur seine Flucht im Sinn hatte. Manche Polizisten verlieren nie ihren Optimismus.

Das Handy wurde still, dafür quäkte die Fundverbindung im Polizeiwagen. »Hallo? Meldet euch! Ist was passiert?«

»Sie verfolgen den Geiselnehmer. Vermutlich hat er keine Waffe mehr«, erklärte ich.

»Juli, Gott sei Dank«, hörte ich Peter. Als ob er sich um mich Sorgen machen würde.

»Ja, ich lebe noch. Und mit deinen Wagenburglern wird's vermutlich doch nichts. Übrigens, was machen die Herren?«

»Das übliche Gerangel, aber nichts Ernsthaftes. Wir haben die Hälfte der Leute abgezogen, die Wagenburgler sind sowieso nur noch ein Dutzend. Die haben eben keine Ausdauer.«

Pause.

»Aber einer hat mir mein Handy aus der Hand gerissen.« Deshalb also der plötzliche Abbruch des Gesprächs vorhin.

Pat und Erik waren längst in der Einfahrt verschwunden und tauchten nicht wieder auf. Ein weiterer Streifenwagen kam schleudernd zum Stehen, spukte drei Beamte aus, denen ich schweigend den Weg zur Toreinfahrt wies. Sie waren vorsichtiger, deckten einander und liefen zur Toreinfahrt nebenan. Von der Ecke her kam eine weitere Streife angelaufen, die das Tor auf der anderen Seite besetzte. Wenn der Mann noch im Hof oder im Haus war, hatte er jetzt keine Chance mehr. Über mir röhrte bereits ein Hubschrauber.

»Sag ihnen, sie sollen vorsichtig sein. Keine Risiken eingehen, wir haben Spezialtruppe angefordert.« Bald würde es hier von schwarzen Männern mit schusssicheren Westen, Nachtsichtgeräten und Maschinenpistolen wimmeln. Vermutlich vergeblich. Nichts deutete darauf hin, dass unser Mann ein Profi war oder eine weitere Waffe besaß. Jede Wette, dass er jetzt wie Bachmann im Keller saß, zitterte und darauf wartete, dass wir ihn erwischen würden. Was wir mit Sicherheit tun würden.

Bachmann und Dutschke. Ein Durchgeknallter, der auf Rudi Dutschke feuerte und ihn beinahe erschossen hatte. Rudi Dutschke, noch so ein Heiliger. Obwohl mir nie jemand sagen konnte, was der eigentlich gewollt hatte. Nicht mal, was er gesagt hatte, konnte mir jemand erklären; auch Papa geriet ins Stottern, wenn er es versuchte. Spielte mir stattdessen Filmaufnahmen vor; sie sahen aus, wie Aufnahmen aus einer anderen Welt, einer anderen Zeit. So fremd wie Heiligengeschichten und Reliquien. Vermutlich war nicht nur Bachmann durchgeknallt. Aber Dutschke hatte nur geredet, nie geschossen. Kein Mann der Tat, einer, der das Wort über alles schätzte. Vor allem das eigene.

Dann tauchten Pat und Erik wieder in der Einfahrt auf. Und brüllten nach einem Sanka.

Jimmy 1976

Bagdad, arabischer Sozialismus, ganz anders als das Schahland – hieß es. Nicht reaktionär. Aber Durchfall gab's auch hier und Scheiße bleibt Scheiße, daran ändert auch kein Sozialismus was.

Jimmy ging es hundeelend. Immer wieder rannte er auf die Toilette, die hier im Hotel ein besseres Loch war, die Ränder gründlich verschissen. Gerd saß im Gang und grinste jedes Mal, wenn Jimmy vorbeirannte. Gerd wusste immer alles besser. Er konnte stundenlang reden und man wurde ihn schwerer los als die Mücken. Besonders über Politik redete er gern. Er liebte den Irak; das Land, in dem die Frauen sich endlich vom Joch des Islam befreit hätten. Eine wirklich sozialistische Gesellschaft sei hier im Entstehen, und er pries die Baath-Partei und ihre Politik.

Oft saß er mit dem Hotelbesitzer unten im Eingang und politisierte. Abu Hassan hatte einen Liebling, einen jungen Politiker, der Saddam Hussein hieß; der würde die Revolution richtig voranbringen – in Bälde, prophezeite er. »From him you will hear. He is great, great leader.«

Immer wieder luden sie Jimmy ein, sich zu ihnen zu setzen, immer wieder lehnte er ab. Er wollte nicht dazugehören.

Gerd schwärmte auch vom bewaffneten Kampf. Von den Genossen, die im Knast in Deutschland gefoltert würden.

»Aber sie geben nicht auf.« Einmal fragte Jimmy ihn, warum er dann hier sei, statt in Deutschland. Gerd wurde böse und erklärte: »Das darf ich nicht sagen.« Zu Abu Hassan gewandt, erklärte er: »I have some secrets. Soon you will detect, soon you will hear of me!«

Diesmal kam er in Jimmys Zimmer und stellte eine Medikamentenschachtel auf den Nachtisch.

»Gegen den Dünnschiss«, sagte er. Er nahm die Schachtel mit den Kohletabletten hoch, mit denen Jimmy den Durchfall zu bekämpfen suchte. »Das taugt nix.«

»Mir hat es aber schon oft geholfen.«

Er lachte. »Einbildung!«

»Das Zeug hier«, Gerd klopfte auf die Schachtel mit arabischer Inschrift. »Nicht von den Pharmamonopolen, kein wirkungsloser Scheiß, um Geld zu scheffeln. Sondern wirklich gute Medizin.«

Er griff nach Jimmys Pass, der auf dem Nachtisch lag, schlug ihn auf und lachte. Ein Milchbart in Anzug und Krawatte, sechzehn

Jahre alt, erschreckter Blick in die Kamera. Ein Wunder, dass sie ihn an der Grenze nicht abgewiesen hatten, schließlich stimmte das Bild so gut wie gar nicht mehr mit der aktuellen Erscheinung überein.

»Nimm es jedes Mal, wenn du einen Anfall kriegst«, erklärte Gerd Jimmy und tätschelte Jimmys Arm. Gerd war ein Anfasser und Jimmy hasste es. Aber jetzt war er viel zu schwach, um zu protestieren. Vor allem, weil ihm ein erneuter Krampf in die Gedärme fuhr.

»Du kannst auch zwei oder drei nehmen«, erklärte Gerd ihm.

»Wird schon werden«, tröstete er, als Jimmy von der Toilette zurückwankte und sich den Mund abwischte, »du weißt ja, auf mich kannst du immer bauen. Ruf einfach, wenn du etwas brauchst.«

Was Jimmy ganz gewiss nicht tun würde. Aber er widersprach nicht. Und als er erneut auf die Toilette wankte und zurückkam, nahm er sogar das Mittel. Gleich zwei Tabletten. Vielleicht halfen sie ja doch. Dass Gerd ein Arschloch war, hieß ja nicht, dass die Medizin nicht helfen könnte. Immerhin konnte man es probieren.

Der Pass lag nicht mehr auf dem Nachtisch. Vermutlich war er runtergefallen.

Juli

Sie führten mich zu einem grünen Papiercontainer. Drinnen lag ein alter Mann und gab ein leises Stöhnen von sich.

»Reiner Zufall, dass wir den gefunden haben«, sagte Erik. »Wir wollten eigentlich in den Keller da.« Er nickte auf eine Tür. »Aber da hörte Pat was.«

Pat nickte. »Ich dachte, der Geiselgangster hat sich dort versteckt. Aber dann war es dieser Rentner.«

»Wisst ihr, wie er heißt und wo er wohnt?«

Die beiden zuckten mit den Schultern.

»Wir dürfen ihn nicht bewegen, bevor der Sanka kommt.«

»Schaut mal, dass ihr irgendwelche Hausbewohner auftreibt. Die kennen ihn vielleicht. Wenn wir wissen, wer er ist und wo er wohnt, wissen wir, wo der Gangster sich versteckt hält. Wetten, dass der ihm die Schlüssel abgenommen hat?«

Dann stand eine resolute ältere Dame neben mir, die offenbar keine Angst hatte, das Haus zu verlassen, auch wenn es draußen von Polizisten und Verbrechern wimmelte: »Des ist der Herr Anton aus dem Dritten. Was haben die Gangster ihm bloß angetan! War so ein friedfertiger Mensch!«

»Ich hoffe, das wird er auch weiterhin sein. Tot ist er jedenfalls nicht, und der Sanka ist gleich da.«

Die Frau warf nochmal einen neugierigen Blick in den Container.

»Kommt mit«, forderte ich Pat und Erik auf.

»Sollen wir nicht auf die Spezialeinheit warten?«

»Ihr habt vorhin auch nicht auf die gewartet. Der hat keine Pistole mehr und wir sind zu dritt.«

»Gebt mir Feuerschutz«, sagte ich vor der Wohnungstür und wollte mich dagegen werfen. Aber Erik schob mich beiseite und drückte mir seine Pistole in die Hand. Was vernünftig war, er wog einiges mehr als ich, und bereits beim zweiten Versuch sprang die Tür auf.

Wir zielten in den Flur – dort aber war niemand. Ich sprang hinein, Erik sicherte hinter mir. Nichts.

Und dabei blieb es. Weder in der Küche, noch im Schlafzimmer oder Wohnzimmer war jemand zu finden.

»Warum zum Teufel hat der Typ ihn dann niedergeschlagen?«, fragte ich.

Gerd fand Jimmy im Flur. Da lag er mit vollgeschissener Hose und schaute ihn aus brechenden Rehaugen an. Offenbar waren die Abführtabletten, die er ihm gegeben hatte, ein Erfolg. Dünnschiss konnte zum Tode führen. Wegen dem Wasserverlust. Das hatte ihm mal jemand erzählt.

Hoffentlich machte Jimmy bald den Abgang, den Pass hatte sich Gerd bereits gesichert. Dann würde Gerd nie mehr Gerd sein, sondern Hans Brozat, genannt Jimmy. Und Hans Brozat verdächtigte niemand wegen Mordes. Das Foto im Pass war aus den sechziger Jahren, ein Junge mit kurzem Haar und Krawatte. Keinerlei Ähnlichkeit zu dem langhaarigen, bärtigen Typen, der sich jetzt Jimmy nannte. Gerd würde sich einen Vollbart wachsen lassen, für den Fall der Fälle. Kein Schnurrbart mehr.

Nur sterben musste der andere noch. Dann konnte er ihm den Gerd-Pass in die verschissene Hose stecken, die Botschaft würde nach Hause melden, dass Gerd Gernot in Bagdad leider gestorben sei. Die Bullen würden die Akte schließen.

»Gerd?«, flüsterte der Scheiß auf dem Fußboden. Als er noch laufen konnte, strafte er ihn mit Verachtung.

Von unten tönten Stimmen. Der Scheiß rief lauter. Aber sehr laut konnte er nicht mehr rufen, bald dämmerte er wieder weg.

Die Treppe knarrte und Abu Hassan erschien. »What is it?«, fragte er und beugte sich über ihn.

»Ich komm nicht weiter«, sagte Jimmy.

»Hat die Medizin nicht geholfen?« Gerd grinste.

»Which medicine?«, fragte Abu Hassan.

»He was in pharmacy, got some medicine against … against going to toilet«, erklärte Gerd. Verdammt, hoffentlich krepierte der Scheiß bald. Sonst würde er noch erzählen, von wem er die Tabletten hatte.

»Bring him in bed«, sagte Abu Hassan. Er griff Jimmy unter die Arme.

»Don't move him«, stammelte Gerd.

»But he will die here!«

»No! Moving him is dangerous!«

Abu Hassan würde die Tabletten im Zimmer sehen. Die Gerd Jimmy gegeben hatte, damit der endgültig abkratzen würde. Leider lebte der Scheiß noch.

»We call doctor«, erklärte Abu Hassan.

Was nun? Ein Arzt war das Letzte, was Gerd brauchte. So würde er nie Jimmy werden.

Juli

Ich gab durch, dass der Täter mittlerweile vermutlich gar nicht mehr hier in dem Häuserblock, sondern längst mit Stock und Hut geflüchtet war. Aber da wir das nicht sicher wussten, mussten wir dennoch den Häuserblock durchsuchen. Eigentlich hätten wir mindestens zwei Hundertschaften benötigt, um ihn möglichst schnell zu finden. Natürlich würde er uns irgendwann ins Netz gehen, aber besser wäre, das passierte heute noch. Sonst stünde die Panne mit dem Rentner, und dass er mit dessen Stock, Hut und Mantel vermutlich unbeachtet geflohen war, morgen in allen Zeitungen.

Die Sache war sowieso schon höchst unangenehm.

Obendrein rief Peter an. »Wir haben die Unterlagen vom Verlag.«

»Die hab ich schon lange.«

»Aber wir haben sie alle. Sprich Anschreiben, Exposé, Mister Softwares Vorwort.«

»Und? Das Vorwort habe ich doch längst gelesen.«

»Rat mal, was in dem Anschreiben steht!«

Ich zog es vor, zu schweigen.

»Dieser Plotter hatte noch was entdeckt. In einem Erinnerungsbuch eines Terroristen, der 1975 in Bagdad war. Den hat dort ein Deutscher angesprochen. Gerd Gernot. Er wollte zur RAF.«

»Kluger Mann. Du willst zur RAF und hältst Vorübergehende an: ›Wo bitte geht es hier zur RAF?‹«

»Das dachten die RAF-Leute auch, und hielten ihn für einen Spion des BND. Sie meldeten es ihrem palästinensischen Kontaktmann. Und der sagte ihnen einige Zeit später, dass der Betreffende tot sei. Keine Panik. Aber er verbot ihnen, die nächsten Tage auf die Straße zu gehen. Was sie trotzdem taten. Und besagten Mann lebendig durch die Straßen wandeln sahen.

Der Plotter hat daraus seinen Roman gemacht: Mörder wechselt in Bagdad seine Identität und bleibt hinfort unverfolgt.«

Ich sagte nichts. Gute Geschichte. Schade, dass der Plotter auch diese nie, nie vollenden würde. Jedenfalls nicht hienieden auf Erden.

»Du sagst gar nichts?«

»Peter, wir sind gerade dabei, diesen Typen aufzutreiben. Mir ist es egal, was damals in Bagdad war, das ist lange verjährt. Mir ist wichtig, was jetzt ist. Und wenn wir das wissen, dann haben wir ihn auch schon. Der hat eine Geisel genommen, Mister Software umgelegt und möglicherweise auch diesen Plotter; nicht zu vergessen den Brandanschlag.«

»Das mit dem Brandanschlag ist doch absurd, wir wissen, wer das getan hat und sie stehen vor dem Rathaus und gröhlen.«

Peter hoffte also immer noch, dass er die Wagenburgler zu den Tätern machen könnte. Da stand ihm noch eine Menge Ärger ins Haus. Wenn wir diesen Mars erstmal hatten, konnte jeder Rechtsanwalt, der sein Pulver wert war, Peters Plan in der Luft zerfetzen. Und wenn er dran festhielte, dann würde das nur als Beweis wahrgenommen, dass die Polizisten Schweine waren, die nicht an der Wahrheit interessiert waren, sondern daran, linke Gruppen zu desavouieren. Wagenburgler waren davon sowieso felsenfest überzeugt. Ich sagte ihm das, aber wie erwartet, beeindruckte es ihn nicht. »Niemals aufgeben!« Dieser Churchill-Spruch war sein Leitmotiv.

Von dem Benzin wusste ich nichts.

Jimmy 2011

Hans Brozat! Nicht mehr Gerd, schon lange nicht mehr. Natürlich hatte er den Pass gleich neu beantragt, als er zurück nach Deutschland kam. Seitdem klebte sein richtiges Bild unter dem albernen »Hans« im Pass. Auch im Personalausweis, den er ebenso problemlos erhielt. Nicht mehr Gerd, dafür Hans. Oder Jimmy. Jimmy, diesen Spitznamen hasste Gerd, er musste ihn aber beibehalten, um ein überzeugender Hans Brozat zu werden. *Jimmy*! Was für ein Rindvieh muss jemand sein, der unbedingt Jimmy heißen wollte. Gut, dass er dann Mars wurde; nur durch Zufall, weil das alte, gebrauchte Taxi diesen Aufkleber auf dem Heck hatte und er zu faul war, ihn abzumachen. Was auch nicht ganz einfach gewesen wäre. Sprüche haben eine bemerkenswerte Haftkraft. Na gut, war er Mars. Ein paar Jahrzehnte Freiheit hatte es ihm gebracht. Dafür nimmt man manches in Kauf. Sogar, dass die Leute einen Jimmy nennen. Gott sei Dank hörte das seit dem Taxi und dem Aufkleber auf, und alle nannten ihn nur noch Mars.

Sein Stock klackte auf das Pflaster, er zwang sich, langsamer zu gehen. Obwohl ihm nicht viel Zeit blieb. Er brauchte Benzin. Die nächste Tankstelle war an der Ecke Habsburgerstraße-Hauptstraße.

Wie einfach alles war.

Niemand hatte ihn beachtet, als er aus einer anderen Einfahrt herausschlurfte. Alle Augen waren auf den Eingang gerichtet, durch den er geflohen war. Der Stock tat gute Dienste, und der Rentnermantel auch.

Bis jetzt hatte er Angst gehabt, immer Angst. Vor allem, als diese

Frau auftauchte, die von seinem Vater faselte. Seinem *Vater*! Aber sie hatte nichts gemerkt. Anders als der Plotter, der leider zu viel las. Dass diese RAF-Deppen auch so viele Bücher schreiben mussten! Ein einziger Satz. Und dieser Satz hatte ihn ins Verderben gerissen.

Dabei war er an dem Tod des Plotters unschuldig, wirklich unschuldig. Hatte ihn nur noch mal um zwei Uhr nachts besucht, um ihm seine Idee auszureden. War es zuviel verlangt, die Solidarität mit einem alten Genossen? Immerhin war die Sache schon fünfunddreißig Jahre her, längst vergessen und eigentlich verjährt. Was musste der Affe so schlechte Dübel setzen? Ein Tritt, und alles stürzte ein. Hatten ihn seine Bücher eben erschlagen. Manche Leute vertragen aber auch rein gar nix.

Die Tankstelle hatte alles, was er brauchte und stellte keine Fragen. Zwei Polizeiwagen heulten vorbei, einer bremste an der Ecke zur Hauptstraße. Zwei Beamte sprangen hinaus. Mars ließ den Stock, der ihm so nützlich gewesen war, im Wartehäuschen der Straßenbahn stehen. Die Beamten musterten die Umgebung, einer von beiden sprach in sein Handy. Gott sei Dank kam jetzt die Straßenbahn. Er stieg ein.

»Benzintank leer?«, fragte ihn jemand.

Er nickte. »Ich hätte besser aufpassen sollen.« Die Leute schauten auf den Kanister. Sollten sie. Nach einem Mann mit Benzinkanister wurde nicht gefahndet.

Er nahm den Zettel aus der Tasche und schrieb sein Testament. Sein Bekenntnis. Sein Leben würde nicht vergeudet sein, sein Leben würde einen Sinn haben. Mao, der alte Gauner, er hatte so schöne Parolen erfunden und damit Millionen umgebracht. Doch recht hatte er, das alte Mondgesicht.

Er musste Five anrufen. Five würde kommen, Five würde es verstehen. Und Five meldete sich sofort.

»Komm sofort auf den Münsterplatz«, verlangte er und erklärte, dass er sonst die Chance versäumen würde, den Musels eine Niederlage zuzufügen. Natürlich benutzte er nicht das eigene Handy, sondern das von Martin. Aber das hieß nicht, dass die Bullen es nicht orten konnten. Deshalb schaltete er es sofort anschließend aus.

Dann hielt die Tram auch schon am Siegesdenkmal. Er stieg aus und wieder folgten alle Augen – und vermutlich auch alle Nasen – dem Benzinkanister. Gut!

Was für eine Scheiße! All das Blut dieses Software-Gurus. Aber er hatte nun mal nur dieses Schweizer Taschenmesser und keine andere Wahl. Dass dieser Idiot ihn erkannt hatte – nach so vielen Jahren. Er selbst hatte ihn nicht erkannt, als er ins Taxi stieg. Nie gedacht, dass es dieses arrogante Schwein war, das ihn bedroht und mit Mercedes aus der BRD gefahren hatte. Mit Papas Mercedes natürlich. Hatte sich nicht mal geschämt.

Verdammt viel Blut. Bringe nie jemanden mit einem Taschenmesser um. Jedenfalls nicht, wenn es stumpf ist. Eine furchtbare Sauerei. Aber Mister Software war selbst schuld. Wollte ihn erpressen, er solle sich stellen. Sich *stellen*! Der hatte gut reden. Der musste dann nicht im Gefängnis vermodern. Bloß weil ein RAFler in Bagdad zu viel gesehen hatte und das in seinem Erinnerungsbuch niederschreiben musste. Und dieser Plotter, der sonst so dämlich war wie gedroschenes Stroh, ausgerechnet der zog die richtigen Schlussfolgerungen. Worte, nichts als Worte, man sollte sie ächten, diese Wortkorinthenkacker! Sie redeten einem den Verstand unter dem Hintern weg, diese Scheißintellektuellen. Wichtigtuer, Besserwissis, zu keiner eigenen Tat fähig, aber hinterher gescheit quatschen!

Auch dieser Jimmy hatte so viele Worte. Und verachtete ihn. Das sah er doch jedes Mal, wenn er bei Abu Hassan saß und der Typ vorbeikam. Trug die Nase hoch wie den Eiffelturm.

Bis er so tief gefallen war und verschissen auf dem Boden lag. Was für ein Aufwand, Abu Hassan Arzt und Klinik auszureden. »Das mach ich, ich geh zur Botschaft!«

Fuhr dann mit einem neuen Wagen vor, angeblich von der Botschaft geliehen – Gott, was hatte der gekostet! – und würde ihn in ein ausländisches Krankenhaus fahren. Abu Hassan wollte unbedingt mit, er musste richtig böse werden, und der Hotelier war beleidigt. Dann am Euphrat entlang. Verdammt, warum gab es da überall Häuser? Und auf dem Rücksitz nölte Hans: »Wo bringst du mich hin? Wir müssten doch längst da sein!«

Schließlich wollte er sogar aussteigen, das Stück Scheiße. Nur gut, dass er so klapprig war. Eins mit dem Wagenheber über den Kopf – Gott sei Dank hatte es keiner gesehen. Den Wagen hatte er auf seinen alten Namen gemietet, den Pass dazu steckte er dem Stück Scheiße in die Tasche, und als es endlich dunkel wurde, fasste er Mut und schmiss ihn in den Euphrat. Den Wagen stehengelassen und von da ab war er endlich Jimmy. Einfach ein Hippie unterwegs, der niemandem was zuleide tun kann. Außer, dass er in elenden Hippiehotels überlaute Hippiemusik hörte und den Einheimischen bewies, dass der Westen degeneriert war.

Der Münsterplatz war schnell erreicht. Die Händler bauten gerade die Marktstände ab, niemand beachtete ihn, als er zum Dom eilte. Er holte sein eigenes Handy heraus; jetzt war es egal, ob sie ihn orten konnten. Er musste Mails losschicken und wählte sich ins Internet ein. Die Inkorrekten würden es bringen, gar kein Zweifel.

Er ging zu dem Eingang des Münsters. Mist, außen waren es Stahlgitter, aber innen Holztüren, die wie Zunder brennen würden.

Dann sah er es: Die Bauhütte direkt neben dem Eingang. Aus Holz. Davor ein Bratwurststand. Die brieten sicher mit Gas. Das würde einen schönen Knall geben. Dann legte er den Mantel des Rentners ab, goss möglichst viel Benzin darüber, ebenso über seine Hose. Schnell hängte er sich den Mantel um.

»Was machen Sie da?«, fragte ein Passant.

»Geben Sie das der Polizei!«, verlangte er und drückte ihm den

Zettel in die Hand. Dann kippte er den Kanister um, sodass das Benzin unter die Bauhütte und den Bratwurststand lief.

Der Mann starrte ihn an, dann schrie er plötzlich los: »Hilfe! Er will sich in die Luft sprengen!«

Jetzt schauten doch Leute her, sahen den Kanister, jemand zückte sein Handy. Five rollte langsam mit dem Taxi auf den Münsterplatz, sprang aus dem Wagen und sah sich suchend um, das Fotohandy schussbereit in der Hand.

»Hierher«, brüllte Mars.

Und schnippte sein Feuerzeug an. Der Tod des einen ist belanglos, der des anderen hat Bedeutung. Mao, alter Schlawiner, du hattest Recht.

Martin

»Haben Sie gehört?«, fragte mich mein Bettnachbar, als ich langsam aus der Narkose zu mir kam. »Auf dem Münsterplatz hat sich jemand verbrannt. Als Fanal.«

Ich schüttelte den Kopf. Das war mir so was von egal, jetzt gerade nach der Operation, die hoffentlich meinen Arm gerichtet hatte. Er war dick verpackt.

»Wie Jan Palach, damals in Tschechien, um gegen die russische Besatzung zu protestieren. Fast so wie in Oslo der Breivik.«

»In der Tschechoslowakei«, korrigierte ich. »Damals war es die Tschechoslowakei. Und die russischen Panzer hatten Prag besetzt und den Prager Frühling beendet.«

»Sind sie Kommunist?«, fragte er misstrauisch. »Nur Kommunisten sprechen von der ›Tschechoslowakei‹.«

»Die gab's aber damals, glauben Sie mir. Und Dubček war der Sekretär der KP, Svoboda der Präsident. Die Russen brauchten ein ganzes Jahr bis sie ihre Marionetten installiert hatten. Die Tschechen und Slowaken hatten sogar die Straßenschilder vertauscht.«

»Wusste ich es doch, Sie sind Kommunist!« Er schaute mich triumphierend an. Aber seine Neuigkeit musste er dann doch loswerden. »Das auf dem Münsterplatz war ein Fanal gegen die Islamisierung Europas. Endlich tut jemand was.«

»Ginge es nicht auch ohne Selbstverbrennung? Ich meine, hier fahren keine islamischen oder sowjetischen Panzer rum, die bestimmen, wer hier was zu sagen hat.«

Mein Kopf surrte. Vielleicht war das alles nur eine Nachwirkung der Narkose, ein Fiebertraum und gar nicht wahr?

Er drehte sich in seinem Bett um, ohne etwas zu sagen und schaltete den Fernseher ein. Sie brachten erst Berichte von der Räumung der Wagenburg und natürlich: Der Molotowcocktail der Wagenburgler war eine Erfindung der Polizei. Dann kam die Selbstverbrennung von Mars auf dem Münsterplatz, und dass glücklicherweise keine Menschen verletzt worden waren, wie Mars offenbar geplant hatte. Dann kam Max Silcher und der war natürlich unschuldig, betonte er. Der Islam war natürlich der wahre Täter. Die anderen sind immer schuld. Und wenn sich jemand selbst verbrennt, ist der Islam erst recht daran schuld. Und wenn der sich noch so sehr auf die gleichen Anti-Islam-Ideen beruft wie Silcher, und ebenso wie dieser zum Kreuzzug aufruft.

Verbrannt, auf dem Münsterplatz, als Fanal. Five würde jubeln und die Presse würde Mars auf der ersten Seite bringen. Manche Leben sind bedeutungslos, manche bewirken viel. Mars hatte viel bewegt, er würde viel bewegen, gar kein Zweifel. Wenn ich sterbe, habe ich gar nichts bewegt. Und außer Doro wird niemand um mich trauern. Vielleicht wäre es wirklich Zeit zusammenzuziehen. Getrennt haben wir uns schon öfters. Genauer gesagt: In dem Punkt sind wir absolute Spitze. Wenn das Guinessbuch der Rekorde einmal das Paar mit den häufigsten Trennungen sucht, sind Doro und ich heiße Favoriten.

Und dann fiel mir etwas anderes aus den Siebzigern ein: Was wäre gewesen, wenn meine Freundin 1972 das Kind nicht abgetrieben hätte? Jetzt wäre es neununddreißig und damals hätte ich nicht mal gewusst, wie ich es hätte ernähren, geschweige denn erziehen sollen. Eine Wahl hatte ich auch nicht. Dass sie schwanger war, erzählte sie mir erst, als die Abtreibung schon geschehen war. Damals war ich erleichtert.

Vielleicht hätte ich heute eine Tochter, gestylt und bei der Kripo und wir hätten bei jedem Treffen Krach?

Juli

Sie brachten es im Radio. Selbstverbrennung auf dem Münsterplatz. Sven hob den Daumen hoch, er fand es gut. Der Mann hatte offenbar die Bauhütte und einen Bratwurstwagen in Brand gesteckt. Warum den Bratwurststand, war unklar. Bei Islamisten hätte ich auf Protest gegen das Schweinefleisch getippt, aber die Anti-Islamisten? Seit wann waren Bratwurststände Wahrzeichen der islamischen Gefahr? Es sei denn, der Täter hatte gehofft, dass die mit Gas brutzelten, und wollte möglichst viele mit in den Tod reißen.

Gott sei Dank arbeiten die aber mit Strom, die Feuerwehr konnte den Brand löschen. Keine weiteren Personenschäden außer verkohlten Bratwürsten.

Kein Zweifel, dass das unser Mann war. Wer sonst sollte sich öffentlich verbrennen, um gegen die Islamisierung zu protestieren?

Und er war es auch. Klar, Fanal ist immer gut. Egal wogegen. Hat sicher an Mao gedacht, der Arsch. Jetzt würde sein Leben Bedeutung haben und die Inkorrekten ihn zum Heiligen erklären. Man muss nur die richtigen Worte sagen, die richtige Politik vertreten, dann verehren sie dich. Karadžić wurde auch schon von den Inkorrekten heiliggesprochen. Hatte er nicht Serbien vor den Mohammedanern retten wollen? Seit er das im Prozess gesagt hatte, spielte es keine Rolle mehr, wie viele Männer er hatte abschlachten, wie viele Frauen er hatte vergewaltigen lassen. Der Zweck heiligt die

Mittel. Die richtigen Worte machen dich zum Mitglied der Umma, der Gemeinschaft der Gläubigen. Und die Gläubigen sind immer besser als die Ungläubigen.

Ich würde den 68er im Krankenhaus besuchen.

Epilog 2011

Martin

Das ist kein Land für alte Männer. Sie sind schutzlos den Frauen ausgeliefert. Sie lassen sich viel zu leicht verführen. Es gibt kein Gesetz gegen Seniorenmissbrauch. Das hatte ich lernen müssen.

»Sie schaffen das!«, erklärte mir Meike. Was tust du nicht alles, wenn dich eine hübsche junge Frau anlächelt und von dir verlangt, dass du den Krimi des Plotters zu Ende schreiben mögest? Ich lächelte gequält zurück.

»Ich bin in der Bibliothek«, erklärte sie weiter, »morgen treffen wir uns wieder, da habe ich die ersten Recherchen fertig.« Sie zog ihren Mantel an, sagte noch »Tschüss«, und weg war sie.

Ich wandte mich dem Computer zu. Bis morgen musste ich die erste Szene schreiben. Von Mister Software, dem Plotter und einem durchgeknallten Terroristen, der ein Leben voller Bedeutung führen wollte.

Was blieb mir also übrig? Alte Männer sind wehrlos. Ich seufzte und begann zu tippen:

Der Tag begann regnerisch und das war gut. Niemand würde freiwillig nach draußen gehen, niemand sich die Mühe machen, nach draußen zu sehen, denn dort war nichts außer Regen, Regen, Regen.

»Kind, mach dich nicht unglücklich«, sagte er. Alle hatten sie Kind genannt, sie war die jüngste aller Wissmer-Kinder und sie hasste das. Vielleicht nannten sie auch alle deshalb Kind, weil sie wirklich eins war; vielleicht war sie eins, weil alle es von ihr erwarteten. Doch das

spielte keine Rolle mehr, als sie abdrückte und der Onkel nicht mehr sagen konnte, was er noch sagen wollte, nämlich, dass er sich mit den Besetzern geeinigt hatte …

Nachwort

Eigentlich interessierten mich Baader, Meinhof und all die anderen gar nicht.

Dann wollte meine Frau mit mir in einen Film gehen. Richtig: Der *Baader Meinhof Komplex*. Plötzlich merkte ich, wie sehr mich der Film aufwühlte. Wie er mir tagelang nicht mehr aus dem Kopf gehen wollte.

Die RAF interessiert mich nicht? Was für ein Selbstbetrug. Die RAF ist ein Kernpunkt meiner Generation. Sobald die Rede darauf kommt, weiß jeder in meinem Alter etwas zu erzählen. Gleich, ob sie Hausdurchsuchungen wegen angeblichem Sympathisantenverdacht erlebten; ob sie nur mit Polizeiüberwachung zur Schule durften, weil die Eltern hohe Positionen in der Bundesrepublik hatten und die Kinder folglich gefährdet waren; ob Fahndungsplakate, Komitees gegen Isolationsfolter oder verstörende Nachrichtensendungen aus Uganda oder Somalia plötzlich in der Erinnerung auftauchen.

Die Generation meiner Eltern war durch den Krieg geprägt. Sie gingen damit unterschiedlich um. Da gab es die, die mit leuchtenden Augen davon erzählten und offenbar dort ihre private Heldenreise gefunden hatten. Und die vielen, die wie mein Vater nie, nie, darüber redeten. Ich kenne Geschichten meines Vaters aus russischer Gefangenschaft, aus der Zeit, als er in Rumänien weit weg von der Front stationiert war.

Aber keine von der Front.

Und der Film erinnerte mich daran, dass es auch in meiner Generation etwas gibt, das alle von uns geprägt hat. 68 und die RAF.

Die einen reden darüber und schwärmen oft davon, die anderen weichen dem aus.

Bei mir löste der Film Erinnerungen aus. Und da gab es doch zwei, drei Ereignisse, die ich selbst erlebt habe. Nichts Großartiges; einfach Leute, die Vietcong und *Sieg im Volkskrieg*, Che Guevara und *Venceremos* völlig besoffen gemacht haben. Ich glaube nicht, ich hoffe nicht, dass sie ihre Begeisterung je in die Tat umgesetzt haben, zumindest tauchten sie nie auf den Fahndungsplakaten auf.

Aber allein diese merkwürdige Faszination, die Volkskrieg und bewaffneter Kampf auf manche ausübte, die Arroganz, der moralische Druck mit dem sie all diejenigen behandelten, die etwas klarere Köpfe behalten wollten – all das ließ mich nicht mehr los.

Erst wollte ich daraus einen Science-Fiction-Roman machen. Und ich schrieb eine politische Erklärung, für die ich die Texte der Attentäter vom elften September und die der RAF zusammenschnitt. Bald wurde mir klar, dass das im Science-Fiction-Genre nicht funktionierte. Der Stoff wollte eine andere Form haben. Doch wie leicht sich Texte von der RAF und AL Kaida zusammenfügen lassen, ohne dass die Leser Brüche merken, schockierte mich.

So wurde aus der Geschichte nach vielen Umwegen ein Krimi.

Und bei der Recherche begegnete ich nicht nur Morden. Denn die RAF hat nicht nur ihre angeblichen oder tatsächlichen Gegner umgelegt. Sie hat auch ihre eigenen Unterstützer betrogen.

Spätestens 1972 war klar, dass die Politik des bewaffneten Kampfes gescheitert war – selbst, wenn man alle moralische Bedenken weglässt und die Ereignisse nur unter militärischen Gesichtspunkten betrachtet.

Doch die Kämpfer machten weiter. Sie verlegten sich darauf, die zu betrügen, die sie unterstützen wollten. Mit ›Isolationsfolter‹, ›Roten Hilfen‹, und zum Schluss mit vorgetäuschten Morden, die in Wirklichkeit Selbstmorde waren, blendeten sie alle.

Später, als die RAF schon erledigt war und einige den alten Genossen mit Jobs die Rückkehr in die Normalität ebneten, hörte der

Betrug nicht auf. Klaus Croissant und Brigitte Heinrich bespitzelten die, die ihnen helfen wollten, und verrieten sie an die Stasi. So mancher andere Ex-RAFler baute immer neue Lügengebäude auf und schaffte es nochmals, Solidaritätskomitees hinters Licht zu führen und andere für die eigenen Lebenslügen einzuspannen.

Gewalt, Kriege und Revolutionen üben eine eigenartige Faszination auf Menschen aus. Und es wird immer einige geben, die sich damit ins Rampenlicht schieben wollen, andere mit der Moralkeule aus dem Weg räumen und über Leichen gehen.

Vor vierhundert Jahren plante Guy Fawkes das englische Parlament in die Luft zu sprengen, um England zurück in den Katholizismus zu bomben. Terrorismus ist keine Erfindung der Neuzeit.

Und ich fürchte, die Frage von Gewalt und Terrorismus wird auch in der Zukunft nicht verschwinden.

Erläuterungen

Für alle, die sich für die eine oder andere Seltsamkeit im Roman interessieren, dafür, was die Freiburger Pflasterstub' ist und was es mit *Keine Macht für Niemand* auf sich hat, hier einige Erläuterungen:

- Die **Freiburger Pflasterstub'** ist eine Frühstücksstube für Wohnungslose mit medizinisch-pflegerischer Ambulanz, und findet sich in der Nähe des Doms.

- Der **Freiburger Essenstreff** bietet Mittagessen für wenig Geld an.

- Auch der **Freie Bürger** hat mit Wohnungslosen zu tun: Er ist die Freiburger Obdachlosenzeitung.

- Der **Fairkauf** ist ein Beschäftigungsprojekt für Langzeitarbeitslose, das gebrauchte Möbel für jedermann anbietet.

- Die **Wagenburg** stand mehrere Jahre auf einem besetzten Baugelände im Freiburger Stadtteil Vauban und gehörte zur linksalternativen Szene. Ihre Anhänger verstanden sich als Alternative zum bürgerlichen Leben und wollten sie legalisieren, sie wurde auch eine Zeit lang geduldet. Als aber das Gelände bebaut werden sollte, wurde sie im August 2011 geräumt, dabei kam es zu Krawallen.

- Der Freiburger **Mundenhof** ist ein kleiner Zoo – aber keiner für wilde Tiere, sondern für Haustiere aus aller Welt.

- Die **Inkorrekten** sind eine fiktive anti-islamische Internet-Gruppe.

- **Keine Macht für Niemand** ist das wohl bekannteste Lied der Deutschrockband *Ton, Steine, Scherben*, die in den Siebzigern nicht nur bei Linken sehr populär war.

- **Bella Ciao** ist ein altes, italienisches Partisanenlied; melancholisch, traurig, und deswegen ebenfalls nicht nur bei Linken in den Siebzigern beliebt.

- **Commandante Che Guevara** ist ein kubanisches Revolutionslied, das Wolf Biermann ins Deutsche übersetzte. Dort finden sich die Worte von »Jesus Christus mit der Knarre«.

- **Should auld acquaintance be forgot and never brought to min'** und **Wildgänse rauschen durch die Nacht** sind Pfadfinderlieder.

- **I'm a rock, I'm an island** stammt von *Simon & Garfunkel*; in den Sechzigern war es ein Ohrwurm.

- **Behind blue Eyes** stammt von *The Who* aus deren Album *Who's Next* von 1971.

- **Little boxes made of ticky-tacky** ist eine Songzeile aus Malvina Reynolds' und Pete Seegers Protestsong *Little Boxes* aus dem Jahre 1962.

- **Freedom's just another word for nothin' left to loose** von 1970, stammt aus Kris Kristoffersons Lied *Me and Bobby McGhee*, und muss ich da noch erklären, was für ein Erfolg das Lied in der Fassung von Janis Joplin wurde?

Danksagung

Ich habe lange gebraucht, bis diese Geschichte entstand. Vor allem wusste ich nicht, was es für eine Geschichte werden würde. Ein Krimi? Zeitgenössische Literatur? Ein Science-Fiction-Roman?

Meine Exposégruppe bei Montségur und ein Seminar von André Hille bei der Textmanufaktur brachten mich auf den richtigen Weg: Das ist ein Krimi.

Für ihre Hilfe danke ich allen, die mit mir dort diskutiert haben.

Aber nicht jeder Krimi muss gedruckt werden, nicht jeder Krimi ist auch für andere Leser außer dem Autor interessant. Denn *Der Plotter* ist auch ein sehr persönliches Werk.

Gäbe es das Montségur Autorenforum nicht, wäre das Buch vielleicht nie erschienen. Letztendlich war es der Zuspruch dort, der dazu führte, dass ich es Verlagen anbot.

Und damit bin ich bei Roland Buhles, der das Buch nicht nur verlegt, sondern auch ein erstes Lektorat gemacht hat, und Simon Scharf, der sich den Unklarheiten und Widersprüchen gewidmet hat und der Frage: Wo ist Umgangssprache, wo Hochsprache in so einem Text nötig?

Euch allen herzlichen Dank!